向心而行

——复旦青年如是说

强 王睿／主编

復旦大學出版社

编委会

序

2020年年初，新型冠状病毒肺炎（简称新冠肺炎）疫情暴发，并迅速蔓延至全世界。这次重大突发公共卫生事件给全人类的安全和健康带来了巨大的威胁和挑战。不同国家对抗疫情的理念与对策也出现了多元分化，中国独领风骚。面对疫情肆虐，中国在党中央的领导和部署下，举国上下进行了强大有序的抗击疫情的斗争，成果显著，受到全球人民的赞扬。

在这场战疫中，不乏青年人活跃的身影。复旦大学在4月份成立了由附属医院和相关院系直接参与抗击疫情，以“80后”“90后”为主的50余位青年组成的战疫青年讲师团，讲述了他们的亲身经历与感受，以及对他们建立革命人生观的影响。为进一步传播相关内容，记录他们的感受，将其作为日后珍贵的记忆，现以《向心而行——复旦青年如是说》著作出版。

青年是“八九点钟的太阳”，是我们建设强大社会主义国家的后盾，是全国人民的希望。抗疫只是万里长征的一小步，你们今后要走的路还很长。望你们戒骄戒躁，一辈子“不忘初心，牢记使命”，做一个永不退缩的革命者。

陶凤梅

2020年9月

前　言

2020年年初，新冠肺炎疫情暴发，在这场没有硝烟的战争中，青年一代不怕苦、不畏难、不惧牺牲，用臂膀扛起如山的责任，展现出青春激昂的风采，展现出中华民族的希望！众多复旦医务青年、青年师生和广大校友在各自的岗位上敢于担当、逆行出征。复旦大学团委汇编了《向心而行——复旦青年如是说》一书，奉献给全体参与或经历了抗击新冠肺炎疫情斗争的复旦青年，以此来记录和反映这场战疫中的细节与真情，将战疫经历转化为育人资源。

本书中收录的战疫故事，都来自亲身参与战疫的复旦青年代表。这些故事不仅是战疫青年们个人经历的典型纪实，也从不同的侧面展示了我国新冠肺炎疫情防控斗争历程中的奋斗与真情。“生命至上、举国同心、舍生忘死、尊重科学、命运与共”的伟大抗疫精神嵌入了这些复旦青年的青春。为了完成防控任务，保护人民生命健康，他们不畏危险，不畏艰难，在这场同严重疫情的殊死较量中，体现出复旦人“团结、服务、牺牲”的精神和“为人群服务”的担当。

本书采用视频与文字结合的方式成稿。将文字叙述与线上影响力超过200万人次的“战疫青年说”微课视频、校内外战疫故事分享会的视频相结合，通过青年人的方式，用青年人的视角解读青年的战疫精神。

当前，我国的疫情防控虽已进入常态化，但防控任务仍然十分繁重和艰巨。他们用自己的行动继续孜孜以求地投入战疫中。同时感召青年人在各自的岗位上为参与或配合战疫工作的开展而继续奋斗。如果广大读者能够通过阅读这些典型故事，为疫情防控斗争中的奉献与付出所触动，同时能够从故事中、从这些年轻的奋斗者们身上汲取力量的话，便实现了我们汇编、出版这本《向心而行——复旦青年如是说》的初衷。

本书在征集、编辑及出版过程中，深得有关单位、领导和专家的指导、关心与帮助，得到复旦青年的鼎力支持，谨在此致以衷心的感谢！

编　者

2020 年 9 月

目　　录 | Contents

第一篇

驰援一线

星火驰援

作为新冠肺炎重症患者的定点收治医院，武汉大学人民医院东院区在疫情初期就集结了来自上海、山东、重庆、辽宁和新疆等 8 个省、市、自治区的 10 支医疗队共计 1 261 名医护人员，共开放 28 个病区，开放床位数 800 张，累计收治重症、危重症患者 1 624 人。东院区配备包括超过 10 台体外膜肺氧合（extracorporeal membrane oxygenation，ECMO）等高精尖救治设备，联合救治专家小组、降低危重症患者病死率专家组更是在前期救治的基础上积累了丰富的诊疗经验。2020 年 4 月 24 日上午，随着在武汉大学人民医院东院区 3 病区住院治疗的 90 岁老人张某核酸检测结果转阴，武汉市及湖北省所有新冠肺炎重症病例实现清零。

战疫一线，青春无悔

新年伊始，一场突如其来的新冠肺炎疫情，让全国人民的心中蒙上了一层厚厚的阴影。感染者数量不断攀升，“武汉封城！湖北告急！”一场没有硝烟的战斗在我们眼前拉开序幕。复旦大学附属中山医院派出第四批由 136 名医护人员组成的援鄂医疗队支援武汉。其中，我们 53 名共青团员组成“复旦中山抗疫医疗队临时团支部”。面对突如其来的挑战，一群年轻人身披白色“铠甲”，毅然逆行而上。

以我所学，尽我全力

到达武汉，走下飞机，我们穿过空荡荡的武汉机场大厅，坐上通往驻地酒店的大巴。望着车窗外的武汉夜景，队员们不约而同地保持沉默。“九省通衢不见往日的繁华，只有路灯投射下的树影为伴，但不少大楼上依然打着‘武汉加油、中国加油’的灯光字样。”90后护士杨焱焱如是说，“对比以前那么繁华的武汉，那一刻真的很心酸。想赶紧投入工作，尽全力救治患者。”

不忘初心，牢记使命

在临时团支部成立大会上，一位团员代表发言，袒露心声：“躺在床上久久不能入眠，手机微信传来一条又一条消息，‘平安回来，注意安全’‘保护好自己，等你回家’。来自父母、朋友、同事，甚至陌生号码的短信，不仅是祝福和鼓励，也提醒着自己身上担负的责任和使命。”

“小心翼翼地穿完防护服并携带防护设备到达隔离区，全身心投入工作后，面对病毒的那种恐慌、焦虑却全然消失了。作为一名医护人员，我不能在人人自危的传染病面前退缩；作为一名共青团员，我更要选择冲锋上阵。疫情就是命令，即使危险在，也必须勇往直前。”不少青年团员在临时团支部微信

2020年2月24日，青年突击队正式成立

群内发出以上感慨。

病魔无情，人间有情

到达武汉的第三天，我们正式来到了武汉大学人民医院东院区，与当地医护人员对接。初入病区，一些患者或是因为长期住院病情依然不见好转，或是因为家人也被确诊或离世，眼神没有光，也不说话，很消沉地看着队员们。突然，一位50多岁的男性患者开口问道："你们是从哪里来的？""我们从上海来，来自复旦大学附属中山医院。"我们的队员回答道。隔着厚厚的护目镜，我们似乎看到这位患者的眼睛里有了光。从那一天开始，我们就把这些患者当成了自己的亲人，悉心照顾。

隔离病房的患者没有家属照顾，除了完成常规医疗工作外，医护人员还要承担相当一部分患者的生活护理工作。工作事无巨细，打扫卫生、拆换床单、整理物资，甚至是烧开水都成了分内事。几天以后，我们发现，许多患者慢慢地愿意开口说话了。就这样，交流和信任开始了。

病区里一位80多岁的老人不愿说话，情绪烦躁时会乱抓氧气管。原来老人的家人们都患了新冠肺炎，在不同的医院隔离治疗。我们的队员们就想办法联络老人的家属，用手机让老人与子女们视频。从那之后，老人脸上开始展露微笑，积极配合治疗。后来，家属得知老人康复出院，激动地发来短信："谢谢你

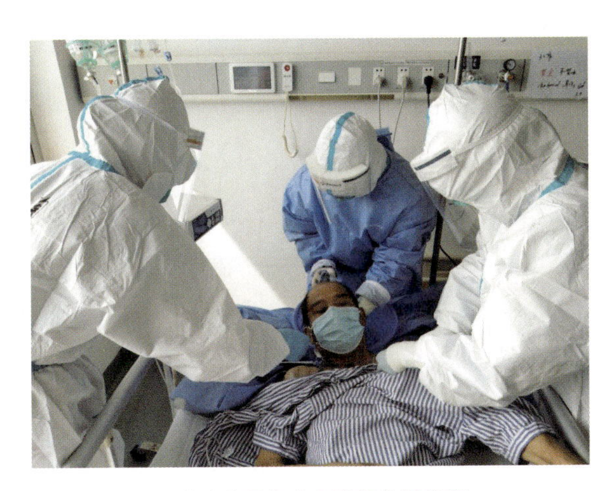

医疗队队员为患者进行生活护理

们大老远跑过来帮助我们，我们知道你们来自上海中山医院。我们会一直记得这份恩情啊！”

自医疗队接管武汉大学人民医院东院区两个重症病区以来，共收治各定点医院转来的重症和危重症患者 136 例。经治疗后，共有 116 例确诊患者治愈出院或转为轻症转出。成绩背后，是青年团员们冲锋在前的力量。我们的队员在工作期间始终穿着厚重的防护服，时常感到闷热难耐、呼吸不畅，甚至眩晕、呕吐，但每个人都恪守职责、坚守岗位，以顽强的毅力出色地完成了工作。这群年轻人，带着上海人民的大善、大爱，冲锋奋战在疫情防控第一线。祖国安好，便是晴天！

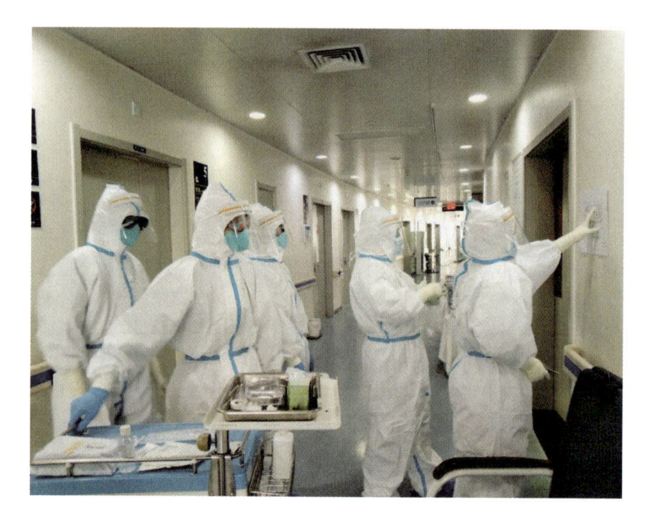

医疗队员进行护理工作交接

讲述者

凌晓敏，男，1986 年生，中共党员，复旦大学附属中山医院麻醉科主治医师，复旦大学附属中山医院第四批援鄂医疗队队员，担任“复旦中山抗疫医疗队临时团支部”书记。在武汉大学人民医院东院区，带领“青年突击队”队员团结协作、不畏艰难，奋战在诊疗工作的最前线，争分夺秒救治危重症患者。

（编辑：陈思羽）

使命在肩，勇往直前

2020 年的新年即将到来之际，新冠肺炎疫情暴发，在全国各地迅速蔓延，感染成千上万的人，一场不见硝烟的战争打响了。疫情即是命令，防控即是责任。医护工作者纷纷请战，勇敢“逆行”在抗战一线。从他们的行动中，我看到了他们对这个国家深切的爱。因此，我作为一名医务工作者，也积极报名参加了援鄂工作。

回首我在出征前，一接到出征电话，只是简单地收拾了一下行李，便跟父母告了别。奔赴武汉，虽有不舍，但必将前行。到达武汉后，我首先在酒店培训了一天。那时的我心中很迷茫，有太多的担忧。比如，“自己会不会被感染”“什么时候能回去”“不知道会被安排到哪里”。

2020 年 2 月 9 日，我们医疗队正式接管了武汉大学人民医院东院区的两个重症病区，我被分配到了 20 病区。

武汉大学人民医院东院区夜景

刚开始进入病区工作，我穿上又厚又闷的防护服，加上护目镜起雾，身体出现各种不适。此时，身边的同事对我说：“你先休息会，事情我来做。”她的一言一行深深地感动了我，让我感受到大家是一个团队，都有着同一个目标，就是把患者护理好，把疫情控制住，然后大家一起开心地回家。在我身体适应这样的工作环境后，我主动承担起危重症患者的护理工作。我担任小组长期间，但凡有同事出现身体不适，我都会让她们先去休息会，剩下的工作我来做。因为我深深地明白一个道理：一个人只能走得快，一群人才能走得远。只有我们大家做到团结一心、相互鼓励，劲往一处使，才能跨越体能的局限，激发人无穷的潜力，共同达成目标。

中国有句古话："三分治疗，七分护理。"护士们在这次医疗救治过程中发挥了非常重要的作用。在病房的工作中，护士首先需要做好患者的常规治疗和护理，尤其是危重症患者。这些患者不仅病情变化非常迅速，而且身上管子众多，护理工作量极大。我们在护理这些患者的时候，需要格外谨慎和细心。一方面，要严密监测他们的生命体征，关注他们呼吸、循环的情况；另一方面，要严格做好人工气道的管理、肾脏替代治疗及 ECMO 护理等；同时还要积极预防呼吸机相关性肺炎、压疮等一系列并发症。在忙碌的工作之余，我主动制作了一份 ECMO 护理的 PPT，在线上给病房的同事们科普，主要讲解 ECMO 患者的护理工作。我从自身经验出发，结合医院病区的实际情况，分清主次地跟她们讲解一些有用的知识点，让她们学会如何对 ECMO 患者进行全面、高效的护

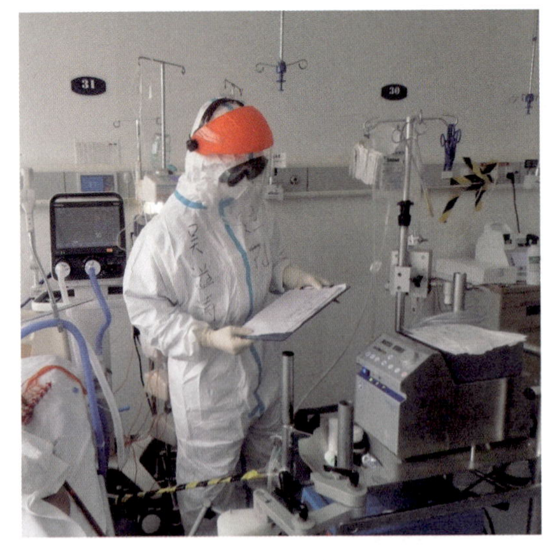

ECMO 护理

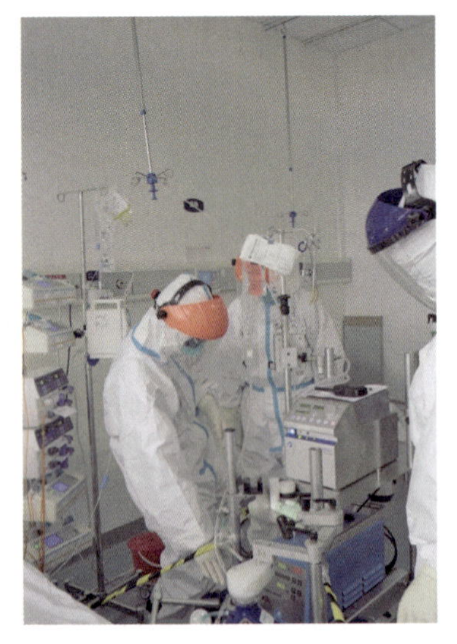

ECMO 讲解

理。如果有同事提出问题，我会及时给予解答，直到她们明白为止。

由于这里没有护工，没有家属，患者的一切生活护理都必须由我们护士来做。例如，协助患者清理排泄物、喂饭及喂药等。但我觉得我们非常了不起，我的同事们大多是“80后”和“90后”，在家都是独生子女、父母的掌上明珠。但在病房里，需要做着又苦又累的活，一句怨言都没有。在这个陌生的城市里默默地付出，都只为贡献出自己的一份力量。我们对患者精心照顾、精心护理，给予患者心理支持。事实证明，通过我们的精心护理，患者的病情得到了缓解，情绪得到了疏解，也确保了救治效果。应该说我们与医师一起为挽救患者的生命、降低病死率，为促进患者的康复、提高治愈率做出了积极的贡献。

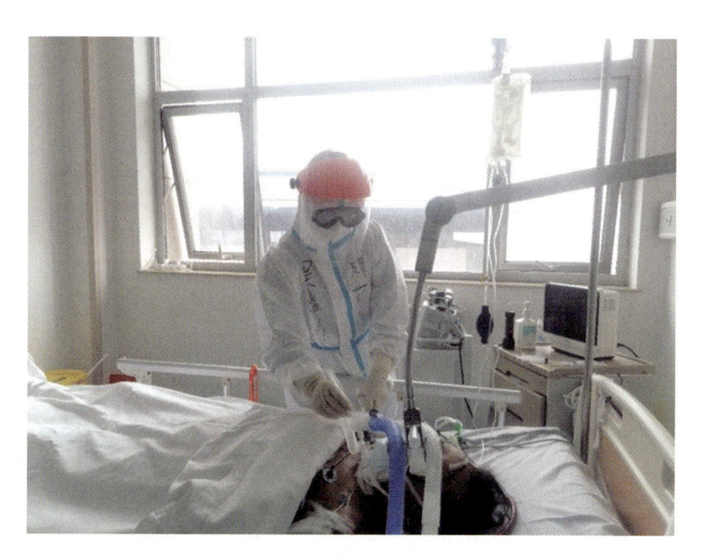

给危重症患者吸痰

援鄂归来，我一点都不后悔当初做出的援鄂决定。援鄂期间虽然很苦很累，但是每一天我都过得很充实。武汉教给我们太多太多，我的内心将永远铭记驰援武汉这一段难忘的日子，并以此激励自己在今后的工作中继续尽职尽责，努力地做好本职工作，护理好每一位危重患者，争取让他们早日摆脱病魔！

讲述者

吴溢涛，男，1995年8月生，复旦大学附属中山医院外科监护室护士，主要承担外科术后危重症患者的监测和护理工作。援鄂期间在武汉大学人民医院东院区20病区工作，主要负责隔离病房内危重症患者的护理工作，包括给患者输液治疗、ECMO护理、危重症患者的抢救，以及对患者的生活护理等。

（编辑：张　楚）

用青春战疫到底

▲ 扫描二维码收看本篇故事视频讲述版

传统佳节“元宵节”前夜，对于复旦大学附属中山医院的136位医务人员来说是个不眠之夜。这晚，我们接到了上级指令，在短短几小时之内集结完毕，义无反顾地踏上了飞往前线的班机，执行抗击疫情的光荣任务。

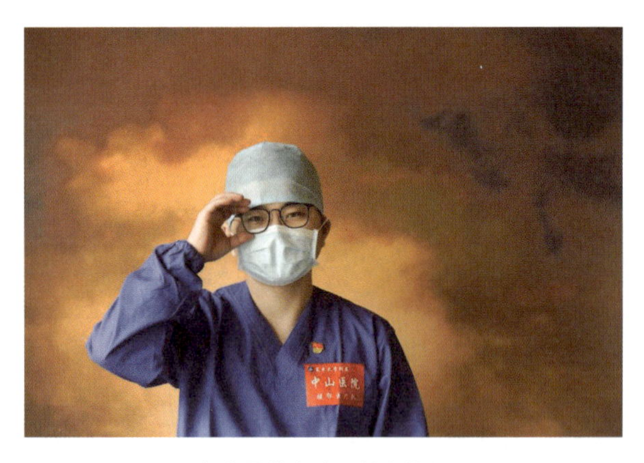

李春雷撤离武汉前定妆照

作为一名重症医学科的基层临床护理人，在疫情暴发之后，我便向护士长主动请缨：“疫情就是命令，防控就是责任，护士长，我年轻，让我去！”作为一名“90后”，我期待着用自己的力量做些什么，期待自己能成为一名疾控战士，与曾经守护着像我一样的孩子们的老一代疾控人并肩作战，用热血和青春诠释“团结、奉献、严谨、求实”的中山院训。

来到武汉后，我跟着护士长们马不停蹄地前往对接医院进行实地考察，为接下来的顺利工作做准备。面对尚未摸清的新疫情、捉襟见肘的医疗物资和诸多的不确定性，我在医护合作中，对于流程的合理制订、人员的科学安排和一线工作的复杂规划，向老师们提出了自己真切的想法，为的是能让工作避免走不必要的弯路。

李春雷和同事参与党组织培训

第一晚在武汉工作，那是我第一次穿上隔离服、戴上 N95 口罩进病房。我永远也不会忘记闷热、厚重的防护用具带来的那种压迫感和焦虑不安。一进去，就有两个护士缺氧。虽然我也很担心自己倒下，但是作为当天的领队，又是团队 5 人中唯一的男性，我暗暗想：“我肯定不能倒下，我要表现得坚强一些。”于是，我果断安排，让身体不适的女同事到窗边透风和休息，有条不紊地完成了当班的工作。

工作中处处是特别需要胆量和力量的地方。作为重症医学科的护士，我本能地在队伍中挑起了这个担子。某天凌晨一点半，一位重症患者情况危急。发现情况异常后，我第一时间通知外围值班医师，并率先组织抢救。危急时刻，平日里积累的点滴危重症急救技能都被运用到一线实际抗疫工作中。我迅速冲到最前面给患者做心肺复苏，有效指挥着其他同事："你来抽抢救药品；你负责再置一路静脉通路；你来负责开放气道；你去门外守好其他患者……"病房里很安静，我能感觉到小姑娘们有点害怕。但我们是个团队，拧成一股绳，劲往一处使，坚持下来就是胜利！

在武汉抗疫的这些天，我和我的同事们不仅要细心护理患者，同时还要给患者传递点滴的正能量。我们将自己省下的水果和蛋糕送给患者吃，还会想方设法地给患者合理搭配饮食。面对那些失去亲人的患者，我尽量在工作之余专门抽空陪患者聊天，疏导其情绪，用自己作为年轻人的积极心态去影响身处崩溃边沿的老人。"病房里的氛围比我们来的时候好多了！"患者对我说。越来越多的患者转危为安，病友们都热切地期盼着自己能战胜病毒回到家中。这让我倍感温暖，觉得一切付出都无比值得。

与队友在进入污染区前合影

疫情危急之时，身处疫情风暴中心，医疗队的每位战士一刻也不敢放松警惕，每天坚持总结和讨论、摸排潜在威胁。我们都是再平凡不过的医疗队员，因为疫情联结在一起，一起在武汉并肩奋斗，秉持着"一切为了病人"的中山精神，誓要战疫到底。不获全胜，绝不收兵！

武汉情况见好，这一仗我们打赢了。撤离武汉之时，我和我的同事在心底默默地为武汉献上自己最诚挚的祝福和期待。春天的武汉，应是雨润万物，杨柳新芽萌；春回大地，江河冰冻开。

讲述者

李春雷，女，1993年3月生，汉族，中共党员。复旦大学附属中山医院心脏外科监护室护士。于2020年2月7日加入上海市第五批援鄂医疗队，前往武汉参加抗击新冠肺炎疫情工作，参与武汉大学人民医院东院区22病区的医疗救援工作。在武汉的55天抗疫过程中，以扎实的护理技能和坚定的战斗决心为武汉、为湖北献出基层护理人的一份力。在该救援队中积极参与各项工作，广受好评。

（编辑：栾　歆）

星火驰援，甘愿奉献

▲ 扫描二维码收看本篇故事视频讲述版

此次新冠肺炎疫情来势凶猛，当医院发出了“驰援武汉”的号召后，我没有任何犹豫和迟疑，第一时间主动报了名。我曾获得“2019年度复旦大学十大医务青年”的荣誉称号，也是“2019年上海市‘医苑新星’青年医学人才培养资助计划”的获得者。在这个关键时刻，我应该去武汉，这是我的责任。

来到前线后，我们复旦大学附属中山医院援鄂医疗队负责武汉大学人民医院东院区的工作。这里接收的都是新冠肺炎的重症患者，工作环境及工作条件十分艰苦。厚重的防护服穿起来就有近10个步骤，每个班次的防护服我们穿上基本就不脱下，一个班次短则4个小时，长则8个小时，大家基本都不吃不喝。如果想上厕所，就必须靠忍，或是靠一次性纸尿裤解决。很多同事第一次穿上防护服，踏入隔离区没多久就觉得闷胀不适、恶心、呕吐。长时间的呼吸也会导致面镜起雾，我们在核对医嘱时，连瓶贴上的字迹都需反复、仔细辨认。这在往日都是些轻松平常的操作，但在这样的环境中变得意外艰难。

工作一天下来，很多姐妹的脸都被面镜和口罩压得破了皮、起了泡。一天的防护服穿下来，全身肌肉都酸痛不适。但我们的团队中没有一个人喊苦、喊累，我们心中唯一的信念就是希望通过切实行动给患者以信心和希望。

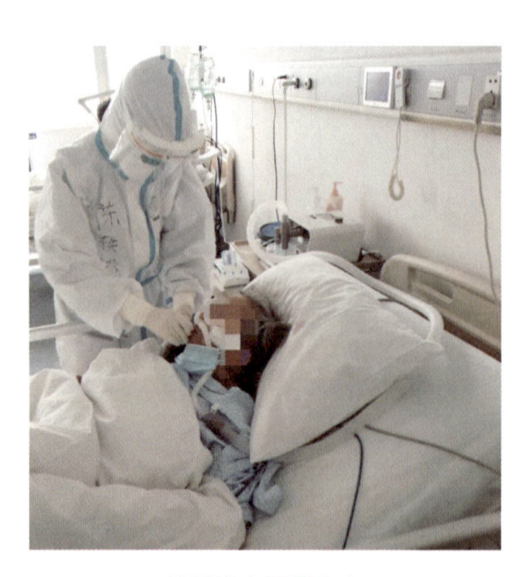

陈铁洪在照顾患者

团队中，有很多“90后”，甚至“95后”的同事，平时她们自己也还是孩子。但疫情之下，她们都极其坚强，极其勇敢，工作时奋斗在最艰苦、最危险的一线岗位，下了班则向家人报平安，并安慰家人称自己不苦不累。

在隔离病房工作的日子里，为了克服外界因素的干扰、提高静脉穿刺的成功率，我和同事利用血管显像仪为患者进行穿刺，很大程度上减轻了患者的痛苦。同时，我也及时了解各班次护士在实际工作中遇到的困难，梳理班次流程和常规，让大家能够迅速、高效地投入工作。我还运用质量管理工具完成了9

陈铁洪在抗疫前线火线入党

项对策的实施与应用， 提高临床护理质量，保障患者的护理安全。而作为护理第三小组的组长，我也时刻与组员们保持交流与沟通，了解她们的所思所想，解决她们工作和生活中所遇到的各种问题，带领小组成员们更好地进步。

在前线工作的满月之际，我非常光荣地在抗疫前线火线入党。在跟随支部书记进行入党宣誓时，我的内心无比激动，我为自己能成为一名共产党员而骄傲！

随着疫情得到有效控制，我们也陆续踏上归途。回首过去的 55 个日日夜夜，我们努力、奋斗、拼搏、坚守，终于迎来了春暖花开。离别之际，我努力记住这座城，记住这些最可爱的人们，泪水不知不觉模糊了我的双眼。

希望来年我们能相聚在武大樱花树下，摘去口罩，畅快呼吸，露出彼此最灿烂的笑容！

陈轶洪与武汉战友惜别

讲述者

陈轶洪，女，1983 年 9 月生，复旦大学附属中山医院心外科护士长。长期从事心血管病临床护理、管理及教学工作，2016 年起担任复旦大学附属中山医院心脏外科 37 病区护士长。连年保持病区满意度反馈，在临床护理创新领域有所建树，发明多项临床护理创新项目。在获得国家专利的同时，屡次在国家级、市级及院级多项创新大赛中荣获大奖，获评第九届复旦大学十大医务青年。于疫情暴发第一时间主动请缨前往前线，在武汉大学人民医院东院区工作，参与新冠肺炎重症患者的护理工作。

（编辑：胡佳璐）

▲ 扫描二
码收看本
故事视频
述版

留在武汉的青春和忧喜

我是复旦大学附属中山医院呼吸内科医师。肺炎是呼吸科的常见疾病，因此，本次抗击新冠肺炎就成了呼吸科医师义不容辞的责任。我的硕士生导师和博士生导师都是抗击“非典”的老前辈，受到老师们的感召，我在第一时间报名援鄂，并在元宵节前夜到达武汉。

有忧愁，也有满足

中山医院接管了武汉大学人民医院东院区的两个重症病房，每位患者的病情都很重。我上班的第一天，就遇到一位重症老奶奶，不停地拔自己的呼吸机面罩。她的爱人前一天刚刚去世了，这件事情摧毁了她对生活的信心。我和同事们给患者儿子打电话，希望患者儿子能安抚一下他妈妈。但是患者儿子也在别的医院治疗，他哭着说新冠肺炎让他们家破人亡，只求医师们让他妈妈走得不要太痛苦。这就是我刚到武汉时，医院状况之缩影。所有患者的信心跌落到了谷底，而我此行的目的之一就是给患者们带去信心，我告诉每位危重症患者：“我们是上海中山医院医疗队，我们是来帮助你们一起战胜病毒的。”

刘子龙医师

我和同事们都有在重症监护室工作的经验，但一下子面对这么多的危重症患者，每位患者的病情进展都特别迅速，这样的情况我们也是第一次面对。在各方的支持下，我与团队在病区内勇敢地实施救治，不惜一切代价抢救每位危重症患者。有时候一个医师盯着一位患者、一台机器运作超过五六个小时。在隔离病房里，没有家属，没有护工，医师、护士就成为危重症患者的家属，每天喂水、喂饭、擦身洗浴。这些都成了我们日常工作的一部分。医护人员担心患者营养跟不上，就把自己的零食捐出来。有位男性患者随身衣服不够，我便拿出自己干净的衣服给患者换上。

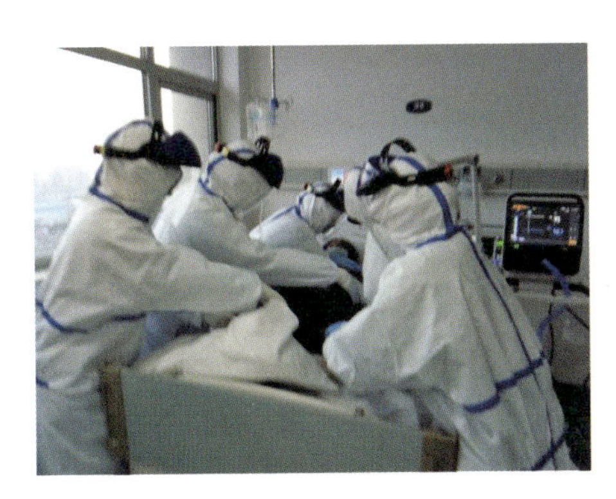

齐心协力救助每位重症患者

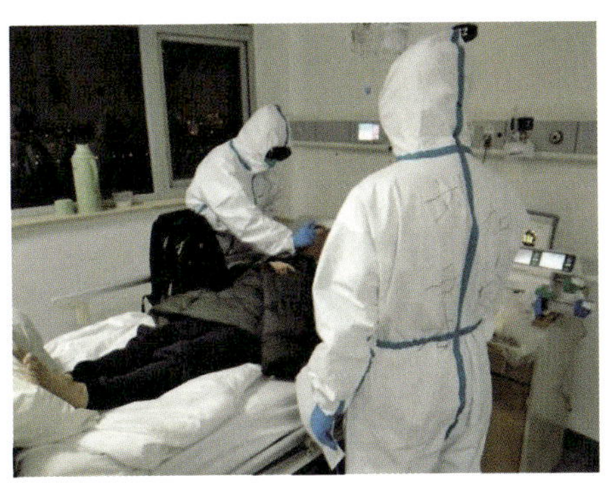

在床旁指导患者用药

工作中，我和队员之间也会互相鼓励，同时也给予患者鼓励，最简单的方法就是在防护服上写上“加油”二字。队伍里的才女姚雨濛则别出心裁，为我们的防护服作了画。4 幅画都俏皮可爱，而又将中山医院援鄂医疗队的救治原则融汇其中：“抓住”抢救治疗，“稳住”综合治疗，“守住”康复治疗。我们的危重症患者一步一步地好起来，气氛从最开始的紧张到现在活跃了许多。患者们看着我们的后背也直夸赞， 甚至怀疑今天是不是请了画家。其实这就是我们队伍里的医师画的。我和同事们也是多才多艺的，只是我们都藏起了自己的小爱好，始终牢记医者的使命。“落日余晖”这张照片让我们队伍里的刘凯医师红起来了，但作为“90 后”的他面对荣誉不骄不躁，拒绝了采访及各个网络平台的入驻邀请，每天以最原始的状态面对每位患者。

在武汉的日子里，我心中装着忧愁，也装着满足。渐渐地，武汉这座让我收获了无限感动的城市，在我生活最细微的角落里，留下了满满的回忆，也留

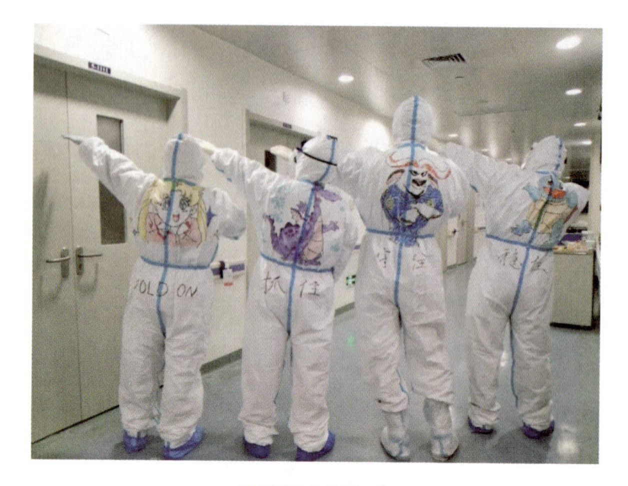

防护服上的涂鸦

下了不可磨灭的印记。

两点一线的青春

在某天早上的上班路上，我同往常一样，坐在专属于我们酒店到医院的公交车里。邻座坐着的是心内科的曹嘉添，我们照例讨论起了病情。他从病理生理到临床诊断讲得头头是道，我直夸他是学霸。一提到学霸，他说他不算什么，他曾经的高中同桌才是学霸，数学每次考试都是满分 150 分。他口中的这个学霸正好我也认识，因此，我们就学霸话题畅谈了一路。时光流逝，不知不觉中我已经 30 多岁，已经结婚生子。不变的是我依旧还保留着一个学生的身份，从初中、高中、大学、硕士，再到如今的博士，这是我的青春。而我的青春里，满是各种学霸，也许曾几何时，我也是别人青春里的学霸。

20 分钟后，车到站。这趟车也只有一个站——武汉大学人民医院东院区，我们每天往返并已经奋战了将近两个月的地方。门口的保安从最开始需要一个个排查我们的出入证，到现在已经记住我们的样子。他向我微笑问好，寒暄道：“剪头了？”我回答：“是的。”来武汉的第二次剪发，我找了位护士姐姐帮忙，第一次是我们队伍里的麻醉师剪的。到达病房，奋战了一夜的战友们整理好了交班纸准备跟我交班，急诊科的韩奕博士将一位位患者的情况细致地和我交代清楚，生怕落下了什么细节，以防患者随时出现病情变化。我催促着：

“赶紧走吧，你回去睡个觉又得过来了。”她才恋恋不舍地下楼，坐上载我来的那趟班车，赶到下一个既是终点也是起点的酒店。酒店和医院，两点一线，我们每天这样往返着。韩奕曾说：“这样的两点一线让她想起了之前在美国留学的日子，每天也只会出现在两个地点：实验室和住的地方。”其实这也是我的青春，我的青春就是两点一线：读书时是教室和宿舍，工作后是医院和家。

刘子龙医师上下班途中

上班的节奏很快，交完班，走廊里已经忙碌起来了。护士们正在穿戴防护服准备进入隔离区，王喆过来问我：“有没有要特殊交代的？”交代好注意事项，我问道：“王喆，你是‘90后’吧？”她说是的。我说：“真年轻啊！”她聊起病房里有位80多岁的老奶奶，亲切地叫她小姐姐。其实我知道那是因为这群小护士把老太太照顾得太好了，老太太对每位女医师、女护士都叫小姐姐，对每位男医师、男护士都叫小哥哥。在走廊的一个角落，另一名“90后”护士提前几个小时来到病房，给胡歌录感谢视频，胡歌为我们寄来了签名照和防护物资。我看着她一遍一遍地说着感谢与崇拜的话语，有任何的停顿或卡壳就重新录制。这种坚毅和认真让我也心生感动，尽管我从未追过星。作为“80后”，曾经无数次讨论“90后”如何如何。岁月如梭，如今“90后”一个个都长大了，开始站在了时代舞台的正中央。我们队伍里的护士大多数都是“90

后”，医师团队里面也有好几个“90 后”。有一条公益广告这样描述这群“90 后”：从前这个世界保护我们，而现在我们保护这个世界。这次援鄂之旅，让我看到了这群“90 后”熠熠生辉的青春。

一天的工作紧张、忙碌，回到酒店也还是想着病房里的患者，依旧想找个人来讨论一下病情。而住在我隔壁的佳旻姐每次都是我的第一选择。因为要防狼防盗防队友，我们虽然住在隔壁，但日常的交流方式还是微信。闲聊阶段，我说到我今天被一群“90 后”感动了，他们的青春让我感动不已，而我记忆中的青春都是两点一线的。

曾经两点一线的青春：教室里是滔滔不绝的教授及一个恍惚就会漏掉的重点；书桌上是厚厚的课本及密密麻麻的笔记；实验室里充满的是永远得不到阳性结果的焦虑；而宿舍里依旧是挑灯夜读的学生。现在两点一线的青春：医院里是络绎不绝的患者及各种紧张的抢救，家里是调皮的孩子及柴米油盐。佳旻姐说：“这样的青春不是挺好吗？奋斗就是青春的意义。”我豁然醒悟，我在两点一线间编织着自己的梦想，同时又努力修补别人的梦想。这就是我的青春，看似孤独而又单调，但同样骄阳似火。这是我的青春，依旧重复着两点一线，我的青春里也有泪和遗憾，但正值青春年少，恰同学少年，我不改初衷。我喜欢自己青春的样子，我怀念我青春里的那些学霸，我追忆曾经的挑灯夜读，我也思念青春岁月里那个爱笑的她及那些充满泪与欢笑的日子。但我同样会走好目前青春的每一步，青春的每一天在我心里永远熠熠生辉。

留在武汉的青春和忧喜

疫情发生后，医院的大部分保洁工人都辞职了，但我所在病区的保洁阿姨却留了下来。她的儿子到医院来要将她带走，甚至要跟她断绝关系，但她依然留在医院扫地，并且每天进出隔离病房。“这个阿姨很朴实，阿姨的一句话让我很感动，她说她是一名拆迁户，她所有的好日子都是国家给的。国家需要她时，她应该贡献自己的一份力量。”我说道，“对于一个医师来说，最大的幸福就是看着自己的患者能顺利出院。”中山医院援鄂医疗队收治的都是危重症患者，大部分患者都是躺着进来的，但最后都精神抖擞地出院了。那就是我们在武汉时最大的满足，也是献给我那两点一线的青春最好的礼物。

学生时，我见证了同学们朝气蓬勃的壮志，也见证了他们为了梦想滴水穿石的恒心。如今的他们或走上了工作岗位治病救人，或留学国外继续精进学业。工作时，我见证了同事们锐不可当的豪情，也见证了他们为了医学誓言不罢休的坚毅。来武汉后，我见证了队友们舍我其谁的霸气，也见证了他们报效祖国、不破楼兰终不还的决心，他们都将最精彩的那一段青春留在了武汉。

2020 年 3 月 6 日，这是中山医院援鄂医疗队在武汉满月的日子，也是我 32 岁的生日，那天我光荣地成为了一名预备党员。火线入党不是一个终点，而是我的另一个起点。我们生活在和平年代，我们这代人应该有自己的担当。现在我已经从武汉回到上海，“守护大上海，继续为我国的抗疫战争做贡献”就是我的使命与担当。

讲述者

刘子龙，男，1988 年 3 月生，复旦大学附属中山医院呼吸内科主治医师，中国医药教育协会呼吸病康复专业委员会全国委员兼副秘书长。以第一作者发表 SCI 收录论文 7 篇，主持国家自然青年基金 1 项、中山医院院级基金 1 项。2020 年 2 月 7 日随队参加中山医院国家援鄂医疗队，整建制接管武汉大学人民医院东院区的两个重症病房，作为业务骨干参与 80 余位重症及危重症新冠肺炎患者的临床诊治工作。因表现优秀，于 2020 年 3 月 6 日在武汉火线入党。抗疫代表作《武汉的那些舐犊情深》《沙子》等。

（编辑：李一凡）

爱的特效药

▲ 扫描二维码收看本故事视频述版

在 2020 年新冠肺炎肆虐之时，全国各地的麻醉科医师驰援武汉。出征前，我也担心自己可能在救治患者过程中被感染而无法平安归来。但是疫情就是命令，带着这份使命感，我们中山医院 4 人麻醉小组来到了武汉大学人民医院东院区。

"新冠肺炎进展快，重症患者会出现严重的呼吸衰竭，实施气管插管进行有创呼吸支持治疗，可以抢回更多的生命。"这是麻醉科医师参与抗疫能发挥的重要作用之一。除此之外，麻醉科医师在建立中心静脉通路、维持危重症患者呼吸、循环稳定方面也有着丰富的经验，能对危重症患者的治疗提供很多帮助。

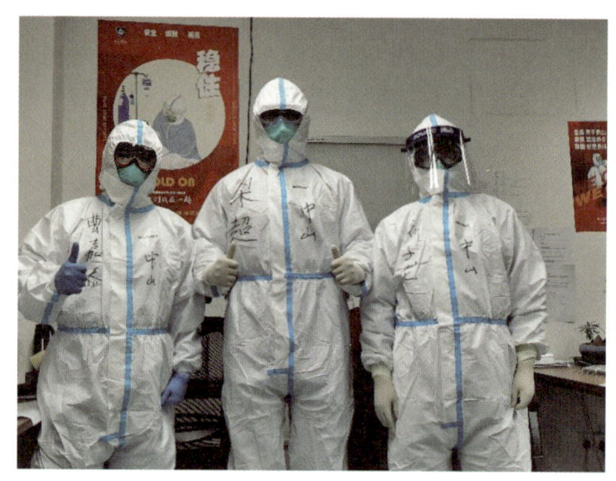

复旦大学附属中山医院呼吸科、心内科和麻醉科医师组成的治疗小组（中间为梁超）

我们首先根据实地情况，准备好了各种气管插管设备、耗材及防护物资，在最短的时间内制订了气管插管流程。在此过程中，我们也得到了大后方——中山医院麻醉科的鼎力支持。针对感染风险较高的插管操作，我们制订了"4F 原则"，即"full protection：最高等级的全面防护； far away：尽可能远离患者口、鼻； familiar：最熟悉的插管方式，一次成功； fast：迅速完成插管"。在接下来的数周里，我们为数例新冠肺炎患者成功完成了气管插管。

优秀的麻醉科医师是半个内科医师加半个外科医师。在此次抗疫过程中，我逐渐意识到，麻醉科医师更多的是扮演一个内科医师的角色。面对陌生的新冠肺炎的治疗，所有专业的医师是平等的。即使是经验丰富的呼吸内科和重症医学科医师，有时对于患者的病情发展也束手无策。麻醉科医师不可替代的作用在于，能在患者性命垂危时，暂时稳住患者的生命，为后续治疗争取时间。

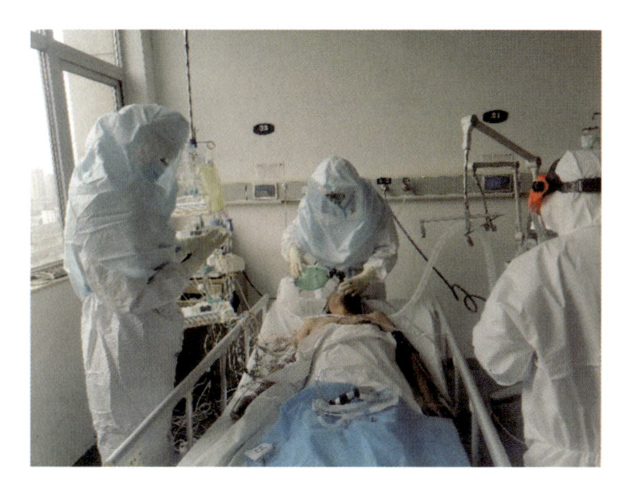

医师在对患者进行气管插管

有一次，一位长期插管接受机械通气的患者需要进行气管切开手术，五官科医师、重症医学科医师要求麻醉科医师保护患者气道。我们在评估后觉得，在进行气管切开操作时，不仅仅需要保护患者的气道，对患者的用药也需要调整。所以，除了患者正在使用的镇静药物外，我们还给患者加用了短效阿片类药物——瑞芬太尼，避免了手术操作及退出气管导管时可能发生的呛咳反应，最后手术极为平稳地完成了。

此外，接受呼吸治疗的新冠肺炎患者常常需要进行动脉血气检查，用来指导呼吸治疗方案，内科医师对于动脉穿刺采血的操作并不熟练。因此，我们发挥专业优势——动脉穿刺，这是麻醉科医师的特长。我们在援鄂期间完成了大量的动脉采血工作。

在抗疫的过程中，有件事的发生让我切身体会到医者在人文关怀上承担的责任。84 岁的刘阿婆是我们病区的一位新冠肺炎患者，查房时，我们发现老人家心情十分压抑，精神状态很差。与刘阿婆交流后我们了解到，原来刘阿婆膝下有 6 个子女，但是其中 5 个孩子都在照顾刘阿婆的过程中不幸被感染，唯一没有被感染的儿子正在家中隔离。于是，我们想办法让刘阿婆与她儿子进行了视频连线。在看到儿子的那一瞬，刘阿婆喜极而泣，屏幕那头的儿子也泪流满面，母子俩聊了许久。自那次视频连线后，刘阿婆心情好了许多，病情也逐步好转。

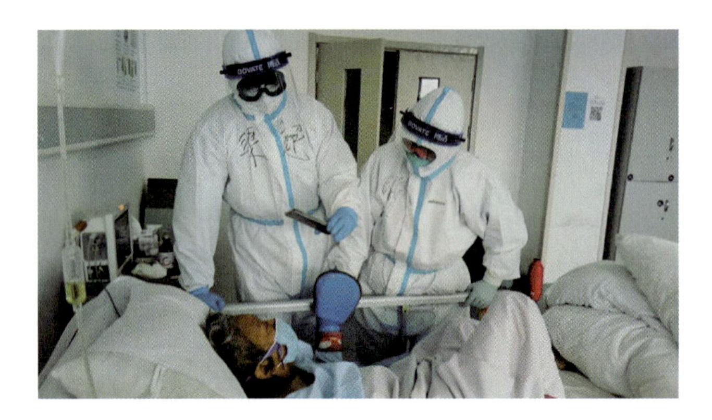

梁超为刘阿婆母子进行视频连线

经历了对这例患者的治疗后，我深刻体会到，爱的治疗有时可能是最好的“特效药”。麻醉科医师不仅能救人于危难之时，更能在日常中用心、用爱去呵护患者。在今后，如何将更多的人文关怀融入麻醉工作以更好地救治患者，是我们需要思考的。

讲述者

梁超，男，1981 年 5 月生，复旦大学附属中山医院麻醉科副主任医师。作为一名麻醉科医师，在此次疫情中，他充分发挥专业优势，成功为新冠肺炎患者完成高风险的气管插管。他也扮演着内科医师的角色，参与日常病房患者的管理，以人文关怀帮助患者、传递亲情与爱。在这场特殊的战疫中，他深刻地体会到，麻醉科医师不仅能救人于危难之时，更能在日常中用爱、用心去呵护患者。

（编辑：胡佳璐）

大国担当，青年使命

武汉，自古就是一座富有文化底蕴的英雄城市，有崔颢题写之美景佳句“晴川历历汉阳树，芳草萋萋鹦鹉洲”流传至今。然而，此次疫情却让这座城市蒙受了巨大创伤。抵达武汉当晚，我们的车经过晴川阁和与之夹江相望的黄鹤楼，昔日游人如织的“三楚胜境”，此刻大门紧闭。长明的灯火却暗示着这座城市的不屈。

为全力遏制疫情扩散，维护和保障人民群众的生命安全，武汉市于2020年1月23日凌晨宣布封城。这可能是人类历史上首次对一座1 000万以上人口的特大城市采取封禁措施，此举古今中外都实属罕见。素有“九省通衢”之称的武汉一夜之间进入封闭静止状态，当繁华的城市被迫按下暂停键，沉寂凝滞的空气中仿佛能听到人们局促不安的心跳。与此同时，国家开始组织抽调医疗队奔赴武汉开展救援。上海作为我国的医疗中心，医疗力量相对较强。复旦大学附属中山医院第一时间响应国家号召，先后派出4批援鄂医疗队。作为第四批援鄂队员之一，我在誓师大会上惊讶地发现队里60%都是“90后”青年医师。国家危难之时，青年们一个个站出来完成自己肩上的使命。事实证明，我们没有辜负出发前的豪言壮语，打赢了这场疫情攻坚战，安全而归。

复旦大学附属中山医院是上海第一支大规模整建制驰援武汉的医疗队，负责接管武汉大学人民医院东院区的两个重症隔离病房。到达武汉的第一时间，我们来不及收拾行李便迅速投入了战斗。那时武汉的困难远比我们想象中更艰巨，大部分由普通病房改建的病房条件根本没有达到ICU的基本要求。最初接管的患者病情普遍严重，患者及家属的信心也跌落到了谷底。而医疗队驰援武汉的目的之一就是给他们带来希望，并用实际行动让他们重拾战胜病魔的信心。同时，我们组建青年突击队，把来自不同科室的54名团员凝聚在一起。这支队伍后来也成为了抗疫战场上披坚执锐、一往无前的青春力量。在带领援鄂青年团员发挥生力军作用的基础上，我努力做好前线青年的思想引领和组织保障工作。为此，我们建立了微信群。队员们在线上互相交流来到武汉后的工作经验和遇到的困难，并组织减压团建活动，排解焦虑心理，释放工作压力。让青年们在不知归期的日子里调整好心态，平安地度过每一天，以更好的状态服务患者。

你陪我看夕阳，我拉琴为你送别

“90 后”医师刘凯在陪患者做 CT 检查的途中，正好遇到夕阳西下。夕阳染红了天边云霞，安静美好的日常风景在凶险的战疫时刻显得格外珍贵。患者说：“好久没有看见太阳了……”凯哥说：“那我们停下看会夕阳吧！”于是就有了那张牵动数亿人心弦的“落日余晖照”，一老一少，一位患者，一名医师，年龄相差一甲子。画面里的医师不再是被称颂的钢铁战士，患者也不再是通报中冰冷的病例，两人的背影犹如自炼狱重返人间。

感动亿万中国人的“看夕阳”照片

这个躺在病床的老先生是一位小提琴家。刚开始的时候对治疗很不配合，一直闷闷不乐，觉得自己的病没有希望，但是这抹夕阳让他感受到生命的美好。于是，在我们的帮助和开导下，他开始积极配合治疗，病情也逐渐好转，现在已经治愈出院了。记得在我们队撤离武汉的那天，他为我们拉了一首小提琴曲送别。其实不经意间，每一抹夕阳、每一片云彩、每一汪清泉、每一秒的自由呼吸，只要用心感受，都能体会生命的美好。

“我要给你们照相，你们都是最美护士”

复旦大学附属中山医院介入科青年护士长龚漪娜穿着厚重的防护服完成 4

个小时的治疗任务后，又马不停蹄地进入重症病房隔离区查房。一位患者抱怨病房生活太枯燥无趣，细心的她发现这个房间的电视机从未打开过，询问后得知遥控器没电。解决此事后，患者赞叹道："上海复旦中山医院的护士真好。"其实这样一件微不足道的事，便能够给患者带来温暖。之后，当班护士进病房做护理时，这位患者激动地说："真的谢谢你们，现在能看电视了，太好了。我要给你们照相，你们都是最美护士。"医患相处过程中，诸如此类的温暖小事还有很多。中山医院援鄂医疗队的成员在实践中达成一个共识：新冠肺炎患者不单单需要医疗上的治疗，更需要医护人员的人文关怀和心理疏导。

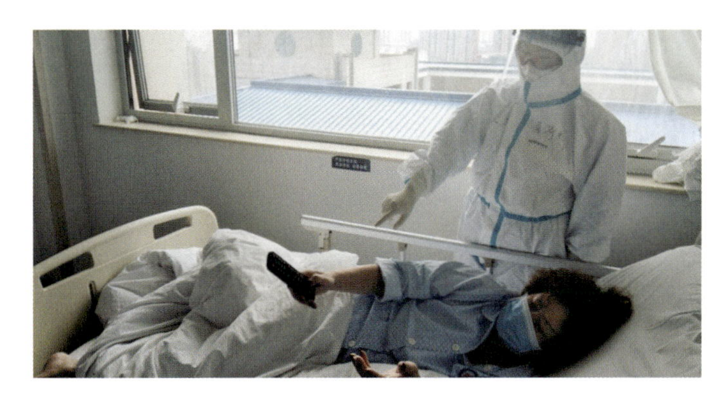

龚漪娜护士照料患者生活起居

最美的青春力量

"90 后"队员陈斐颖在进病房的第一天就在污染区里待了 8 小时，期间不吃不喝，不上厕所，直到她感到头晕目眩才出污染区。对此她不以为意，称："我在里面多做一点，就能让医护救治更快地步入正轨。"这种奉献精神让人感动不已。另外，我们队里还有一位"ECMO 小达人"吴溢涛，他经常冲到最前面与医师默契配合，完成患者的气管插管工作，并以病房为讲堂，制作了 44 张 PPT 为大家讲授 ECMO 的护理知识。在抗击疫情的战场上，他们是最美的青春力量。每每从污染区出来，湿透的衣服证明了我们与病魔抗争的决心。脸上留下的一道道压痕则是最美的青春印记。

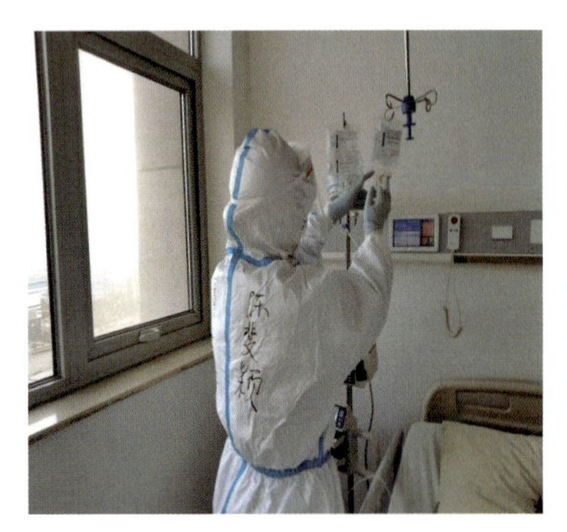

陈斐颖护士的日常护理

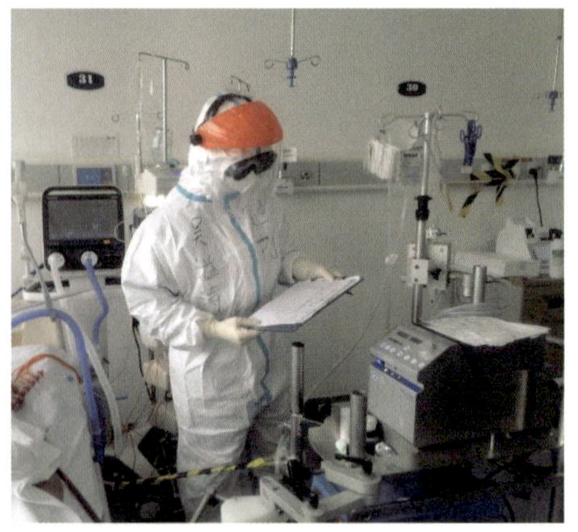
吴溢涛在做 ECMO 护理

“心疼你们这些年轻护士”

在一线开展救援工作，对医师的防护穿着有严格的规定。医护人员穿着隔离衣、防护服，带着 3 层手套，连续工作 6 个小时已是常态。在这样艰苦的工作状态下，这些年轻护士说：“就算抱着冰袋也一定要坚持下去！”在隔离重症病房，除了繁重的护理工作，护士们还要变身修理工、理发师、清洁工等，要为患者解决各种各样的困难。巨大的工作量对护士的体力和心理都带来了考验。在红区待久了，防护镜难免会因为热气而起雾，造成视野模糊。有次我在给患者量血压时，一位患者说：“你真是太辛苦了，眼镜都起雾了，心疼你们这些年轻护士……”这句话突然让我好感动，其实我们做的这些工作，患者们都记在心里。医护人员和患者一样，重压之下都需要心灵的慰藉。与其说我们是来帮助武汉人民的白衣天使，不如说是武汉这座城市让我们这些“90 后”飞速成长。

国有难，召必至，战必胜。如今武汉已经重启，久别重逢，浴火重生，已是另一番新面貌。我们也回归了中山大家庭，依然秉持中山精神在各个岗位上继续迸发前进，永葆初心，人间值得！

讲述者

王喆，女，1991年生，中共预备党员，复旦大学附属中山医院手术室团支部书记，上海市第五批援鄂医疗队队员，担任中山医院援鄂医疗队护理青年突击队队长、临时团支部副书记。在武汉大学人民医院东院区工作的55天里，王喆不仅身先士卒，深入隔离区配合医疗操作，出色地完成患者高流量吸氧护理等各项护理工作，还秉承中山的精细化护理管理特色，在领队和护士长的带领下，参与提升隔离病区护理质量、改善医疗服务等各项工作。此外，她还有效组建青年突击队开展健康减压团建活动，带领青年医师发挥生力军的作用，努力为中山战疫贡献青春力量。

（编辑：李一凡）

重症患者的曙光

▲ 扫描二维码收看本篇故事视频讲述版

早在2020年2月7日，作为复旦大学附属中山医院重症医学科副主任医师，我已经投入了战疫前线。我所在的“战场”位于湖北省武汉大学人民医院东院区，在这里，等待我的是20病区40张床位的新冠肺炎患者的治疗。

这是一个时刻在生死边缘游走的病区，不大的地方，挤满了40余位重症

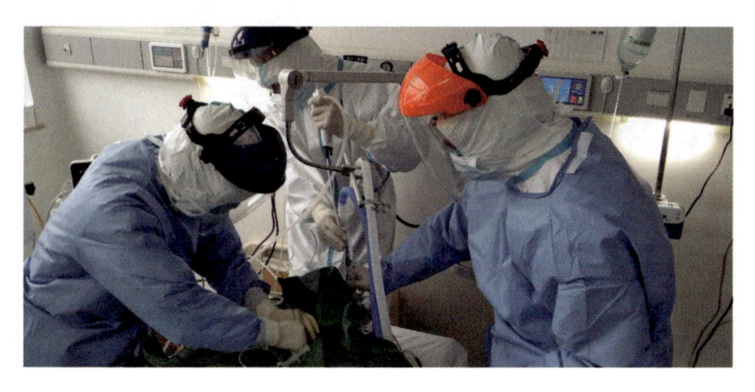

居旻杰为患者切开气管

及危重症新冠肺炎患者。近两个月的时间内里，我和我的团队共计收治新冠肺炎患者 76 例，其中重症 58 例，危重症 18 例，平均年龄 61.3 岁，最大的 94 岁。在我们医疗团队坚持不懈的努力下，最终使得危重症患者的治愈率达到了 77.8%，连续 5 周没有患者死亡。这样喜人的医疗救治奇迹，离不开我的队员们不畏艰险、细致谨慎的医疗精神，更离不开武汉人民的艰苦付出和国家强有力的物资支持。

在武汉抗疫的这段时间，面对尚未明晰的新冠病毒和患者们恐慌、焦躁的情绪，我们希望真正做到并发扬"一切为了病人"的中山医院精神。记得初来东院区，我和病区医护人员结合病区实际情况，制订了武汉大学"中山版"的各类临床流程，包括医嘱流程、检验检查流程等，为今后的工作打下了良好的基础。为了及时评估患者病情，我的队员们经常"跋山涉水"护送危重症患者进行 CT 检查，其中包括了气管插管患者和 ECMO 患者。那张感动了无数人的"落日余晖照"便是在这样的行进过程中拍摄的。 CT 检查不仅行进难，频率也高，每位患者每天做 5 次 CT 检查，这更是考验着医护人员的意志。来回将近 1 小时的路程，大家的鞋套磨破了，衣服湿透了，但都尽心尽力，毫无怨言。

在实际诊疗过程中，我和我的团队注重细节、积极开拓，凭借多年医疗经验开创出不少颇有成效的创新举措。当大家发现新冠肺炎患者大多存在凝血功能异常时，病区采取了积极的预防性抗凝治疗措施。同时，我们将外科术后的

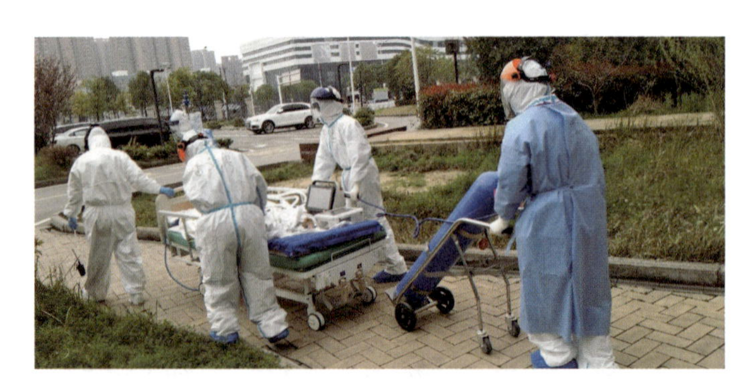

危重症插管患者行 CT 检查

早期快速康复理念运用于新冠肺炎的治疗中，在病区内开展了隔离病房的早期康复治疗，取得了较好的临床效果。除此之外，团队结合一线经历，开发并申请了两项抗疫相关专利。其中之一就是能降低气溶胶传播和可以在非负压环境中使用的雾化吸入装置。它在阻断院内交叉感染和提高患者治愈率方面做出了巨大贡献！

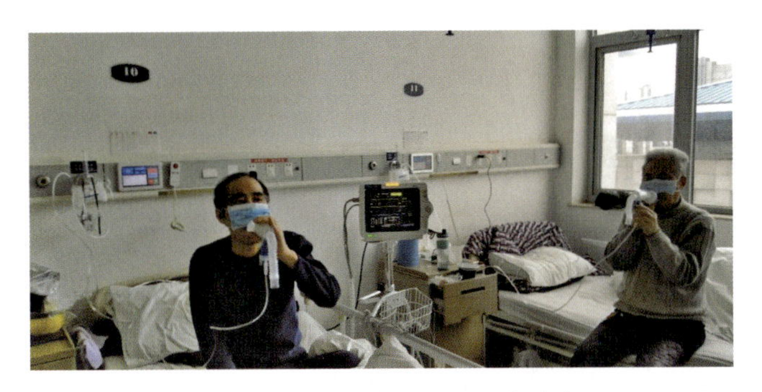

改良的雾化吸入装置，用于一线治疗

作为一名共产党员，我身先士卒，“抢着”完成气管插管、气管切开及ECMO等高风险的治疗程序。在医疗资源紧缺的情况下，做到各项资源合理使用、应上尽上。我经常和医疗队员们在病区内开展多学科会诊（multi-disciplinary treatment，MDT）到很晚，为每位患者制订合适的治疗方案；也把节省下来的生活物资带进病房，捐给生活困难的患者；更在闲暇时为情绪不稳定的患者提供心理辅导，希望让患者感受到党和国家的温暖。

在我看来，战疫取得的成绩其实最离不开的是人民和祖国强大的后盾。初到武汉，我和战友们发现防护物资十分缺乏。而且由于来源渠道复杂，还出现一些过了保质期的防护服，有一批防护服的保质期竟然过了8年！但很快我就发现，从3月份开始，我们使用的防护物资数量多了，质量统一了，而且都是湖北当地生产的。这说明湖北在较短的时间内做到了自给自足。我想，这是十分难能可贵的，体现了我们国家强大的工业制造能力，也鼓舞了大家必胜的信念！

在武汉的见闻颇多，最重要的还是感受到了人民和国家的力量。我看到了社区居民为了配合隔离措施，分批到住宅楼楼顶散步锻炼；看到了大学生志愿者作为保洁人员，参与污染区的保洁工作，不怕苦、不怕累；更参与了中央指导组的死亡病例讨论，经历了终身难忘的“三堂会诊”，深深地感受到了党和政府对每一位公民生命的尊重。作为一个身在武汉前线的抗疫战士，我深知个体的力量微不足道。武汉人民的隐忍付出、全国人民的团结一致，以及党中央、习总书记的正确指挥，才是武汉保卫战、湖北保卫战、全国保卫战最终胜利的根本保障。

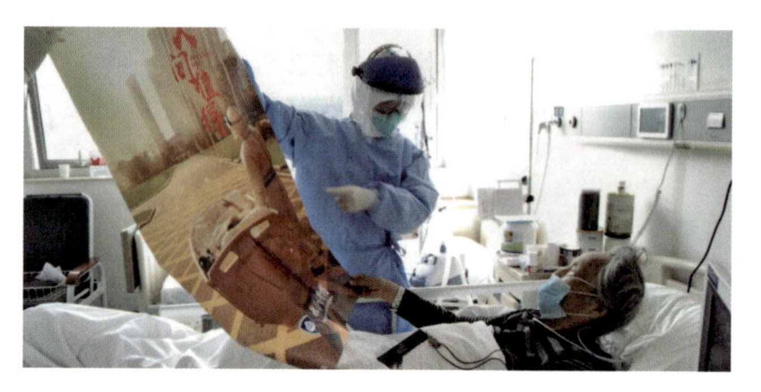

落日余晖老人看自己

讲述者

居昊杰，男，1980年11月生，复旦大学附属中山医院外科学博士研究生，复旦大学附属中山医院重症医学科副主任医师。中国医学救援协会重症医学分会理事，中国医学救援协会重症医学分会早期康复学组副组长。2020年2月7日至4月1日，随复旦大学附属中山医院援鄂医疗队，赴武汉参与重症及危重症新冠肺炎患者救治工作。担任医疗队临时支部委员、武汉大学人民医院东院区20病区医疗组组长。参与制订了武汉大学“中山版”各类诊疗流程，在病区内做到了应上尽上。开展了包括气管插管、气管切开、ECMO等治疗措施。作为党员，主动参加了气管插管、气管切开等高风险操作。所在病区的危重症新冠肺炎患者的治愈率达到77.8%。获评第四届复旦青年五四奖章。

（编辑：栾　歆）

同舱共济

武昌方舱医院，是武汉市委、市政府在武昌区建设的速成式方舱医院，由洪山体育馆改建而成，用于收治新冠肺炎轻症患者。2020 年 2 月 3 日晚，武昌方舱医院开始建设。2020 年 2 月 5 日晚，开始接收来自武昌区各社区的第一批新冠肺炎轻症患者。2020 年 3 月 10 日，武昌方舱医院举行休舱仪式，该方舱医院里的最后一批患者全部出舱。作为最早开舱、最晚休舱的武昌方舱医院，运行 34 天，累计收治新冠肺炎轻症患者 1 124 人。它的关闭，宣告着武汉 14 家方舱医院患者清零，全部休舱。

方舱医事，使命担当

▲ 扫描二维码收看本篇故事视频讲述版

2020 年伊始，新冠肺炎疫情暴发，全国各地医护人员驰援武汉。复旦大学附属华山医院国家紧急医学救援队也在第一时间奔赴武汉抗击疫情。队员们在 2 月 4 日凌晨收到通知，12 小时后便集结完毕，从医院整装出征。当时，武汉的医疗系统已接近瘫痪，亟待扩建医院用于隔离救治大量感染患者。我所在的武昌方舱医院就是最早筹建完成的第一批方舱医院之一。

到达武昌方舱医院后的第一个任务是半夜进行约 100 名确诊患者的预检，但当时方舱医院的设施还没有完善，对于潜在的风险我们无从而知。但患者的情况不容等待，几位勇敢的青年突击队队员主动要求参加第一次预检任务。作为突击队队长，我也主动承接了此次任务，为的是摸清一切风险所在。这是我作为队长义不容辞的责任。

第一次医疗任务总是难忘的。我忘不掉已经湿透的防护服，忘不掉水雾模糊的护目镜，更忘不掉等待患者时紧张的情绪。第一辆救护车在半夜到达，患者拎着大包小包陆续从救护车上下来，脸上满是疲惫和无助。看到患者的一刹那，我紧张的情绪一扫而空了。他们不是病毒，只是不幸感染了病毒的患者，我一定要尽可能地帮助这些患者。

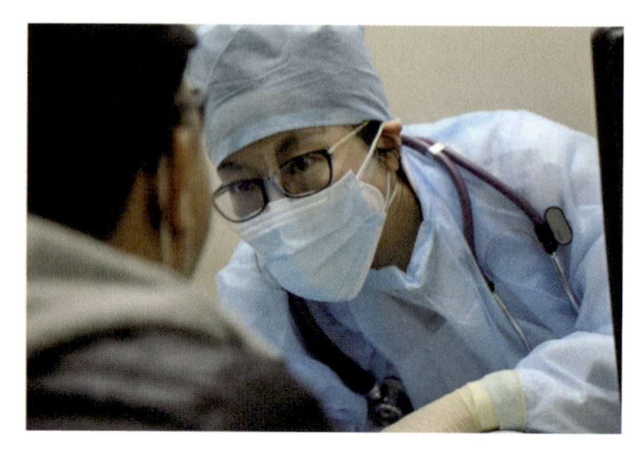

杨敏婕工作照 1

武昌方舱医院共有 800 张床位，由全国各地的 15 支医疗队组成。医院建成后迅速收治了大量患者。在没有可借鉴的历史经验、硬件条件临时搭建的情况下，所有硬件、软件都是新建的，并根据方舱医院的实际情况快速优化更新。我们的工作时长每天都会超过 12 小时，还要穿着笨重的防护服完成如此巨大的工作量，确实是不小的挑战。

但更令我动容的是方舱医院里的患者，他们孤身一人，无依无靠。因此，医师们都努力克服自己的身体极限，安慰患者，为他们带去温暖。我想，只要我们还能坚持，就算防护服都湿了，护目镜看不清了，我们还要坚持给每位患者查房、解答。

我们 7 个人组成的医疗小组要主管 249 张病床。每天都会有几位轻症患者转到重症病房，需要及时预判，快速启动转院流程，否则十分危险。看似轻松的方舱内就是这样暗藏危机，我们既要支持、关怀轻症患者，也要时刻警惕、及时排查这些特殊患者。我像手拿两面“镜子”的人，一面是“望远镜”，随时关注方舱医院的全局情况，做到心中有“数”，把控好每天有多少患者在好转，有多少患者有转为重症的风险；另一面是“放大镜”，每天都要对 249 名患者进行仔细查房，始终要保持高度警觉，不放过任何细节。

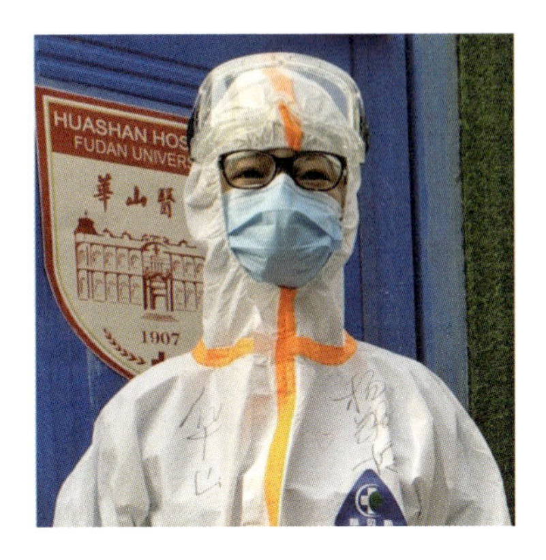

杨敏婕工作照 2

特多鲁医师的墓志铭上写道：“有时治愈，常常帮助，总是安慰。”在方舱医院的日常就是这样，患者的内心往往十分焦虑，需要医护人员给予他们关心和鼓励。也正因如此，我们会拖着笨重的身体和患者一起跳康复操，会鼓励患者在防护服上画画和写字。这些画中，有的蕴含着患者的感激之情，有的则蕴含着患者对健康的憧憬。在患者的眼中，方舱医院已经渐渐地像一个温暖的家。

对远离家乡的医护人员来说，方舱医院也给我们带来了欢笑和温暖。情人节那天，医院给舱内住院的每对夫妻都送了鲜花和巧克力，他们却把巧克力转赠给了我们，这让我们非常感动。

杨敏婕抗疫故事分享照

在方舱医院的所有欢笑和泪水我都铭记在心，我们也与武汉的人民、医师和战友们一起迎来了方舱医院的顺利休舱。我想这是对我最好的回馈。

讲述者

杨敏婕，女，1981 年 6 月 21 日生，复旦大学附属华山医院急诊科主治医师及急诊 ICU 党支部书记。新冠肺炎疫情暴发后，于 2020 年 2 月 4 日至 3 月 31 日在武汉支援，先后支援武昌方舱医院和同济医院光谷院区重症监护室。在华山医院国家紧急医学救援队担任医技组组长、临时党支部支委委员、临时团支部书记及青年突击队队长，与队友们一起收治诊疗新冠肺炎患者 300 余人，为青年医护做好榜样，激励大家鼓足干劲，为抗疫奉献自己的光和热。回沪后，被聘任为团市委青年战“疫”讲师团、卫健委团委青年战“疫”讲师团、复旦大学战“疫”青年讲师团及华山医院战“疫”青年讲师团成员，分享战疫先进事迹，弘扬崇高抗疫精神。

（编辑：元贞霓）

▲ 扫描二维码收看本篇故事视频讲述版

晴川历历，同舱共济

2020 年 2 月正是疫情防控的关键时期，随着武汉市确诊病例的成倍增加，几家方舱医院应运而生，收治数千名患者入舱治疗。各个省份也纷纷派出援鄂医疗队驰援武汉。我是华山医院援鄂医疗队第三纵队的一员。

在接到驰援武汉的紧急通知后，正在值班的我既紧张又激动。出发前，我在手机里画了一个穿着防护服的小人为自己加油打气。“武汉好像被按下了暂停键”，这是我抵达武汉时的第一感受。往日里繁华热闹的街道空无一人，我的心中也不免泛起一阵酸楚。一番感慨过后，我和队友们一起来到了武昌方舱医院。

武昌方舱医院在建成不过数小时之后便开始收治患者了。开舱之初，物资相对匮乏，治疗流程、院感制度也是刚刚起草。但疫情形势严峻，分秒必争，几小时内就收治了 500 多位患者。

在方舱医院的这些日子里，我最难忘的回忆是发展自己的“涂鸦副业”。有一次，在我准备出舱休息之际，一位护士拉住了我，希望我能在她的防护服上画一对翅膀，她打算拍给远在他乡的女儿看。这对于有涂鸦特长的我来说不算难事。在看到她欣喜的表情后，我突然想到，如果简单的涂鸦能够为这些驰援武汉的医护人员带来快乐，何乐而不为？渐渐地，大家都会在进舱工作之前找我画上自己心仪的图案，入舱工作也不再那么紧张和乏味，反而让人有所期待。

在方舱工作中的张红阳

除了医护人员之外，患者们也对我的“涂鸦副业”十分感兴趣。不仅有人争先与防护服上有涂鸦的医护人员合影留念，甚至有一位 10 岁的小女孩“以画会友”，亲自为他们作画。我觉得，小小的涂鸦不仅象征着医护人员的乐观与自信，也拉近了我们与患者之间的距离，为方舱医院的生活增添了一份色彩。

张红阳的两幅防护服涂鸦作品

方舱之旅是充满温情的。在朝夕相处的方舱之内，医患之间早已建立起深厚感情。医护人员会教患者做保健操、编辫子；患者出院时也会对我们道一声真挚的感谢；平时，带队领导还会时不时地为我们准备小惊喜，如给队员过生日、为大家准备护士节祝福贺卡等；此外，还有社会爱心人士的慰问，如武汉书法家协会的赠字活动、武昌志愿者免费煮的排骨汤等。

2020 年 3 月 10 日，为数不多的方舱患者均转至定点医院，一共运行 35 天的武昌方舱医院正式休舱。它实现了最早开舱、最晚休舱、患者零死亡及医护人员零感染的目标，交出了一份令人满意的答卷。而对于我来说，武昌方舱医院也是充满回忆与感动的地方。

讲述者

张红阳，男，1991 年 4 月 9 日生，中共党员，复旦大学附属华山医院消化内科住院医师、华山医院国家紧急救援队成员。毕业于复旦大学上海医学院，医学硕士，博士在读。于今年 2 月 4 日至 3 月 31 日，以华山医院援鄂医疗队第三纵队成员身份支援武昌方舱医院及光谷同济医院重症监护室，支援期间荣获援鄂临时党支部“党员之星”称号。工作之余手工绘制的涂鸦防护服被武汉图书馆、武昌政府、同济医院和上医图书馆等收藏。

（编辑：元贞霓）

▲ 扫描二维码收看本篇故事视频讲述版

向 心 而 行

戴蒙德教授曾经阐述过：同枪炮和钢铁一样，病菌是现代世界格局的重要成因。比尔·盖茨也寓言病毒是现代文明中人类会面对的最大威胁。2020 年，当新冠肺炎降临，面对眼前严峻的形势，每个人都感到些许手足无措。

2020 年 2 月 4 日，立春，我与华山医院援鄂医疗队第三纵队的 46 名将士出征武汉。抵达时已夜深人静，武汉依旧是寒风习习，街道空无一人，深蓝色的幕布上闪烁着楼宇中零星的灯光。都说我们是逆行者，但只有我们自己知道，这是向心而行。作为华山医院紧急医学救援队的一员，前往前线是我义不容辞的责任。

第一次进仓时的合影

2月5日一早，我们一起前往此次疫情真正的“战场”——武汉市中心的洪山体育馆，即武昌方舱医院。这也是武汉市第一家收治新冠肺炎轻症患者的方舱医院。要把一座民用建筑改为具有收治传染病患者能力的临时医院，如何建设？如何管理？我们没有任何经验可循。

第一个12小时，半夜，方舱医院收治500名患者。14支互不相识的医疗队，匮乏的工勤人员……焦虑、不安和恐惧在空气里蔓延。

院长说：“硬件不够，软件来补。”于是，在开舱后的48个小时内，奋战在方舱的近千名医护争分夺秒制订诊疗方案，开展急救培训，完善院感制度，对当日遇到的问题及时做出反馈，制订解决方案。华山医院紧急救援队与武汉大学人民医院合作，每天巡查安置在体育馆西侧篮球馆内的250名患者。因为只有我们站在患者面前，与他们交谈，他们才会放下心。

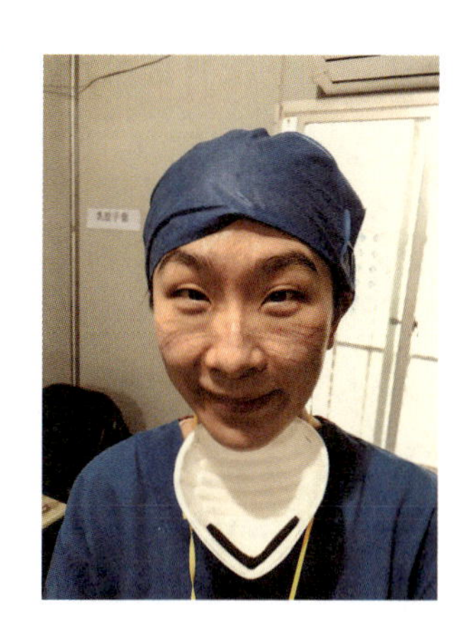

包丽雯出仓后留影，面部被口罩压出深深的痕迹

随着方舱内的各项制度日渐完善，短短两天时间，焦虑、紧张的气氛渐渐淡去。大家共跳广场

舞，合唱《我和我的祖国》，医护与患者共同举办2月份的集体生日仪式。

面对来势凶猛的疫情，作为医护人员的我们也曾害怕过，最初甚至不敢接触患者。笨重的防护服密不透气，数十个小时的工作令人体力耗竭，摘下口罩大口呼吸的每一秒都弥足珍贵。因为缺氧，下一秒就要倒下的濒死感直到现在都挥之不去。但是，患者的康复、疫情形势的好转，对我们都是一种鼓励，前行的脚步更加坚定了，甚至与患者深情相拥。

我们迎来一批又一批患者的康复出院。在方舱的最后一夜，最后一批患者对我们说："向华山医院致敬！"那一刻，我们泪流满面。

包丽雯与同事合影，左1为包丽雯

35天的奋战刻骨铭心。我们一共收治了1 124名患者，其中833人康复出院，医护人员零感染。2020年3月10日，武昌方舱医院正式休舱，作为全武汉最后一家休舱的方舱医院，它的休舱标志着武汉的抗疫工作取得了阶段性胜利。

那些与自己并肩作战的医护人员，我们是和平年代的战友。早年间有句话形容交情深："一起扛过枪，一起下过乡。"而现在，又可以加上这样一句话："去过武汉，进过方舱。"这是我们医护人员特殊的战友情，也是和平年代我们经历的"战争"。

此次疫情，给每个人都上了一课。我们看到的、我们听到的、我们感受到的，都深深改变了我们对自己、对他人的评价，乃至改变了对世界的看法。经历"战争"的洗礼和人生的蜕变，这过命的交情是我们这群战友在短短30多天中最深刻的回忆。

讲述者

包丽雯，女，1985 年 1 月生，复旦大学附属华山医院心内科主治医师。作为华山医院紧急医学救援队队员，于 2020 年 2 月 4 日随队奔赴武汉参与抗疫战斗，参与武昌方舱医院的建设和轻症新冠肺炎患者的救治工作，同时担任华山医院援鄂医疗队第三纵队青年突击队副队长、临时团支部副书记。

武昌方舱医院是武汉第一家启用也是最后一家休舱的方舱医院，从医院建设、患者收治、院感防控、医护协作及后勤保障，包丽雯与队友们战斗 35 天，换来了累计收治 1 124 人、康复出院 833 名患者、医护人员零感染的战绩。

（编辑：张铭彤）

医者担当

武汉同济医院全院共有5 100余人投身抗疫一线，为武汉保卫战贡献力量。截至2020年4月12日，同济医院发热门诊累计接诊40 054人；接受在线问诊8.9万人，其中海外问诊224人。同济医院是武汉集中收治重症患者最多的定点医院，光谷院区于2020年3月30日完成了使命，累计收治1 462人；医院接管的光谷会展中心方舱医院，累计收治992人。累计ECMO治疗成功脱机11人，有创机械通气成功拔管37人，恢复期血浆治疗139人，中药的使用率达94%～97%。疫情期间，医院实施新冠肺炎确诊或疑似患者手术治疗278例，收治新冠肺炎确诊或疑似的孕妇56人，完成新冠肺炎确诊患者血液透析445台。

▲ 扫描二维码收看本篇故事视频讲述版

援鄂抗疫的52个日夜

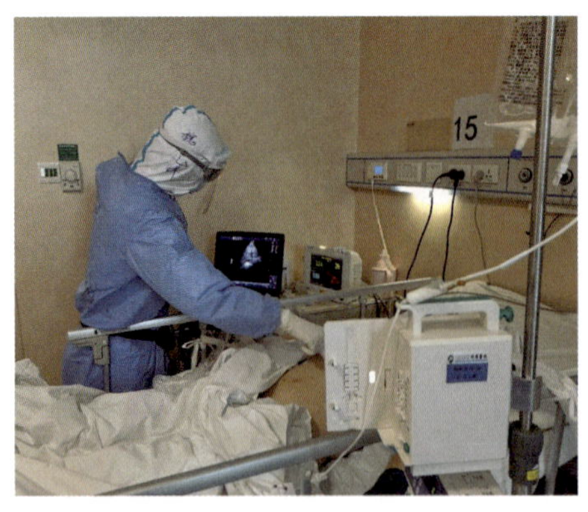

魏礼群为患者进行心脏超声检查

初至武汉，空城是我当时最大的观感。空荡的城里塞满了恐惧，容不得我多想。作为华山医院援鄂医疗队第四纵队的一员，我立即进入ICU隔离区值班。放眼所见的皆是亟待救治的患者，医师治病救人的本能被激起，由此生出了与恐惧对抗的勇气。

救治初期，我所收治的一名患者

刚进入 ICU 准备进一步治疗，却在气管插管时病情急剧恶化。尽管我们的团队成员竭力抢救，但患者依旧永远地离开了。一位患者的离开，对于一个家庭来说，可能是一个儿子、丈夫或父亲的离去。思及这点，我的心理防线一度崩溃，禁不住泪流满面。无能为力，回天乏术，就是当时最真实的写照。

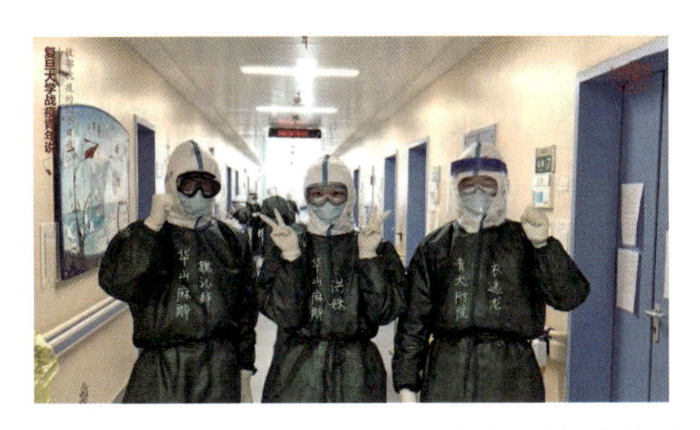

魏礼群与麻醉医师们在院内的合影，左 1 为魏礼群（视频截图）

不过，在高年资的老师、前辈们的开导下，在他们抗疫决心的影响下，我渐渐平和了心态。与其他的援鄂医护人员一起并肩作战，不抛弃、不放弃。就像战争焦灼时期坚守阵地的士兵守住阵地不断反击，我们也尽一切所能救治患

同济医院光谷院区气管插管冲锋队成员合影

者，与疾病作战。尽管过程艰难，但在医护团队的不断努力下，渐渐地，康复人数与出院人数都稳步增多。

2020 年 2 月 14 日，我所在的武汉同济医院光谷院区成立了一支气管插管冲锋队，由来自不同医院的援鄂医师组成，共 20 名成员，承包了全院 17 个病区的气管插管。

现在回想起气管插管，依旧有些后怕。新冠肺炎患者气道中病毒含量最高、传染性极强。进行气管插管时，操作者与气道间仅一根导管的距离。患者自身氧和条件较差，可进行操作的时间仅为 30 秒左右。而且，操作者身处病毒的“震中”，还会尽力保护身边的同事，让他们尽可能后退一步，自己独自承担最危险的工作。

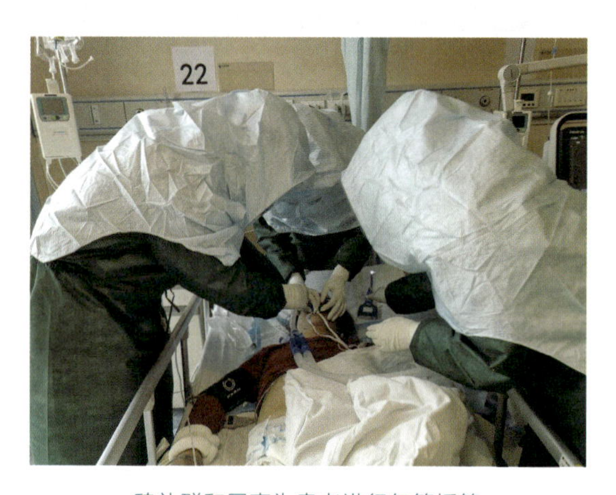

魏礼群和同事为患者进行气管插管

即使在这样严苛的情况下，气管插管冲锋队仍进行新冠肺炎患者气管插管 71 例，治疗后好转并拔管 15 人，同时在隔离区值班进行动脉穿刺、深静脉穿刺、吸痰、翻身及呼吸机调整等工作。在后期主导转运患者 2 人，带管患者 2 人，带 ECMO 患者 1 人。

从冲锋队成立那天开始，我与队员便只在层层防护服下相见过，通过眼睛来识别对方。直到 3 月 31 日，我们才第一次摘下面罩，聚在一起，以自己的面孔相见。那一刻我发现，其实我们每个人都只不过是放到大街上就淹没在人群中的那种长相。大家都是普通人，只是在国家、人民有难的时候，挺身而出做了一件不普通的事情。

在这次援鄂的52天里，我在心理上受到的最大影响，便是学会了“勇敢与坚持”。人应当直视自己的不足，做事谋定而后动。在面对未知时，更多的是勇敢面对。

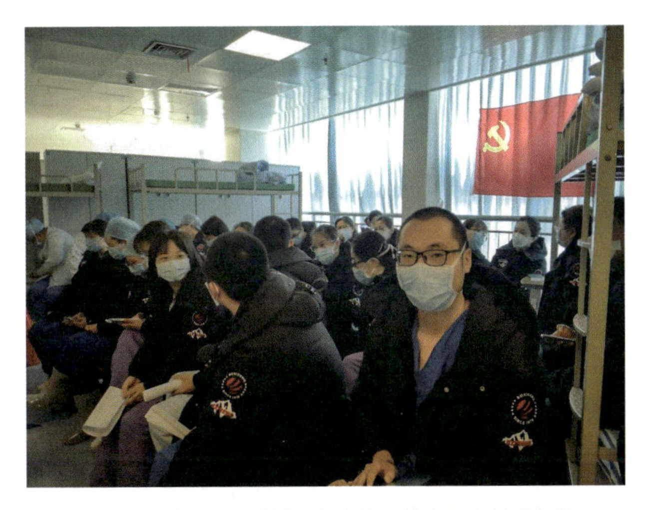

魏礼群作为华山医院第二批火线入党成员在前线入党

讲述者

魏礼群，男，1991年11月生，复旦大学附属华山医院麻醉科住院医师。在2020年2月9日至3月31日，作为华山医院援鄂医疗队第四纵队成员，支援武汉市华中科技大学同济医学院附属同济医院光谷院区ICU，主要负责气管插管、ICU隔离区值班及后期转运等工作。由于突出的工作表现，魏礼群于2020年3月5日，作为华山医院第二批火线入党的队员在前线光荣入党。他所在的“复旦大学附属华山医院ICU团队”及“华中科技大学同济医学院附属同济医院光谷院区插管小队”两个团队，均获得全国卫生健康系统新冠肺炎疫情防控工作先进集体。

（编辑：张铭彤）

一名管理小兵的武汉前线抗疫日记

我是复旦大学附属华山医院的邱智渊。这次新冠疫情发生之后，我们在2020年2月8日元宵夜接到上级通知，要求整建制接管同济医院光谷院区ICU。任务是对危重症患者应收尽收，应治尽治。凭借着华山医院极强的执行力和极快的速度，一夜之间万事俱备，队伍整装待发。我们的任务非常重，ICU就是守住危重症患者的最后一道防线。

卫生管理专业毕业的我，被任命为医疗队的副队长，在接收患者的首个夜晚，可谓是不眠夜。华山医疗队在24小时内收治第一名患者，拉开了与死神抢人的危重症患者保卫战。队长李圣青教授作为党员，第一个带领队员进舱。同济医院光谷院区的17支医疗队，制度不同、文化不同，我每天参加医务处例会，做好沟通协调工作，打造多医院、多学科的团队协作模式，发挥队伍的最大战斗力。在ICU满员情况下，收治危重症患者30名，其中气管插管患者27名，连续肾脏替代疗法（continuous renal replacement therapy， CRRT）治疗4名患者， ECMO治疗2名患者。我们优异的救治成绩被国家卫健委领导肯定，也获得“全国抗疫先进集体”的荣誉称号。

在这过程中，我的另一个重要工作就是关心好队员的衣食住行、吃喝拉

2020年2月9日从华山医院出发支援武汉

撤，保证队员一个不能少， 一个不能倒。在武汉的工作很辛苦，队员们在忍受身体极限的同时，也忍受着心理极限，以及与家人分别的相思之苦。只有保证队员吃好、休息好，关心好他们的心理，大家才能积极地投入危重症患者的救治工作中去。

抵达武汉同济医院光谷院区

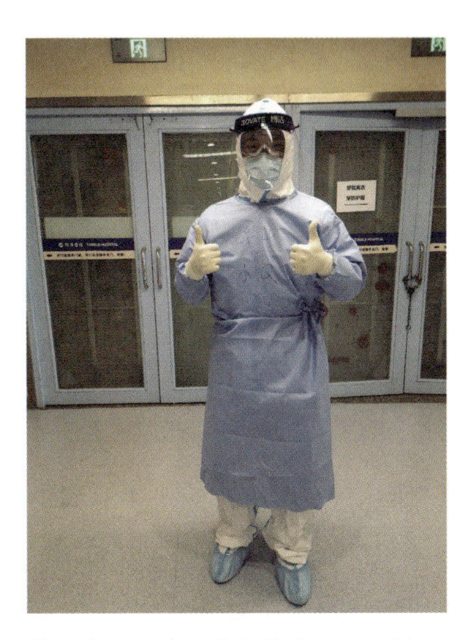
进入武汉同济医院光谷院区 ICU 前

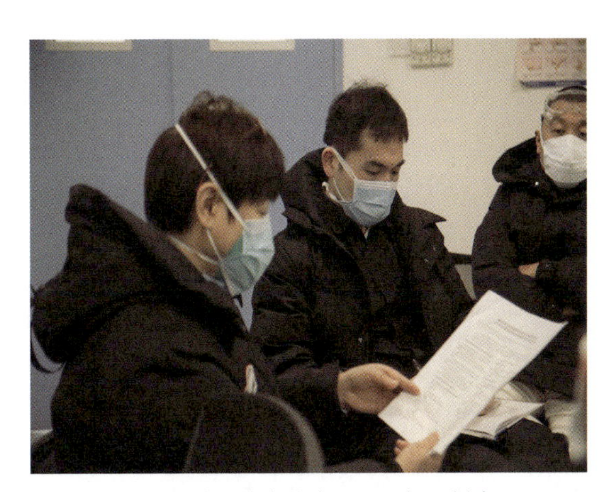
武汉同济医院光谷病区 ICU 每日例会

在这次抗疫中，我们勇挑重担，不畏艰难、冲锋在前，竭尽全力，不放弃任何希望，全力救治每个生命。我们有着强大的学科支撑、扎实的基本功及优秀的职业素养。我用镜头记录下抗疫的感人瞬间：麻醉科“90 后”医师在大难之中仍不失医者大爱与仁心。

借用习总书记在给北京大学援鄂医疗队“90后”党员的信与大家共勉。希望各位青年一代学好知识、练好本领，无问西东。当未来某一天，社会、国家，乃至整个民族需要你的时候，能挺身而出。这时候你会觉得自己的人生是真正有价值的。

讲述者

邱智渊，男，1985年1月生，复旦大学附属华山医院门诊副主任。作为华山医院第四批援鄂医疗队副队长，2020年2月8日晚接令，随队于2月9日出发抵达武汉，整建制接管武汉同济医院光谷院区ICU 30张床位，收治危重症患者，在武汉工作50余天。关心好队员，凝聚好队伍，协调好关系，让医疗队凝聚成合力。输出华山医院临床技术水平的同时，把医院管理带到抗疫前线，把好危重症患者救治的最后一道防线和关口，同时做到队员零感染。队伍治疗效率在武汉名列前茅，出色的救治成绩获得国家卫健委领导的高度评价。所在队伍获得“全国抗疫先进集体”荣誉称号。

（编辑：张　楚）

敬佑生命，医者担当

我叫夏从容，是复旦大学附属华山医院第四批援鄂医疗队的队员，也是青年突击队的一员。

我们这支医疗队整建制接管华中科技大学附属同济医院光谷院区ICU，收治此次疫情中的危重症新冠肺炎患者。ICU既是重症患者的最后一道防线，也是降低病死率、提高救治效果的最后一关。

作为一名党员，我在疫情之初就主动报了名，很早就有了心理准备。但是在武汉的第一天，救护车铃声响了一晚上，还是给了我不小的震撼。当晚我在收治一名患者后，他的家属站在我们病房门口迟迟不肯走。问及原因，他说他很感恩我们能够收治他的家人，因为照顾家里人，他自己也是新冠肺炎的确诊患者，想问我们还有没有空床，他也想得到治疗。但是，一线床位的紧张程度远超我的想象。

我经历过抢救患者的过程，也照看过重症患者，但患者病情的危重程度再一次震撼了我。“应收尽收、应治尽治，不惜代价挽救每一条生命”的要求让我们迅速地投入救治工作中。我们的任务的确很艰难，但是难度大不是借口，硬件不够，流程来凑。我们把华山制度“移植”到了光谷，对待危重症新冠肺炎患者，我们不仅要实施华山标准，更要高于华山标准，将原本的责任制管理模式更进一步，实施“一对一，点对点”的精准化管理，真正做到以患者为中心，保证患者得到治疗和护理的同质化与延续性，最大程度地保障患者安全。同时，我们把精准化管理做到极致，针对危重症患者，每小时都要进行出入液量的统计。为此，我们迅速成立了各个专科小分队，充分发挥各个专科的优势，给患者最全面和最专业的救治。

因为隔离病房的特殊性，患者没有家属的陪护与探视，所以在日常的工作中，我们也很注重与患者的交流。有位温暖的队友，一直坚持跟一位昏迷的患者聊天。每次她一上班，就会跟患者说话。“程大爷， 今天外面下雪了，冷是冷了点，不过景色挺好看的”“今天天气很好，路边的花都开啦”“现在我要给您打针，可能有点痛，请您稍微忍一下”，诸如此类。后来，这位患者经过 1 个月的治疗，脱掉了呼吸机，也清醒了过来。我去问过他：“在你昏迷的时候，你能听得到我们说话吗？我们给你做各项操作的时候，你有感觉吗？”他说：“那倒没有，就感觉自己睡着了，还做了一个很长的梦。”我问：“你梦见什么了？”他说：“我梦见我在医院，我的家人都在门外。虽然我看不到他们，但是我知道他们

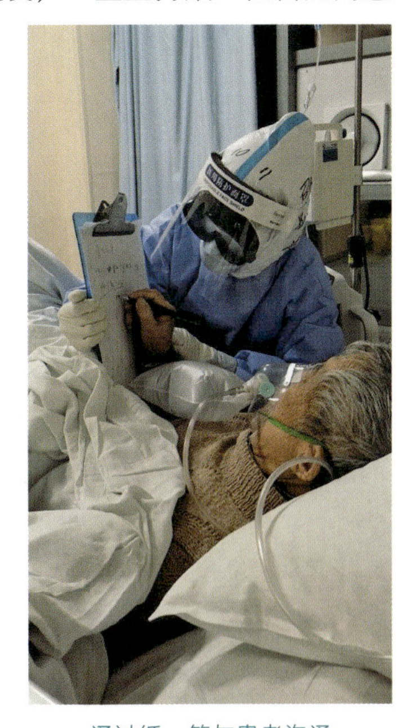

通过纸、笔与患者沟通

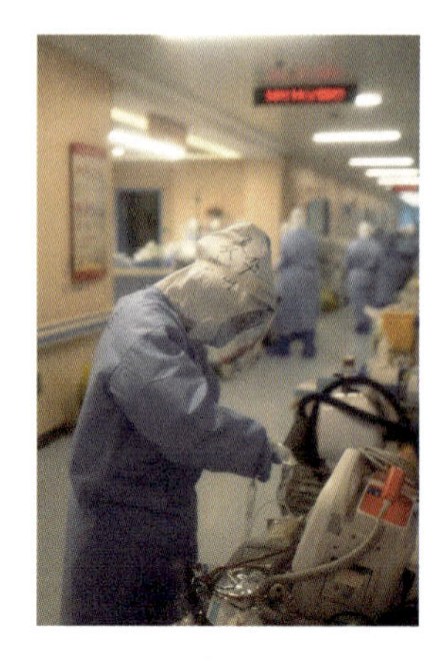

准备补液

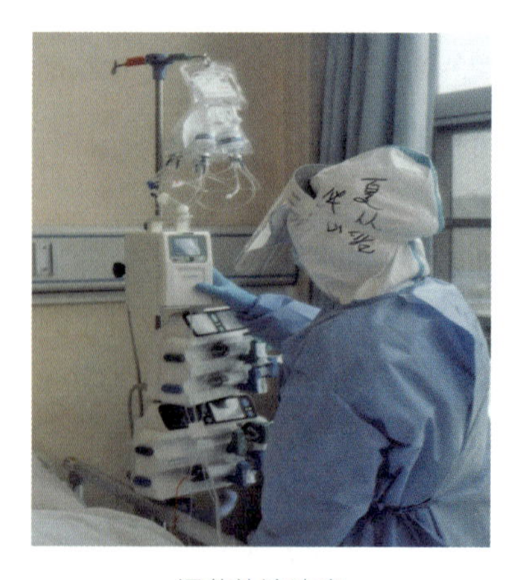

调节补液速度

在。后面我梦见我的家人进来了，围着我，跟我说我可以出院了，我就醒了。”我想，我们这名队员对患者的关怀真的带给了他一定的慰藉，给了他“家”一般的感觉。所以我们“偶尔能治愈患者，常常去帮助患者，总是去安慰患者”。面对无法帮助患者解除病痛的困境，我们有无奈与无力感，但是我们觉得给予每个生命关怀的温度和应有的尊重与尊严同样重要。这生动的生命教育课让我深刻地认识到：理论知识和操作技能水平决定了我能不能做护士，但是人文素养和对生命的态度则决定了我能不能做一个好护士。

满负荷运转的我们为重症患者按下了死亡的“暂停键”，我们有了第一例拔管、第一例 ECMO 脱机、第一例出院，然后是第二例、第三例。我们让好消息变成了日常讯息。

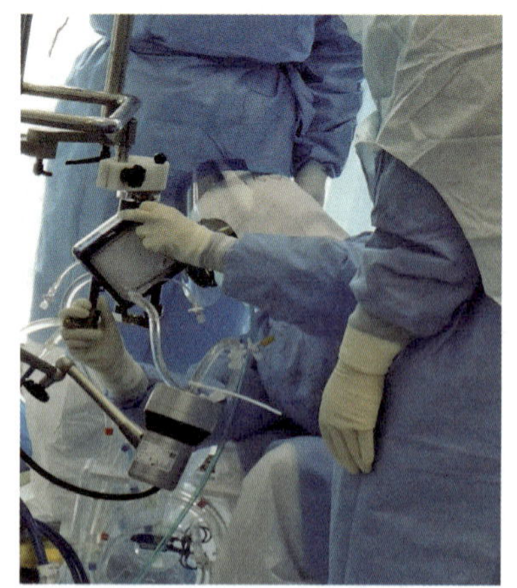

ECMO 上机前机器调试

由于出色的救治效果，我们的救治经验也得到了认可并被推广。我们医疗队荣获了全国卫生健康系统新冠肺炎疫情防控工作先进集体，同时也有多名队员荣获省部级和市级先进工作者的称号。

抗疫工作中，我们作为医务人员的确是主角，但却不是唱独角戏，还有很多幕后英雄同样值得被尊重与铭记。比如：经常跟我们道谢的保洁阿姨、给我们提供义务帮助的党员司机，以及为我们前线捐赠防护用品和医疗器材的各位爱心人士和企业。大家各司其职、通力合作，才取得了卓越的抗疫成绩。

讲述者

夏从容，女，1996年2月生，复旦大学附属华山医院急诊科护士。在2020年2月9日至3月31日，作为华山医院第四批援鄂医疗队成员，支援武汉华中科技大学附属同济医院光谷院区ICU，护理此次新冠肺炎的危重症患者。同时，负责各类援鄂工作的信息统计，以及援鄂经历的记录宣传工作。所在的华山医院ICU团队获得全国卫生健康系统新冠肺炎疫情防控工作先进集体。

（编辑：张　楚）

▲ 扫描二维码收看本篇故事视频讲述版

人 间 值 得

2020年大年夜，驰援复旦大学附属上海市公共卫生临床中心；2月9日，随华山医院援鄂医疗队出征武汉。我所在的华山医院援鄂医疗队整建制接管了武汉同济医院光谷院区ICU，收治危重症患者。作为华山医院援鄂医疗队第四纵

毛日成在武汉同济医院光谷院区党旗下宣誓

队青年突击队队长兼临时团支部书记，我还负责并参与了院感制度与诊疗方案的制订、深入隔离区查房、开展血气分析、深静脉插管及操控呼吸机等工作。

2 月 11 号，76 岁的胜老伯因为咳嗽、咳痰 5 天，收治于武汉同济医院光谷院区。入院后老伯的病情迅速加重。老伯复查了肺部 CT，发现双肺白肺，转到我所在医疗队负责的 ICU。不但双肺的情况令人担忧，老伯还有糖尿病、房颤等基础疾病，这给治疗带来很大的困难。更棘手的是，老伯还经历着来势凶猛的炎症因子风暴。

为了更好地救治老伯，医疗队对老伯进行了气管插管。接上有创呼吸机后，老伯的氧和情况迅速得到改善。同时，我们也为老伯进行了抗感染治疗、抗病毒治疗及控制血糖等对症处理。

正如我们所期待的那样，老伯的病情慢慢好转。但是长期的糖尿病与卧床，使得老伯的右下肢出现了严重的并发症。若不及时截肢，全身毒素将迅速扩散，生命也无法保障。为了挽回老伯的生命，我们冒着很大的风险给老伯进行截肢手术。在这样的特殊时期，同济医院光谷院区的手术条件非常有限，但是作为医师，自然不忍心看着老伯在痛苦中等待。毛日成说：“作为医师，只要患者不放弃，只要患者家属不放弃，我们一定会尽全力抢救他。这是我们做医师的天职。”

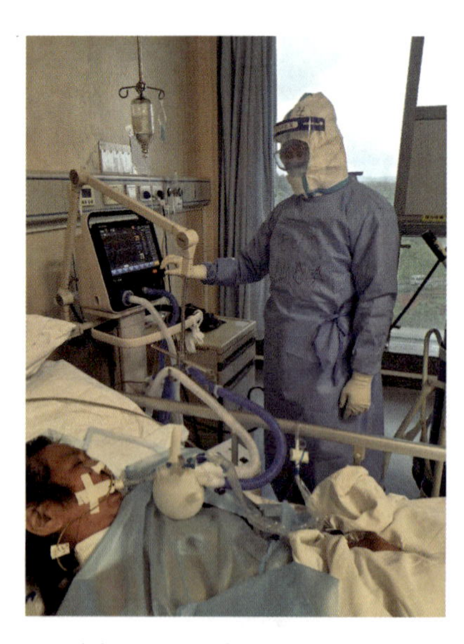
毛日成在 ICU 床旁给患者调整呼吸机参数

截肢手术需要在武汉市同济医院的中法新城院区完成，而为气管插管、呼吸机辅助呼吸的老伯完成转院，也是一件大工程。3 月 14 号的傍晚，一场生命的接力在同济医院光谷院区和中法新城区展开。夕阳下，我院医疗队的医师罗蒙强、曹淑梅和 3 名急救人员一起看护着胜老伯和他身上的全套仪器设备，小心翼翼地把胜老伯送往中法新城院区。

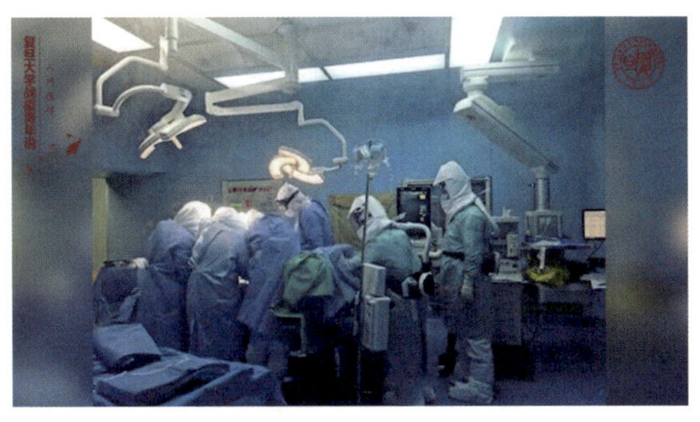

截肢手术进行中（视频截图）

3 月 16 号上午，血管外科的专家首先为老伯植入了下肢静脉滤器，确保老伯在下午的手术过程中不会因为血栓脱落引起栓塞。下午 1 点许，手术开始。

一般情况下，一场截肢手术只需要 1 个小时就能完成。但是那天下午，教授们都在全副武装下做手术，整整花了 2 个多小时。每个人身上都穿上了厚重的防护服，隔着眼镜、隔着护目镜，反复确认，确保万无一失。戴着 N95 口罩，戴着面罩，所有人都觉得呼吸严重困难。但是他们有一个信念：一定要坚持到底。

手术做完了，大家都像跑了一个马拉松，目之所及都是湿透的衣服和疲惫不堪的面庞。这就是上海华山医院和武汉同济医院并肩携手，拼尽全力，环环相扣，咬紧牙关，不言放弃的生动写照。在夕阳下的生命接力，在医护人员的奋力拼搏下，终于迎来了新生的曙光。

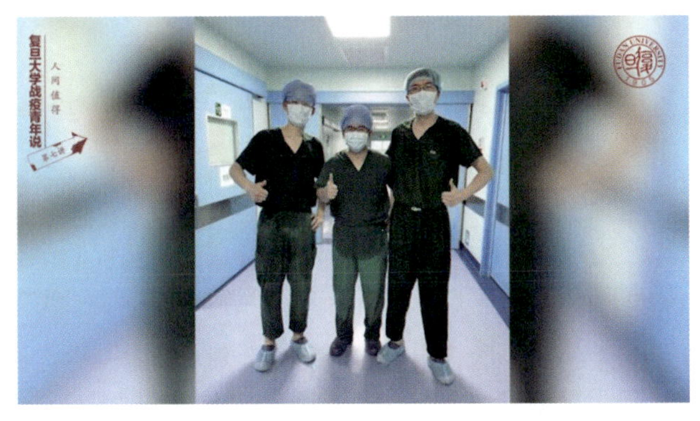

截肢手术结束后医护合影，身上被汗水湿透（视频截图）

几十个援鄂日夜，无数次生命接力，被汗水浸透的手术服，口罩下脸庞上深深的压痕……不过，所有的付出都是值得的，因为人间值得。

讲述者

毛日成，男，1981 年 1 月生，复旦大学附属华山医院副主任医师，科主任助理。华山医院援鄂医疗队第四纵队青年突击队队长兼临时团支部书记。从大年夜驰援上海市公共卫生临床中心换防之后，他又随华山医院援鄂医疗队出征武汉，整建制接管了同济医院光谷院区 ICU，与队员们一起把一个崭新的病区重建成有 30 张病床的 ICU。毛日成作为青年突击队队长身先士卒，冲锋在前，并带领青年突击队队员们以大无畏的精神投入驰援武汉的抗疫一线工作中。

（编辑：张铭彤）

战场的第一缕曙光

2020 年 2 月 28 日，由复旦大学附属华山医院接管的武汉同济医院光谷院区 ICU，首例联合机械通气（mechanical ventilation，MV） + ECMO + CRRT 抢救的重症患者成功拔出气管插管。该患者已经成功撤离 ECMO、 CRRT 及 MV，此举尚属武汉同济医院光谷院区首例。

首例 MV＋ECMO＋CRRT 联合救治

2020 年 2 月 11 日，已被确诊新冠肺炎 10 余天的市民程先生，因为呼吸衰竭、氧合指数下降，由光谷院区普通病房转入 ICU。华山医院援鄂医疗队第四纵队队长李圣青带领的华山医院多学科医学团队为程先生制订了治疗策略，先后进行无创氧疗、呼吸机辅助通气，并在 2 月 18 日联合同济医院多位教授成立护心小组，给患者植入了 ECMO 管道，并成功运转机器。患者的氧合立刻得到明显改善。考虑患者处于一个炎症风暴的病理状态，为进一步保护患者的脏器功能，进行了 CRRT 联合治疗。

华山医院抗击新冠肺炎青年突击队副队长、虹桥院区 ICU 团支部书记杨磊，是治疗程先生团队中的一名主治医师。对危重症患者生命支持的各项技术特别钻研的他，认为此次首例 MV + ECMO + CRRT 联合救治，不仅收获了患者救治的成功，还有自我知识架构的完善，从而能将其更好地应用于之后的危重症患者救治上。

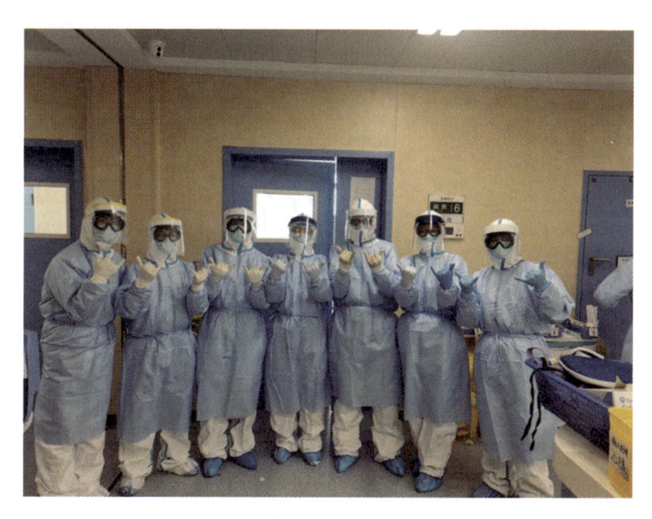

护心小组部分成员

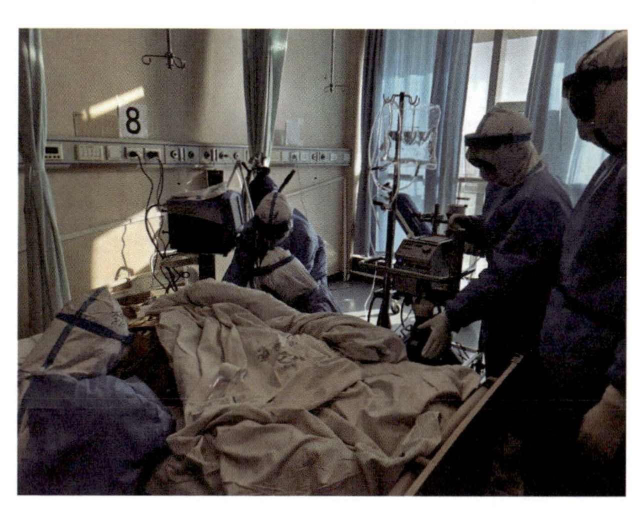

为患者程先生植入 ECMO 管道

首例 ECMO 联合 CRRT 治疗

华山医院援鄂护肾小组由 2 名肾内科血透医师和 6 名血透护士组成，1993 年出生的血透室护士宋敏便是其中一员，她在第一时间报名出征武汉。在抵达武汉后，她和其他团队成员在护士长袁立的带领下，白天在线上接受操作培训，晚上返回宾馆后又继续看培训视频，做笔记，一有空余时间就在 CRRT

护肾小组进舱前

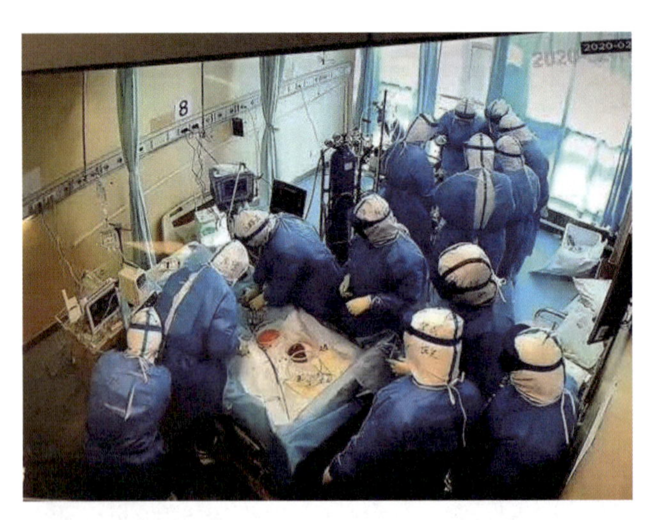

武汉同济光谷 ICU 首例 V-V ECMO 正在运行
（注：V-V ECMO：静脉-静脉体外膜肺氧合）

机器上反复模拟演练，和姐妹们一起商讨治疗中可能会遇到的技术问题和处理方式，为 CRRT 治疗做足准备。在援鄂的第二周迎来了首例 ECMO 联合 CRRT 治疗，需要护肾小组及同济医院团队 24 小时密切监测患者的生命体征及机器的各项指标和参数，在第一时间发现异常，及时解决。在首例 ECMO 患者成功脱机后，宋敏说：“这是在武汉奋斗的 20 天来，我们收到的最好的消息！”

首例 ECMO 脱机

华山医院张文翠是护理程先生的一名 1996 年出生的床位护士。2020 年 2 月 27 日中午，她与华山医院和同济医院医护团队全副武装，齐心协力地进行了首例 ECMO 脱机之战。成功撤离 ECMO 后，程先生用颤颤巍巍的手写下了“谢谢”。张文翠看到患者拿笔写字的那刻，鼻子发酸，但想着不能浪费防护服，硬生生把眼泪憋了回去。厚厚的防护服和起初紧张的氛围早已让她汗湿全身，看到脱机后心电监护屏幕上仍跳动着正常的数值，她激动地说：“就在 10 天前，我们还在为植入成功而欢呼，今天我们就为脱机成功而雀跃！9 天了，等这一刻等了 9 天。依稀记得，患者在我班上偶尔的病情反转，我害怕地紧急求助医师。医师让我不要害怕，我们一定要尽全力去救治，只要我们不要放弃、患者坚强，一定有希望的！”于是，每当看到患者难受，张文翠就给他打气加

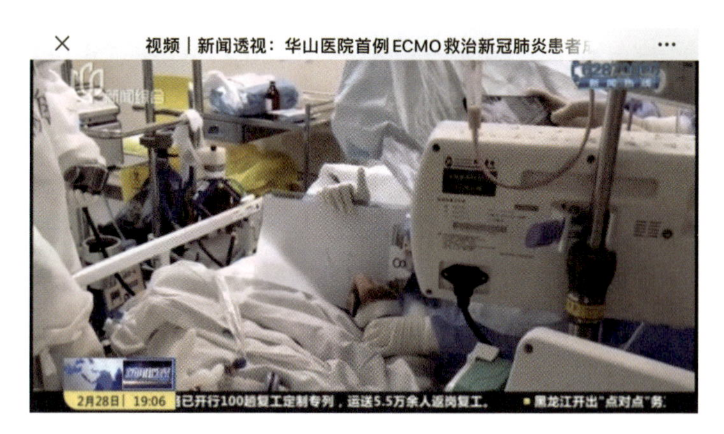

ECMO 成功脱机

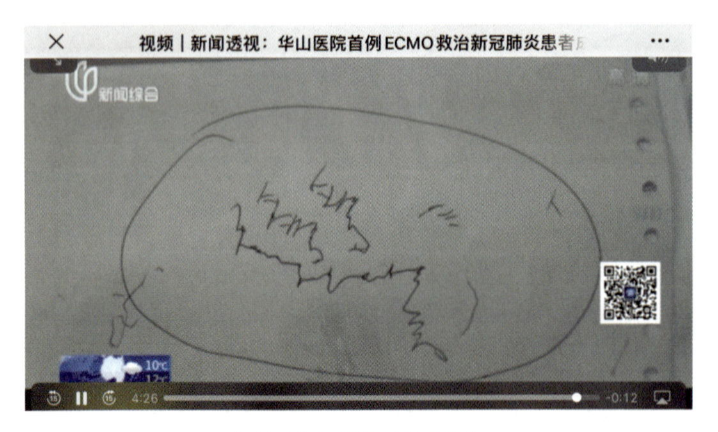

患者程先生用颤抖的手致谢

油，她亲眼见证了患者一天天好起来。后来几天，她看到患者病情逐渐好转，再到现在他已成功脱机，真的感到满心欢喜！同时也为我们白衣战士感到自豪。

呼吸机脱机

程先生 ECMO 脱机后，于 2020 年 2 月 28 日顺利脱离呼吸机，并拔除气管插管，改为无创呼吸机辅助通气。华山医院团队主班护士汪佳玲说："我们所有的组员都为之振奋！"她还说："另一名重症患者也在我们班上脱呼吸机成功，刚开始氧饱和度不高，在包悦护士的拍背排痰及患者自己的努力下，他竟然咳痰 3 次，氧饱和度马上就上来了，还对我们说了'谢谢'。还有一位患者在积极配合治疗之下逐渐好转，由护士长施培红和床位护士周叶佳送出 ICU，转至轻症病房。这鼓舞了我们，让我们看到了曙光。我们一定会打赢这场仗，平安回去。"

由华山医院呼吸科、重症医学科、感染科、肾脏科、血管外科、心脏科、胸心外科和麻醉科等科室组成的多学科医疗团队，成为援鄂一线的一支铁军。青年突击队更是这支铁军的中坚力量，他们紧密配合、互相联结，用心灵点燃生命的明灯，用坚韧搭建康复的阶梯，用大爱点亮明天胜利的曙光，创造了首例 MV + ECMO + CRRT 联合救治成功的奇迹。

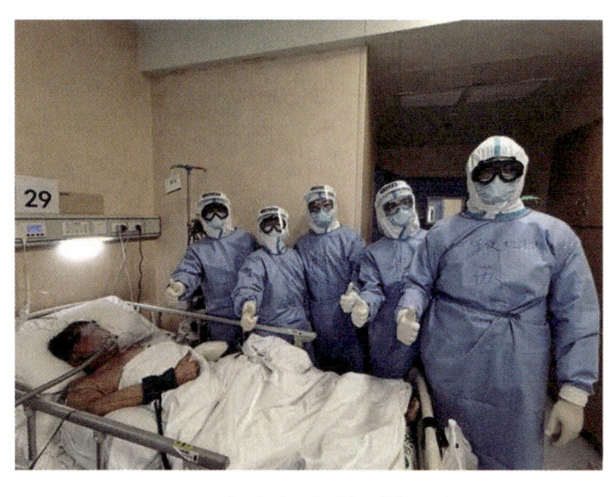

一名患者呼吸机脱机

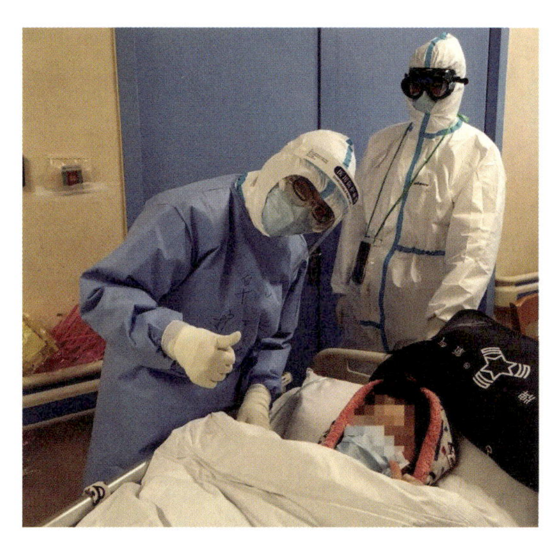

一名患者转出 ICU 入轻症病房

（编辑：陈思羽）

感恩善意，感恩你我

▲ 扫描二维码收看本篇故事视频讲述版

武汉雷神山医院位于江夏区强军路，救治对象为各医院发热门诊和住院确诊的新冠肺炎患者。医院充分借鉴“非典”时期小汤山医院的经验，只设住院，不设门诊。

2020 年 2 月 8 日，中南医院正式接管武汉雷神山医院，武汉雷神山医院收治了首批患者。2 月 18 日，医院首例治愈患者出院。4 月 15 日，雷神山医院休舱，共收治患者 2 011 人，重症患者占比约一半。

我是湖北人，奔赴武汉，义不容辞

我是湖北人，出生在宜昌，在武汉度过了 5 年的大学时光。因为学业繁重，除了教室和实验室，离开校园的时间寥寥无几。读书的那几年很少有时间能去看看这座城市的人和景，但有一回印象格外深刻。那是一年暑假，国家有一个"大学生三下乡"的调研活动。我们到洪山区的一个小区，评估社区保安的急救能力，并给所有安保人员培训心肺复苏。整个小区活动室里站着满满当当的热心人，充斥着响亮的武汉话。当时喧繁热闹的场景仍在眼前，同我在雷神山看到的场景截然不同。当我离开武汉的第五个年头再回去的时候，我心痛了。

与此同时，我也知道我瞒着父母来武汉的决定再正确不过了。我是家里的小女儿，从小没受什么苦，一直是在掌心里被捧着长大的。妈妈在情感上比较脆弱，过年时，武汉刚刚封城，我和妈妈视频聊天。妈妈直抹眼泪，说活了一辈子，都没见过这样的事情，怎么会这样呢……她反反复复地说，我劝也劝不停。她心肠软，见不得这样的场景，更何况这样活生生的数据摆在她面前。所以我思量再三，没有告诉她我去武汉的决定。为了不暴露行踪，家里发来的微信视频我全都没有接，两三次便被怀疑了，还好我把发的朋友圈内容定位在上海，也有之前在上海拍好的照片能够发给她。我爱人也特别给力地帮我一起隐瞒着，会给妈妈打电话，说我又想吃什么东西了，让姐姐给送过来。3 个人配合着把这场戏演着。后来，因为妈妈知道我在上海，经常看东方卫视，听"今日闵行"的广播。某天，突然听到"今日闵行"的一档节目"武汉日记"里有关于我的内容，这才暴露了我的行踪。那时妈妈哭了一场，我一方面担心她身体不太好，另一方面反而因为不用再隐瞒松了一口气。

从雷神山抗疫回来后，我再次深深地感受到姐姐心里承受了很多。我记得有一天夜里她几近崩溃，说梦见我没有了，还把工资都捐了出去，我听了心里难过得很。我在武汉忙碌的时候顾不了那么多，可是亲人却日夜不能安眠。我虽然内疚而心疼，但这就是内心所向。

就像我之前写给我爱人的信息："我对不起你，我非去不可，这场瘟疫死了太多的人。这里面的每个人都有爱人，有父母，有舍不得的牵挂。"

我是一名在医学院握拳宣过医学生誓词的青年医师，也是在党旗下宣过中国共产党誓言的青年党员。自古忠孝不能两全，所以，自愿奔赴武汉支援抗疫再没有比我更合适的了！

复旦大学附属上海市第五人民医院援鄂医疗队（青年突击队）在出征誓师大会上的合影

青年突击队：雷神山拔鱼刺

复旦大学附属上海市第五人民医院第三批赴武汉雷神山医院的医疗队是一支 50 人建制的援鄂队伍。队伍中青年人的比例是 72%，队伍里年龄最小的是 1996 年出生的。她们中有出发前取消旅拍婚纱的小年轻，有到达雷神山之后火线入党的青年医护。

我们到雷神山的时候，C2 病区就像一个毛坯房，很多的东西都要组装，小到一个垃圾桶，大到一张床。那时候真的是累得够呛，简直整个儿做一个搬运工，累到腰酸背痛，但全队上下却都没喊过一句苦，一句累。回来之后才听带队的洪院长说起，其实，当天晚上有好几个人悄悄地问他物资里面有没有准备腰托。我们这群人里有一些平时在操作和手术中留下过一些隐患，这样大的强度，早就超负荷运转了。但是大家仍然不顾伤痛，努力干活，只是为了让病区早一天开始运转。

等到病区开始收治患者后，我们这些医护人员不光要对患者进行治疗和护理，同时要扮演保姆、清洁员和给予关怀的亲人的角色。对待高龄、生活不能自理的患者，吃喝拉撒都靠医护人员。这样的强度经常带来的是缺氧和大汗淋漓。流失的汗液在密不透风的防护服里汇集成水，脱防护服的时候经常全身是湿哒哒的。但是我们仍然尽力满足老人家的每个要求。每班的医护都是如此。

查房时，曾经有一位患者对医师说，他想吃咸菜。其实雷神山的饮食是统一调配，而且都是出于营养考虑进行的配餐。当和护士长说明的时候，护士长立马说好。如果医院没有，她一定想到办法。后来，患者吃上的咸菜是驻地援鄂人员从自己箱子里拿出来的。

我们雷神山 C2 病区的所有医护人员，都希望无论是在医疗上，还是在生活上，都一并给患者最好的。所以患者也非常理解和心疼我们。有一位状态不错的患者，他说他是老师，一定要代表大家给我们道谢，拉着夜班医师希望能帮忙传达。当我在病区群里听到那真挚的感谢时，心里微微泛着酸。

有一次夜班，青年突击队中的一名护士正在给卧床不能自理的患者翻身、擦身子，然后对讲机响了。一位患者说马桶堵了。待她通马桶回来，手里还拿了个大大的黄色垃圾袋。晚班不是收垃圾的时间点啊，她却收拾出了一大袋，说是看到一个高中生床旁全是垃圾。夜里晚了，孩子睡了，想着垃圾也不能留着一夜，小伙子没打扫，她索性帮他给打扫收拾了。后来小伙子在我们病区待的时间长了，看手机、玩游戏的时间越来越少了，更多的时候是和大家一起做做操、看看书、聊聊天。出院的时候，他说他想回去好好读书，一定要考上大学。如果可以，他也想做医师，像我们这样的医师。

类似的话每天都能听到，类似的事情每天都在发生。发生得多了，大家就不再像之前那样经常失眠和惴惴不安，心里也都暖烘烘的。

去了雷神山，印象最深的就是中班拔鱼刺的经历，这次意外深深地考验了当时的我，也激励着现在的我。

那是一次平凡的中班，我理着手头的医嘱，查看新出的检查报告结果，给一位纤维蛋白只有 0.49 的患者申请纤维蛋白原。雷神山的申请机制很严谨，打过电话后，我在护士台的电话机旁等待着药剂科回复。这时，舱外的护士过来告诉我："李医生，12 床说咽喉部有异物，疼痛，可能是被鱼刺卡住了，舱内护士已经在床旁。"我们立即连线床旁护士，阻止患者擅自乱动后着手进舱。开舱前王护士递给了我一份导尿包，没有拔鱼刺所需的专业器械。这应该是她找遍整个 C2 病区唯一能用的替代品。

到了床边，我发现患者是很年轻的一位女性。她焦虑，手掌卡着脖子。我看见高护士在一旁安抚着她，我接替她的位子。患者说她自己已经抠了一会儿了，现在反而更深了，边说边用舌头去顶。我这才发现她眼睛已经有点红，而且折腾得沁出了些泪花来。我拿过压舌板查看口咽部，见扁桃体二度肿大，左侧明显，视野内无鱼刺；棉签探查，位置在左侧下部，扁桃体后下方。

探到鱼刺，她明显很高兴，连声支吾道："就是这里。"并不停地做手势，情况还算稳定。经过舱内和舱外医务人员的评估，目前需要密切关注病情变化，做好专科人员和器械到达前的前期工作和部署。

我们时刻关注着病情变化。随着时间推移，当患者开始出现呃逆，拇指和示指卡住脖子主动地往外吐着唾沫，试图将鱼刺冲出来的时候。我们知道，病情已经突变。此时，我们向舱外申请，主动要求拔出鱼刺，缓解病情。

当舱外按照应急反应措施执行时，我们着手将患者口腔再次暴露，虽然视野内仍没有鱼刺的踪迹，但我们依然坚持，最后用棉签、导尿包中的镊子取出鱼刺。患者兴奋地说，还好在她中途想要放弃的时候，我们的坚持说服了她，没想到卡了这么大一根鱼刺！拔完鱼刺，她拿着手机要求合影，打算发抖音。

我们心中全都松了一口气，同时发现防护服里又湿又潮，一身冷汗。

出舱后，我们来不及思考当时是否危险，当下是否已被感染。因为我们做了我们作为医师应该做的：健康所系，性命相托。王护士用导尿包替换静切包，是非常机智且唯一的办法，充分展现了在紧急情况下，一名医护人员应有的镇静和素养。

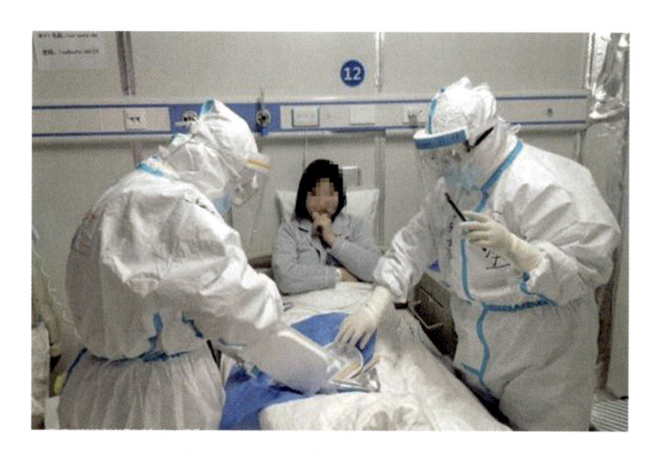

李青青与同事帮助患者拔出鱼刺

我知道，对现在和我们一样的很多年轻人来说，经历过最惊心动魄的事情可能是学校里的考试。但是到了疫区中心，那里每一天都有生命需要你去挽留，已经不再是考场，而是真正直面生死的“战场”。

雷神山就是“战场”，这里的每一次值班都是一次对体力的洗练，对专业素养的挑战。舱内的工作对每个年轻人来说就像一块试金石，直接而有效。我们唯有磨练好自己的专业技能，锻炼好自己的临场反应，训练好自己的应急能力。就像每次夜班交完班后下班，疲惫的身体荡过军体路，心里却安静而纯粹，满足极了。

人在跌宕起伏中反而是最满足的。而一成不变、一潭死水的生活，是连快乐都没有味道的。付出，极致的付出，无论所得多少，都会是一种享受。敢拼，输了赢了，都是一种获得。更何况，我们还是青年人，怕什么呢？我们最不怕的就是拼搏。

对于当下的年轻人，只有度过了每一场大考小考，在面临真正的生死战场时，我们心中才有底气，才能临危不惧，处理各种突发事件。青年人有无限的可能和无限的未来，青年人最大的本钱就是学习的能力，我们就是未来。

雷神山的普通人

在武汉的这段日子中，我见到的人不多，但是每个人给我的感受都十分深刻，其中我最敬佩的是青年志愿者们。雷神山的感控是非常严格的，以极快的速度建成并投入使用。周边了无人烟，无论是红区、黄区，还是绿区，每个人都必须了解自己能活动的范围，并且医院中也只设置了必须的岗位。所以，当我在雷神山的生活区，见到一张稚嫩的面孔时，我是惊讶的。特别是知道他还只是个大学生，就主动报名来雷神山。我问他："你怕吗？"这个比我年轻许多的小伙子低头拎了拎手里的垃圾袋，说自己起初也怕，几个相识的好朋友在一起也就好多了。

我们这些两点一线的人，都很喜欢这个主动来我们C2病区的小伙儿。我有一次看见护士一边帮着收拾，一边成群地跟他打趣儿："你在家里，打扫厕所、收垃圾、拖地什么的，没有这么大地儿吧？这可是百来号人儿。"他抖抖手里的抹布，反而还得意得不行，说他拍好了自己劳动的照片，准备等疫情结束了好好给他老妈显摆显摆呢。我这才知道他原来也是怕父母担心，瞒着父母来这么危险的地方。

他是青年志愿者，也让我联想起学生时代，自己作为志愿者社团的一员。那时候，我们觉得最满足、最荣耀的事情是去社区服务，去福利院做义工，去马路上帮助交警叔叔；最令人羡慕的是去大山里支教，去帮助那里的孩子学习，给他们带去知识，带去物质，带去我们的心意。而如今的志愿者们，已经可以做到这一步，可以自愿冒着被感染和牺牲的风险来这么危险的地方，让我们对这个年轻的集体肃然起敬。

他们，年轻，有同情心，有社会责任心，看见他们，就好像看见未来更美的中国！

还有一群平凡的人，他们一路陪伴，曾经默默无闻的他们在我们心中变得高大而有安全感，再也不平凡。最可爱的司机大叔，这是能见到的为数不多的编外人员，成为了我们对外界的大部分感官，不分昼夜送我们上下班。雷神山有一条路叫军体路，长长的被封锁的道路。漆黑的夜里，一轮弯月，几许月光，灯光下移动的脚步，视野里不断后退的壁报，上面是全国人民对武汉的祝愿和鼓励，还有众志成城抗击疫情的决心。这是我最喜欢的地方，每天上班一次，下班一次，从来不觉得重复看有什么疲惫。因为这里能让我慢慢地过渡，从战疫一线，到战线下的“战壕”；让我回顾进舱一天发生的每一幕，鼓舞自己一番；让我心中有慰藉、有希望、有美好。公交车司机大叔是在这个转变里我能见到的第一人和最后一人。

有时候坐车的时间是夜里 2 点，为了我们，司机大叔依然精神抖擞地和我们插科打诨，调动我们的情绪。等车发动了，就关了车里的灯，让我们睡一会儿，到站了再叫我们。有时候突然下雨，没有雨伞，司机大叔也会把他自己的伞给我们用。我们问一句：“怎么还伞啊？”司机大叔还能诗意一句：“有缘分，再见到，就可以还了。”所以，当我们拖着疲惫的身体离开雷神山医院的时候，你会知道有一个很温暖的地方一直在等你，迎接你的是暖暖的人间烟火气息，很暖，很可爱，也很感动！

他们每个人都觉得自己很平凡。可他们不知道，在我们的心里，他们，用平凡人的担当，树立了属于平凡人的荣光。他们热情、接地气，他们细心、周到，他们健谈、爱唠叨，他们平凡、有担当！感恩平凡，感恩是他们给了我们许多慰藉和心灵的触动，无形却无价。直到最后，我们即将撤离武汉的时候，我们给他们送去了精心准备的歌声，用歌声和舞蹈去表达我们深深的谢意。他们一个个都感动得不行。虽然在疫情发生之前我们素不相识，但一场疫情，让我们感受到彼此的温暖和善意。人间有情，这是平凡人的大爱。

生命的意义

说到生，说到生命，其实就是在间接讨论死亡。

怕吗？在瘟疫面前，没有一个医师不怕的吧。我身边许多去武汉的人，包括我自己，去之前都买好了保险，也留下了一封信。因为越是了解这个病毒、了解病情，越是明白这是现实，是科学。所以必须得接受牺牲的概率。世上没有百分之百的防护，但是却要有百分之百做好被感染准备的心。回来之后，同样援鄂的朋友给我打电话说，她重度抑郁了，工作的时候倒不明显，现在她却不能独处。她焦虑，容易被一点点声音搅得心烦意乱，最差的时候她想到了死，她说她知道有点不对劲。虽然现在看过心理医师她已经好多了，但我们还是在思考："生到底是什么呢？"

越接近死亡，你就会越去想生命的意义，就像我劝她时对她说的："你舍得么？这些人，这些事儿；你电话簿里的每个人；家里每一样你置办的东西；跨年时你制订的计划也还没有完成……你舍得么？我们至少还活着，舍不得还能去哭诉，去安排，去实现。但是有很多善良的人已经走了，都来不及了。"所以，我想生命该是一句"还来得及"！

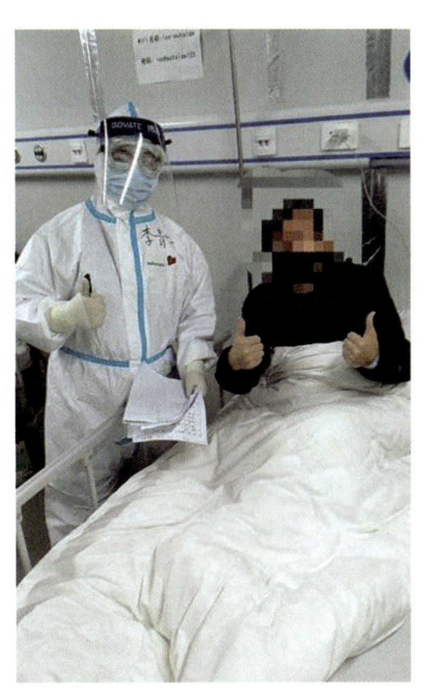

李青青与患者的合影

体悟生命，珍视生命，用有限的生命，去做无限美好而有意义的事情。这该是世间最美好的事情了。

传播善意和感恩

生命的珍贵在于，它美好却无偿，就像这场疫情。这场疫情发生得如此突然。而在这场疫情的变化中，包括我在内的每一个平凡的中华儿女都在行动。武汉人民牺牲自由，做出隔离；全国各地的医师挺身而出，医师的孩子一夜之间成了"留守儿童"；志愿者、司机、厨师、大学生、商贩、农民、牧民和工人，每个人都在自己平凡或不平凡的位置上贡献自己的力量。我们甚至在前线还收到了一些孩子录制的祝福视频。这些我们为之奋斗未来的人，让我们心灵触动，让我们感受到善意在回复。

我们骄傲并自豪自己能出生在这片土地上，有先辈为我们负重而行，有勇士为我们保卫家园，守护来之不易的岁月安好。这是一份善意，却也远不止一份善意。

青年是未来的负重人，青年背负的将不止是自己、小家，而是未来越发强大的祖国。少年强则国强，愿我们好儿郎，一起加油，无奋斗、不青春！

讲述者

李青青，女，1992 年 4 月生，复旦大学附属上海市第五人民医院重症医学科住院医师。作为该院青年突击队队长参加上海市第八批援鄂医疗队，赴武汉雷神山医院抗疫。

（编辑：张铭彤）

百里同心

武汉市金银潭医院是武汉规模较大的专科传染病医院，自 2019 年 12 月 29 日转入首批 7 名新冠肺炎患者以来，武汉市金银潭医院总共腾退了 21 个病区，全部用于收治新冠肺炎患者，累计收治了 2 220 名确诊患者。金银潭医院是武汉市最早接诊新冠肺炎患者的定点医院，也是收治重症和危重症患者最多的医院之一。2020 年 4 月 11 日，武汉市金银潭医院 ICU 最后 14 名患者新冠病毒核酸检测全部转阴，病区新冠肺炎患者清零。4 月 13 日，最后一支外援医疗队从金银潭医院撤离。

同心战疫，春回雁归

▲ 扫描二维码收看本篇故事视频讲述版

我是复旦大学附属金山医院的郭孙升，是一名“90 后”男护士。在这次疫情中，我作为上海市第一批援鄂医疗队的成员奔赴武汉。

2020 年 1 月 23 日下午，国家卫健委紧急通知各地组派医疗队援助湖北，应对新冠肺炎疫情，随后上海市政府发出援鄂通知。收到医院发出的报名通知后，作为急危重病中心 ICU 的男护士，我立即向医院递交了请战书，是当时医院里第一个报名参加援鄂的护士。最终，我成为了由上海 52 家医院、135 名队员组成的首批援鄂医疗队的一员。

1 月 24 日年三十晚，援鄂医疗队集结出发的通知下达，我向妻儿告别，紧急应召随上海首批援鄂医疗队飞赴武汉进行医疗支援。我的妻子也是一名护理工作者，我出发援鄂的时候她还没出月子，我们的孩子由于早产只有 5 斤重。

1 月 26 日下午，上海市第一批援鄂医疗队正式接手武汉市金银潭医院的北二和北三病区。我作为北二病区唯一的男护士，承担了新病区第一天 8 小时的中班工作。

郭孙升参加上海市援鄂医疗队全体党员第一次会议

刚进入病房工作的时候，我心里也有担忧与纠结。各方面研究表明新冠病毒的传染性很强，我担心自己是否会被感染。但冷静过后，我想到金银潭当地的医护已经坚持在一线奋战了近 3 个星期，目前临床一线依旧是零感染，心里

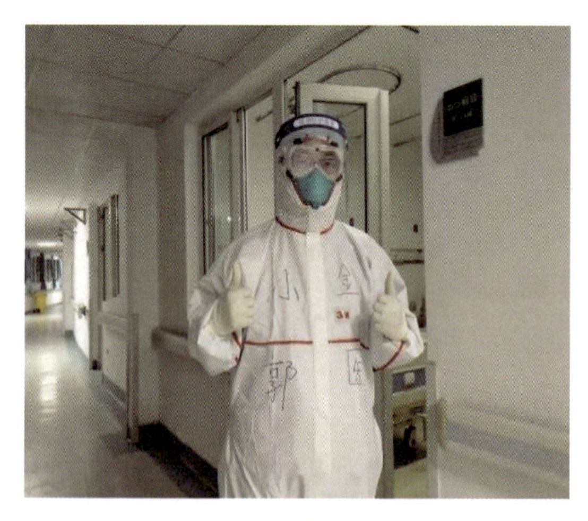

郭孙升在金银潭医院穿着防护服

的紧张便稍许松动了些。我开始坚信只要做好防护措施，听从感染科专家的建议，就不会被轻易感染。

尽管工作的操作和流程方面与平时仍大致相同，但在穿上防护装备进入病房后，精神上有一根弦始终紧绷着，做任何动作都要小心，时刻得注意自己的防护装备，不能因偏移而产生暴露。穿上防护装备后，防护眼镜会起雾，双层手套会导致临床操作困难，鼻尖部皮肤长期受压会受损。这一系列阻碍都会使得正常的操作与平时相比更消耗体力。但撇开初期的不适应，工作一段时间后，这些困难我们都逐渐克服了。

这两个多月里，我们经历了病例爆发式的增长。随着火神山、雷神山、方舱医院相继投入使用，增援人员队伍的不断壮大，疫情拐点终于开始出现，多省市病例逐渐清零。

历经 67 天奋战，我所在的上海首批援鄂医疗队累计收治患者 170 例，其中重症和危重症患者 123 例，累计治愈出院 136 例，总治愈率达 80%。金银潭医院是本次抗疫的“上甘岭”，这个成绩已然非常优异。

这两个多月里，我听到最多的是“谢谢”，看到最多的是竖起的大拇指。2020 年 3 月 27 日，是我们医疗队在武汉金银潭医院工作的最后一天，我和其他医护人员一起将我们病区的最后 3 位患者转去最后驻守的病区继续治疗。我们安顿好患者准备转身离开时，他们流泪了。我懂得他们未尽的语言，他们是在感谢我们的医师和护士，感谢我们医疗队来到武汉帮助他们。

郭孙升在抗疫先锋先进事迹报告会上发言

其实，我们只是在抗疫前线做着医务人员应该做的事情，在我们的后方，还有着千千万万的人在默默地努力。他们之中有记者、警务人员、社区工作者、酒店工作人员、后勤人员及志愿者等，他们中的许多人是刚刚成家立业、结婚生子的“90后”。同为“90后”的我在这次疫情中感触颇深。经过这次疫情的大考，我们成长起来了，我们用行动向社会证明了我们的价值，证明了新时代的中国青年是好样的，是堪当大任的！

讲述者

郭孙升，男，1989年8月生，复旦大学附属金山医院急危重病中心ICU男护士。2020年1月24日，收到金山区援鄂医疗队集结出发的通知后，紧急应召飞赴武汉市金银潭医院。作为上海市第一批援鄂医疗队金银潭医院北二病区唯一的男护士，敢于担当，不惧陌生的工作环境和新型的传染疾病，承担了新病区第一天的中班工作；并将防护经验、注意事项和工作流程告知给后续工作的同事们。此外，他还协助护士长完成了危重症感染患者转运交接流程制度的制订，完善了病区内感染患者的转运交接流程，有效地降低了危重症患者转运的风险。

（编辑：胡佳璐）

▲ 扫描二维码收看本篇故事视频讲述版

有一座城叫众志成城，有一种爱叫百里同心

新冠肺炎疫情暴发以来，复旦医务青年积极响应国家号召，投身疫情防控一线，做出了重要贡献。作为复旦大学附属浦东医院新生儿科护士，作为应急队的副队长，在新冠肺炎疫情暴发初期，我也第一时间主动请缨参加援鄂。2020年大年初一的晚上，接到护理部主任的电话：“燕丽，你现在能出来吗？”“能，马上出来。”我毫不犹豫地回答。来不及收拾行李，就冒着大雨赶到医院隔离病房直接开始工作，一干就是三天三夜，75个小时。

一个多月的抗疫奋战，我见证生死，也纵览感动。我也把隔离病房的点滴感动写成文章“不再相见的人生，有结局的故事”：医院 A 病房的老两口年纪大，耳背，口音又很重，交流很困难。每次老两口有事，同事都会喊我去沟通。后来，大爷、大娘每次见我都会亲切地跟我说：“姑娘有空去我们家吃饭吧。”老年人的热情总会在一顿饭上。所以我总是毫不犹豫地说：“好嘞！”但其实老两口的家，远在离我们医院 100 公里以外的小镇上。

张燕丽

B 病房的大叔有个 20 岁刚出头的儿子，父子俩经常坐着对视不语。突如其来的重病给了本就不完整的家庭一记重击。儿子离开之后，父亲总是沉默忧郁，甚至一度想要轻生。于是我每天会找各种话题陪他聊天，从儿子爱吃的零食聊到儿子的女朋友。出院时的合影里，虽然口罩遮盖了他的微笑，但是我能看到他仰起的眼角。

这虽然是一次很普通的医患关系，但是在不同的时期、不同的经历中，有时候安慰心灵比治愈疾病更重要。

时间一晃来到 3 月，本以为春天轻盈的脚步会把病毒赶走，无奈境外输入防控战再次打响。3 月 6 日下午 5 点，电话再次响起，我再次临危受命进入隔离点，这次一走又是一个多月。唯一不同的是，这一次，我提前准备好了行李。

5 个小时组建 30 个人的团队，负责 600 多个房间的隔离点。而团队中有隔离病房经验的只有 3 个人，这一干又是一天一夜。高峰时从早上 6 点工作到凌晨 2 点，一天收 300 个人，解除 500 位人员的隔离；一天要送 200 件快递，打 400 通电话。

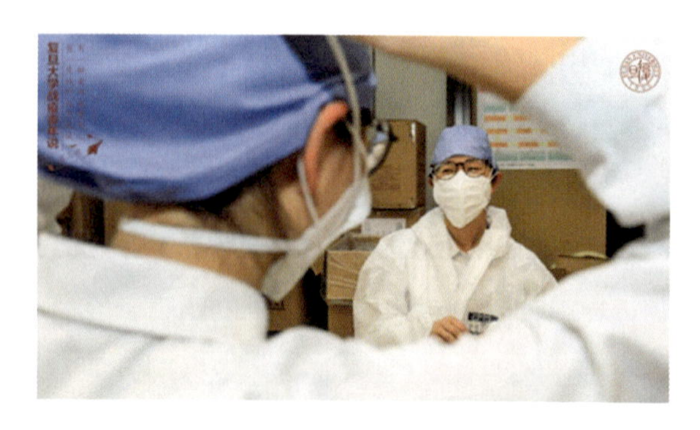

张燕丽在工作中

初春的3、4月，20℃的气温，医护人员的护目镜刚戴上就起雾，防护服刚穿上就汗如雨下。对于额头的痘痘、鼻尖的破损、下巴的疹子、耳朵的疼痛及口渴和干燥，我们强大的护理团队都绝口不提，丝毫没有抱怨。30个人一月无休、连续作战。这并不是一件值得骄傲的事情，但是我敢说他们是值得被尊敬的一群白衣天使。

历尽艰辛就会收获繁华，我们的第一份收获来自隔离人员的感谢信和手绘图，后来我把它们制作成相册，分发给隔离点的医护人员作为纪念。也许生命的美在于遇见，因一场疫情，我们相遇、相识、相知，成为战友。

把隔离人员的感谢信和手绘图制成相册

如果最后要给这85天的隔离工作加两个总结词，那就是感恩和珍惜。“非典”时期我们年少，如今我们成年，曾经的少年长大了。我们装上翅膀，穿上白衣，我们该负起我们肩上的使命。对于责任，我们有了更深的理解，我们也

因疫情相遇、相识、相知

可以像当初的前辈一样，用青春和汗水来守护我们的少年。因为被需要，我们勇往直前。

讲述者

张燕丽，女，1987 年 11 月生，复旦大学附属浦东医院新生儿科护士。作为一名新生儿科护士，她主动请缨参与援鄂。在隔离病房，她治愈着疾病，也安慰着心灵。她协助病房中一对交流困难的老两口的沟通问题、缓解病房中一对父子的矛盾……85 天的支援，留在她心中的是感恩和珍惜。

（编辑：蔡佳雯）

战疫起，在一起

▲ 扫描二维码收看本篇故事视频讲述版

除夕夜，我正与家人围坐在餐桌前，准备开始每年都必不可缺的团圆饭。在这样一片其乐融融的气氛里，我突然接到了来自医院的紧急电话：武汉急需医务人员支援。

望着年迈的爷爷，我担心他无法接受这个事实。出乎意料的是，爷爷却鼓励我说：“你是一名共产党员，你有义务，也有责任前往武汉、驰援相助。一线现在最需要你这样的医务人员，爷爷为你的决定感到骄傲，更为有你这样的孙

石欣怡与同事举起医疗队队旗合影，右 1 为石欣怡（视频截图）

女感到自豪。”

就这样，在全家人的支持下，我来不及一一与他们道别，便前往机场。一路上，领导、同事和亲人发来的微信消息不断涌出，身边的人鼓励、支持着我，也提醒我注意安全。在爱的包围下，我作为复旦大学附属上海市第五人民医院第一批援鄂医疗队的一员到达了武汉。这是一个没有硝烟的战场，经过简单的休整，我立刻投入了紧张的工作。作为“95 后”的一名年轻党员，我理应站在防控的第一线，迎难而上，无所畏惧，用自己的行动证明“95 后”白衣天使的力量。

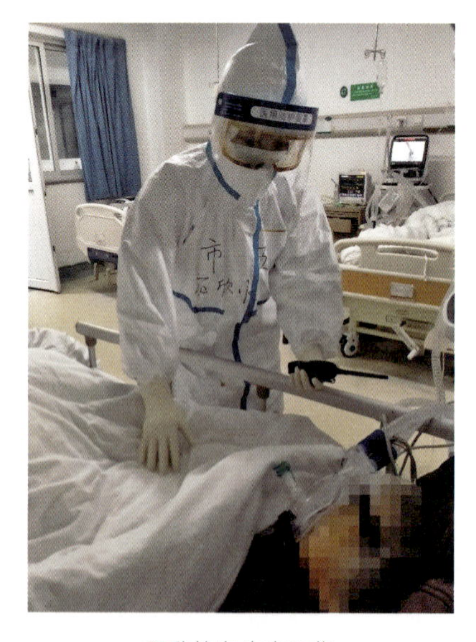
石欣怡在病房工作

在金银潭医院的 68 天里，令我印象最深刻的是一位姓郑的奶奶，我称呼她为郑阿婆。

刚进入病房时，我看到郑阿婆戴着无创呼吸机，弯着身子坐在床上，低着头，用手撑着自己的身体。当时，心电监护上她的血氧饱和度指数只有 70 多，呼吸频率也很快，显得特别吃力。阿婆越来越烦躁，眼看着就要摘下呼吸机面罩。我立马上前将她的床头摇高，扶她靠在床上，帮她调整好坐姿。郑阿婆听力欠佳，我便贴着她的耳朵叮嘱她要放松，跟着呼吸机的节奏慢慢呼吸，不要着急。一边握着她的手，一边在她的胸口安抚。

但郑阿婆却将我推开，吃力地说了一句“会传染”。我一边安抚她，让她不要担心我；一边陪伴她，教她适应呼吸机的节奏。看着她的指数从前面的报警值渐渐回到了正常值，脸色也好了许多，我感到无比欣慰。这时，虚弱的郑阿婆已经没有力气再说话，她拿起我的手，在我的手心里颤颤巍巍地画出了一个“谢”字。

虽然疾病摧残着她年迈的身躯，但郑阿婆也有着自己的理想信念，有着对健康的渴望，愿意听取医师和护士的叮嘱。她从没有放弃生的希望，一直在努力配合着医护人员的工作。思及这一点，我十分感动，泪水不禁在眼眶中打转，但我努力抑制住了哭泣的冲动。我不能哭，护目镜会起雾，口罩也会浸湿，防护资源本就短缺，我不可以浪费。

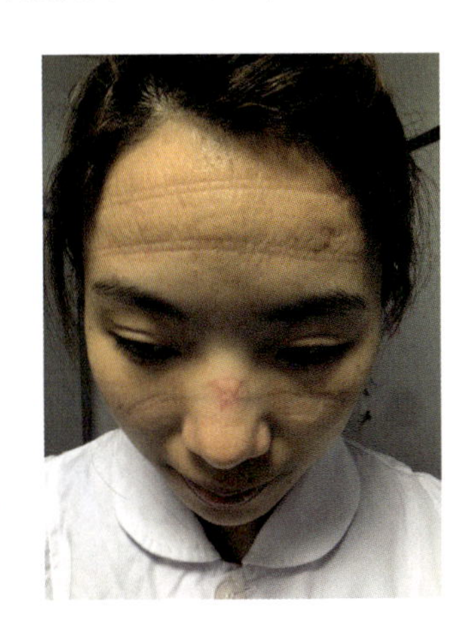

石欣怡脱下口罩和防护服之后，面部已被勒出深深的印记

令人遗憾的是，郑阿婆最终没有能战胜病魔，离开了人间。不过，与郑阿婆的相处时光是我最宝贵的人生记忆之一，手掌中的“谢”字无时无刻不在提醒着我作为护士的责任与使命，也给予我无穷的力量。我将带着郑阿婆对健康的渴望，努力救助每位患者。

讲述者

石欣怡，女，1995 年 11 月生，中共党员，复旦大学附属上海市第五人民医院呼吸重症监护室护士。2020 年的除夕夜，她作为上海市第一批援鄂医疗队队员赴武汉金银潭医院重症监护室。

（编辑：张铭彤）

义无反顾的逆行者

我是胡兰兰，复旦大学附属闵行医院急诊科的一名普通护士，有着 15 年的“护龄”和 10 年的党龄。我的入党经历还要从 2008 年汶川抗震救灾的经历说起。那时我还是个稚气未脱的小护士，地震发生的第三天，就跟随部队医院到达了余震不断的汶川地震现场。在那里，我看到人民子弟兵冒着随时都会受到余震伤害的危险，拼命救护刚从废墟中解救出来的伤员。他们的义无反顾与勇敢无畏深深地震撼着我。他们中的很多人都是共产党员，在他们的身上，我看到了中国共产党人面对危险时一往无前的革命气节和不畏牺牲的忘我精神。这样的经历坚定了我想成为其中一员的决心，于是我在前线递交了入党申请书，并光荣地火线入党。

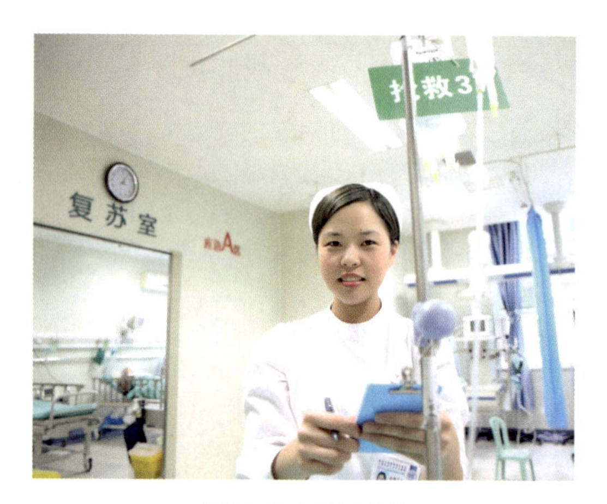

日常工作中的胡兰兰

2020 年新年伊始，新冠肺炎疫情的蔓延和肆虐像 12 年前的灾情一样牵动了我的心。疫情防控虽然与抗震救灾一样充满危险，但是作为党员的使命感让我义无反顾地冲在抗击疫情最前线。我没有任何犹豫，第一时间就递交了报名表。由于有着急诊重症近 10 年的工作经验和汶川抗震救灾的经历，我的申请很快得到了医院党组织的批准。

复旦大学附属闵行医院援鄂小队

大年初四，我和上海的队友们抵达武汉市金银潭医院，来不及休整就加入病房夜班队伍中。当时正是疫情最为严重的时期，重症患者较多，我毫不犹豫地报名去了当天 ICU 的夜班。第一次穿上严密的防护服时，起初的窒息感让我感到胸口发闷，只能通过不断深呼吸调整自己的状态。进入重症病区，一工作就是 4～6 个小时，期间不能喝水、进食和休息。要一刻不停地护理危重症患者，要熟练地运用病房里所有的抢救仪器，要与医师一起配合默契地对患者实施抢救。往往一个班下来，口罩磨破脸颊，汗水湿透衣背。

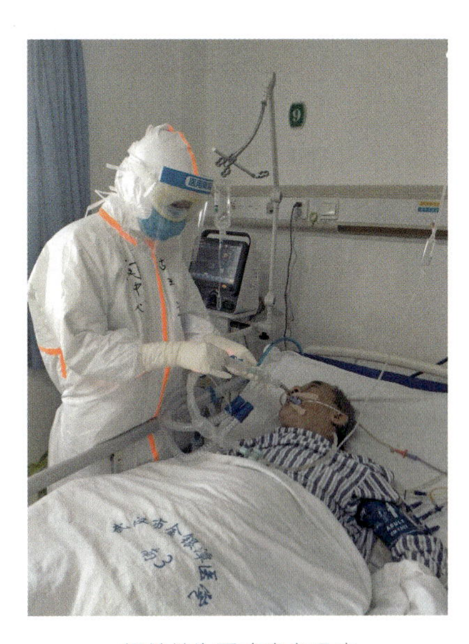

胡兰兰为重症患者吸痰

虽然很辛苦，可是一踏进病房，患者的一个微笑、一句谢谢就让我觉得一切都是值得的。在援鄂的 65 天里，武汉人的坚强和乐观一直激励着我。让我印象最深的是同时染病的一对夫妻。老先生入院时病情较轻，但他的老伴是重症患者，需要靠无创呼吸机辅助通气。每次老先生做完治疗就推着制氧机来到老伴的床边，给她加油打气，同时还安慰着同病房的病友，让他们相信国家，相信党。最终他的老伴脱离了危险，这让同病房的患者也看到了希望，也让我感受到生命的美好与力量。

看到无数和我一样义无反顾逆行的同行，目睹了那些冲锋在前的党员身影，我时常在想，是什么力量在催促着大家前进呢？我想，是信仰、是使命、是担当。中国共产党经历近一个世纪的风雨，无数的革命前辈坚守共产主义信仰，始终把人民的利益放在最高位置，把人民对美好生活的向往作为自己的奋斗目标。每一代人都践行着自己的历史使命，勇于担当。时至今日，面对新冠肺炎疫情，我们党仍把人民群众的生命安全放在第一位，就像习总书记提出的“人民至上，生命至上”，充分彰显了中国共产党领导和我国社会主义制度的显著政治优势。

胡兰兰重温入党誓词

在武汉的那段日子里，我将党徽放在最显眼的地方。疫情当前，生命至上。作为一名党员，我认为这是时代赋予党员的历史使命，为人民健康而战就应该是党员们应有的担当。最后，我想说：“作为一名党员，我们要从一点一滴做起，把汗水洒到祖国最需要的地方去，让青春在党和人民需要的地方绽放。”

讲述者

胡兰兰，女，1985年3月生，复旦大学附属闵行医院急诊观察室护士长。自2005年参加工作至今一直坚守在急诊临床护理的一线岗位，取得了急诊及ICU适任证书。2008年，参加四川汶川抗震救灾任务，历时3个月，并光荣火线入党。2020年1月27日至3月31日，在武汉市金银潭医院ICU坚守了65天，战斗在工作最为繁重的ICU，穿着密闭的防护服，一刻不停地护理危重症患者，熟练运用ICU所有抢救仪器，与医师默契配合实施抢救。在大家的共同努力下，许多患者恢复健康。作为一个党员医护工作者，“一切为了人民健康”是其初心和使命。

（编辑：顾伊婷）

请缨增援

▲ 扫描二维码收看本篇故事视频讲述版

勇担当，向未来，不负韶华

2020 年春节前夕，新冠肺炎疫情肆虐。这是新中国成立以来我国发生的传播速度最快、感染范围最广、防控难度最大的重大突发公共卫生事件。作为复旦大学附属上海市公共卫生临床中心医学影像科技师，我毅然决定放弃春节假期，加入抗疫前线。

侯钦国

2020 年 1 月 20 日，上海市启动了抗击新冠肺炎疫情应急工作，我们上海市公共卫生临床中心收治了第一位新冠肺炎确诊患者。

我所在的放射科的重要应急任务，就是给重症患者拍摄床旁 X 线片。在新冠肺炎这场全球性战疫中，肺部 CT 检查结果成为了极其重要的诊断标准。要在病灶不典型、易遗漏的影像学表征下，洞悉暗处“狡猾”的敌人；还面临着为确诊患者、疑似患者、无肺炎患者等不同人群精确分诊的难题……这些都是我们放射科医师肩负的任务。

1 月 23 日半夜 11 点 30 分，我们接到紧急任务，需要人员立即进入应急病房为重症患者拍摄床旁 X 线片。由于“人要走清洁口，机器走污染口”，我和同事陆阳同时出发，我负责护送仪器到患者出入口，等待他来接仪器。那是个雨夜，真的很冷，可是想到刚和我一起进入应急病房的同事都没来得及给家里打个电话就前往一线了，我感觉我们青年人这点担当是要有的。这一等就是半个多小时。

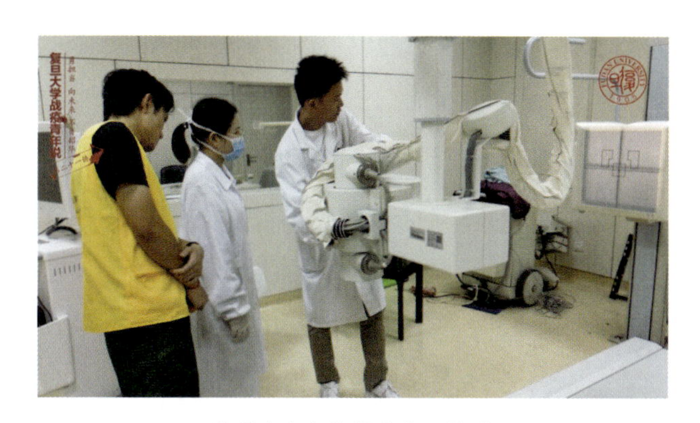

给重症患者拍摄床旁 X 线片

虽然我们平时会做一些应急演练，但在真正的疫情面前，还是更加仔细认真，马虎不得，感控红线不可触碰。

进入应急病房后，我要做的就是为重症患者做床边 X 线片检查。由于在穿着防护服的情况下不便穿铅衣，在拍摄过程中我们必须承担一定的辐射风险。因为重症患者上呼吸机时间已经很久了，我进来的时间段正好处于并发症高发时间段。虽然我们有大批呼吸治疗师对呼吸机参数及患者状况进行 24 小时监测，但每位患者的肺脏条件还是不一样的，气胸很容易出现，危及生命。而床旁 X 线片是发现气胸、评估气胸程度及气胸处理后治疗效果的最有效手段。所以，我在这个时候显得尤为重要，一刻都不能松懈。在此期间，我一个人完成

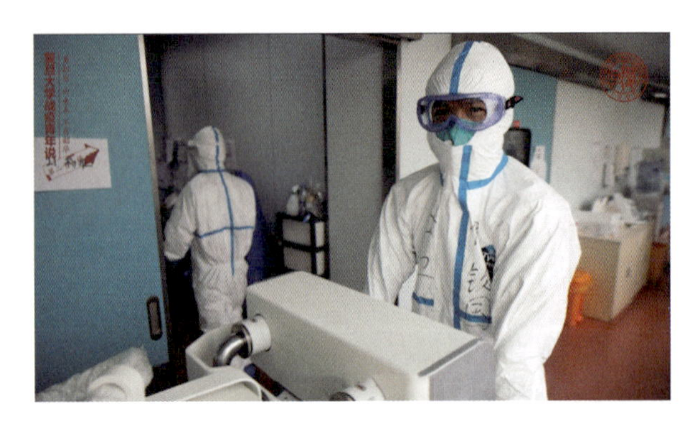

床旁 X 线片发现气胸

了所有重症患者的床边 X 线片拍摄工作。

我在日记本里曾写道：“如果没有疫情，这个时候我在回山东的路上。”

随着疫情的蔓延，越来越多的白衣天使、武警人员、热心志愿者逆流而上，奔赴疫区救援；越来越多的爱国人士出钱出力，全力支援前线。作为科室青年骨干，我也必须要承担青年应担的责任，进入应急病房分担科室任务、医院任务，参与抗击新冠肺炎疫情的严峻斗争。

在休息的间隙，我就会和 1 岁多的女儿视频通话。她也许太想我，也许会说得不多，就是一遍一遍地叫爸爸。她叫一遍，我答应一遍，每次都能持续七八次。小姑娘还不知道什么是对亲人的思念，但她确实表达得淋漓尽致。我也把对家中小女的想念化作工作中的积极干劲，为尽早结束战斗而不懈努力。

习近平总书记指出：“沧海横流，方显英雄本色。”在这场严峻斗争中，各

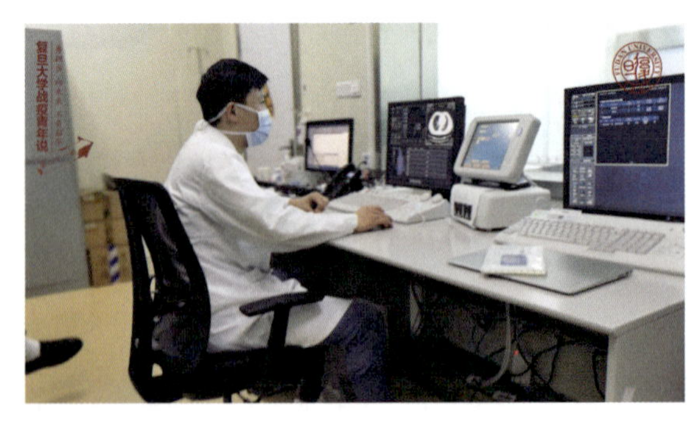

气胸处理后评估治疗效果

级党组织和广大党员冲锋在前，顽强拼搏，充分发挥了战斗堡垒和先锋模范作用。在党员同志的感召和帮助下，2020 年 3 月 18 日，我成为一名光荣的预备党员，庄严而神圣地喊出入党誓词：有一种光荣叫我是党员，更有一种光荣叫“火线入党”。能够在危急时刻加入中国共产党的队伍，我感到无比光荣与自豪!

讲述者

侯钦国，男，1991 年 3 月生，复旦大学附属上海市公共卫生临床中心医学影像科技师。疫情暴发后，他放弃了原本回老家过年的计划，在 2020 年 1 月 20 日参加了抗疫前线工作，参与收治了上海市公共卫生临床中心第一位新冠肺炎确诊患者。之后他在应急病房为重症患者做床边 X 线片检查，及时发现患者的严重并发症，挽救患者生命。

（编辑：蔡佳雯）

逆行公卫后记

刚刚过去的两周对我而言无疑是特殊的。说它特殊，是因为这两周我去上

众志成城抗击疫情

海市公共卫生临床中心支援抗击新冠肺炎疫情的经历很特殊，治疗的患者很特殊，我的心情也很特殊。

首先，这份经历无疑是人生中特别的体验。2020 年 2 月 23 日接到医院通知，上海市公共卫生临床中心需要我院紧急派遣一位鼻科医师前往支援，抢救一名鼻出血的新冠肺炎患者。得知这一消息后，我立即申领了任务。虽然近期总能看到自己的同行奋战在抗击新冠肺炎疫情的前线，但作为一名“五官人”，突然之间要成为他们中的一员，还是有些意外和忐忑。时间紧、任务急，留给我准备的时间很短。为了尽快救治患者，我立即与我科前期支援上海市公共卫生临床中心的曹鹏宇医师及该名患者的负责医师取得了联系，了解了患者的情况并初步制订了治疗方案。然后一边和家人告别，一边联系医院帮忙准备所需物品。到了医院，院领导已帮我准备好了所需的救治物品，同时领导们反复叮嘱我注意防护，平安完成任务。短暂的告别后，我立即出发前往上海市公共卫生临床中心。

路上车不多，我们很快来到了上海市公共卫生临床中心。也许是心理原因，在我看来这里的气氛很特殊。反复测温，核对身份后，我和司机师傅才被放行。上海市公共卫生临床中心很大，分散着很多栋病房楼，路上看不到行人，只有来往通勤的车辆和救护车。医务科的老师已经在等我了，他们安排我做了咽拭子和胸部 CT 检查，然后就立刻把我带到了隔离病房楼。因为时间紧，来不及对我进行常规的穿脱防护服培训，院感科就专门安排了一位老师全程指导我穿脱防护服。

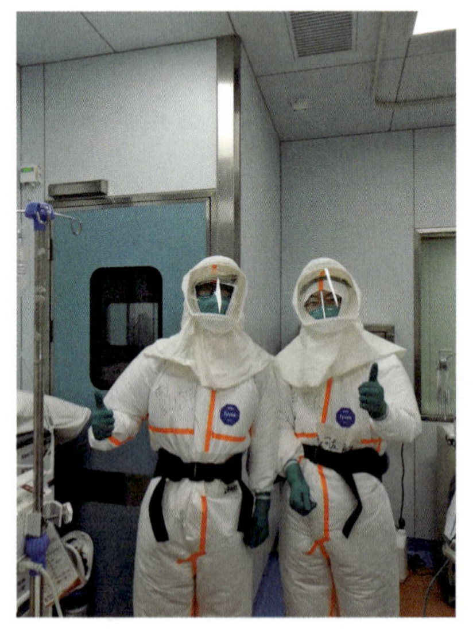

赵可庆在病房（右）

穿上防护服后，我们就进入了“红区”——隔离病房。病房很小，患者被周围各式各样的导管包围着。我要处理的是一位老年男性危重症患者，当时他的口、鼻都在渗血，考虑到患者在使用 ECMO 及抗凝药，情况特殊。为了尽量减少操作对患者黏膜造成新的损伤，我们选择了水囊压迫患者后鼻孔，同时使用纳吸棉可吸收材料填塞鼻腔的方法。由于穿着防护服加上患者被一群导管围着，我们花了比平时多出好几倍的时间才完成这次前后鼻孔填塞，止住了患者的出血。为了确认填塞效果，我们需要观察患者口咽部是否还有鲜血流出。但患者的肌张力很高，好不容易才压下了患者的舌头看到了那熟悉的腭垂，口咽部干干净净。至此，对这名患者的处理才算告一段落。

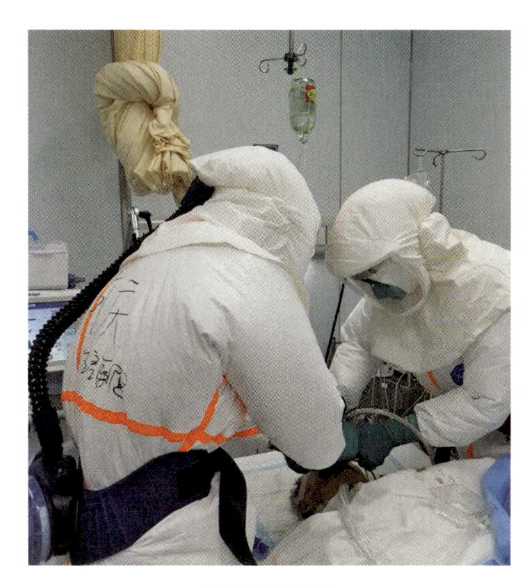

赵可庆工作照

患者处理好了，但“好戏”才刚刚上演，因为接下来的环节就是脱防护服了。脱防护服这一步在整个防控感染的环节中是最重要的。虽然有一名院感老师全程指导，但因为之前从来没有过这方面的经验，我的脑袋里一片空白。那一刻，虽然院感老师讲的是中国话，但我却觉得有些地方还是需要“翻译”。就这样折腾了半天，我才重获“自由”。

此后的几天，我又电话会诊了另外两名患者，虽然没有再进隔离病房，但通过会诊和这里的医师共同为患者解决了问题。这两周的经历对我来说无疑是特殊而珍贵的，医者的初心就在于能够帮助患者。在特殊时刻的这次“逆行”，无疑让我践行了这份初心。我想，这段经历应该会成为我人生中的宝贵财富。

华山医院的张文宏教授讲过“语言少了，思想就出来了”。最近在隔离期，语言肯定是少了，但思想就出来了这么多，和大家分享、共勉。

讲述者

赵可庆，男，1981 年 9 月生，中共党员，复旦大学附属眼耳鼻喉科医院耳鼻喉科医师。2020 年 2 月 23 日，接到上海市防控办任务，申请前往上海市公共卫生临床中心支援。半个小时后，来到医院整装待发。其任务是配合上海市公共卫生临床中心重症救治小组参与急救。

（编辑：汪　睿）

▲ 扫描二维码收看本篇故事视频讲述版

抗疫路上，我们在行动

2020 年 2 月 29 日，上海市卫健委、申康中心统一部署，要求复旦大学附属华东医院紧急选派血透 CRRT 专业护理人员。

我在得知紧急征派 CRRT 护士支援上海市公共卫生临床中心时，毫不犹豫地报名参加了。作为血透室党员护士长，去疫情一线支援是使命担当，是血液净化人工作的意义所在。

作为刚进血透室工作未满 1 年的护士来说，我的心情既焦虑，又忐忑。整理行装时，我辗转打听上海市公共卫生临床中心使用的 CRRT 机的型号。血液净化治疗的实施高度依赖机器和专科护士，对机器的不熟悉，在很大程度上会成为治疗中的一个壁垒，护士可能无法在故障或报警出现时及时、精准地做出最正确的处理。于是我和同事们当晚就找来 CRRT 机操作视频进行学习，医院也安排了同款设备进行实战操作。

带着使命，带着压力，我们出征上海市公共卫生临床中心，支援抗疫一线的隔离病房临时血透小组，负责CRRT。在A3应急病房中，所有的透析工作都需要由我们来完成。几个女孩需要更换8斤重的置换液，废液倾倒、物体表面消毒及垃圾收整丝毫也不敢马虎，每小时的巡视监测为患者的健康增添了一份守护。防护服对身体的负重，护目镜、口罩在面部留下的痕迹，成了我们青春修行的见证。

复旦大学附属华东医院医疗队

不间断的工作

身着防护服的程倩秋

我是第九阶段进驻的护士，每当穿着厚重的防护服，推开那扇通往隔离病房的门时，呼吸机、ECMO、心电监护仪、灌食泵、注射泵及各式探头围绕着患者，真实的场景让我有时候觉得透不过气。护士长提出了严格感控的要求，又看着穿梭在身边忙碌的身影，我的脑袋有那么一瞬间是空白的，不知道自己能做到什么程度。

我坐的第一个班，当时危重症患者中有4名需要行CRRT，其中3名是CRRT机与ECMO机并联，1名采用临时血透导管进行治疗。接班后，一名患者需要立即上机进行治疗，另一名患者的CRRT机突然报警。这意味着患者有凝血的可能，需要马上下机更换管路，期间还需更换其他患者的置换液、废液袋。我和另一位同事只能兵分两路，本来就对机器不熟悉，再加上第一次穿着防护服工作，戴着3层手套，行为十分笨重，全身衣服也都湿透了。

8个小时的工作，从机器的推运、擦拭，物品的准备，32斤一箱置换液的搬运，上机、下机进行治疗到医疗废物的处理，都需要独立完成。同时，一刻也不能放松对患者各项生命指标的监测。脑袋、鼻子、耳朵被N95口罩勒得生

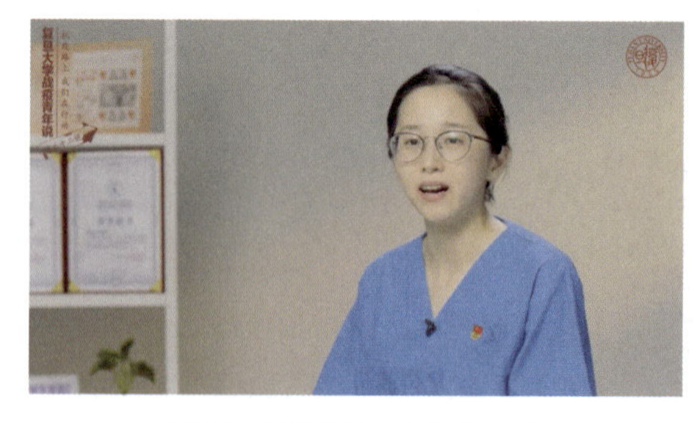
为守护生命奉献出一份自己的力量

疼，护目镜上的雾气挡住了我的视野，脖子上的接触性皮炎令我奇痒无比。面对各种不适，我还是咬牙坚持下来了。在上海堡垒，我们先后为 6 名危重症患者进行 CRRT，每人在舱时间 192 小时，连续进行两轮支援工作。

国家有难，青年有责。作为新时代的青年，我觉得有责任为守护生命奉献自己的力量！

讲述者

程倩秋，女，1987 年 1 月生，复旦大学附属华东医院血透室护士长。2020 年 2 月 27 日，程倩秋在得知上海市公共卫生临床中心需要 CRRT 护士支援之时，毫不犹豫地报名了。她克服了防护服带来的缺氧状态，为危重症患者完成血液净化治疗。她先后为 6 名危重症患者进行 CRRT，每人在舱时间 192 小时。她梳理工作思路，总结经验，和团队成员取长补短、互相磨合，最终取得了战疫的胜利。

（编辑：蔡佳雯）

不忘初心，负重前行

▲ 扫描二维码收看本篇故事视频讲述版

新冠肺炎疫情暴发以来，复旦医务青年积极响应国家号召，投身疫情防控一线，为遏制疫情做出了重要贡献。在这次疫情期间，我作为医院第一批支援一线的护理人员，也作为复旦大学附属肿瘤医院 ICU 护士长，连续两次参与抗疫，只为成功守卫自己的城市——上海。

2020 年 2 月 19 日中午 12 点，医院接到通知，需要抽调 5 名 CRRT 医护人员支援上海市公共卫生临床中心。支援工作需要强大的体力，因此，人员遴选条件也更为严格：除了要具备 CRRT 资质，还需要年龄在 35 岁以下。在不符合年龄条件的情况下，已经超龄的我仍然坚持要出征。我顾不上害怕，我是护士长，更是科室姐妹们的精神支柱，我有责任保护每位队员，将她们毫发无伤地带回。

刘静医生

刘静重返一线

第二次出征是由于所有支援上海市公共卫生临床中心的500多名人员名单已被锁定，只要上海还有确诊患者，医护人员就要无限循环在岗，直到病例全部清零。我怀着“召之即来、来之能战、战之能胜”的必胜信念，坚定前行。同时，我也收到了中国抗癌协会的邀请，作为其中唯一一名护理经验分享者，虽然身在一线，仍然坚持完成了在线的授课任务。

我工作的地方是上海市公共卫生临床中心的A3病区，用来收治上海确诊的重症患者。我专职负责需要CRRT治疗的患者，每天接触的都是病情最重、风险最高、传染性最强的患者。在支援的两个月期间，我与CRRT医师密切配合，最终交出了满意的答卷，上海的危重症患者数从11人到目前已清零。

刘静开展线上教学

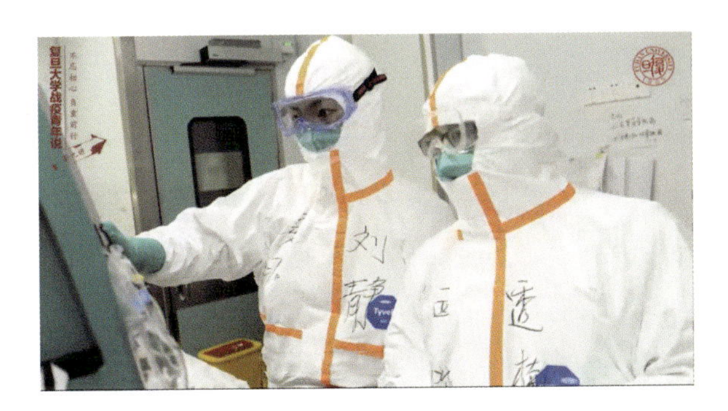

刘静专职负责需要 CRRT 治疗的患者

在疫情中，我错过了儿子的 8 岁生日。但我觉得这是一次最有意义的缺席，也是对儿子最好的教育，相信儿子会为我感到骄傲。疫情的严峻程度、人员的不足、没日没夜的工作强度，都没有击垮我们的斗志，团队之间相互鼓励、相互打气。在生活中，我们是母亲，是妻子，是女儿，而进入一线工作，

刘静儿子的生日

我们就拥有了同一个名字—— 抗疫战士!

习总书记说过:“青年一代有理想、有本领、有担当,国家就有前途,民族就有希望。”如果说逆行者是医院的名片,那么青年就是国家的名片。在这次疫情中,我和我的团队用青春的激情和努力打造最美的“中国名片”,在拼搏的青春中展示才华、服务社会!

讲述者

刘静,女,1984 年 10 月生,复旦大学附属肿瘤医院浦东院区监护室护士长,在 2020 年 2 月 20 日及 4 月 7 日先后两次进驻上海市公共卫生临床中心参加抗疫工作,担任 CRRT 专职护士。在 ICU 里负责最危重患者的 CRRT 治疗。第一次抗疫经历特别难忘,未知与恐惧交织。但更多的是思考如何照顾好同事们,将她们毫发无伤地带回。第二次抗疫变得更游刃有余,实现了 ICU 重症患者清零的任务,获得抗击新冠肺炎荣誉证书及复旦大学“青年五四奖章”的光荣称号。

(编辑:李一凡)

战疫,一次宝贵的人生经历

护师张丽娟

2020 年初春,新冠肺炎疫情来势汹汹,牵动着全国人民的心。2 月初的一天,我刚交完班就在群里看到支援上海市公共卫生临床中心的通知,我不假思索地报了名。

约一个月后,3 月 2 日下班前,我接到了任务,支援上海市公共卫生临床中心 ICU。在我报名时,就已经做好了随时上一线的准备,可真到了需要直面这场疫情的那一刻,内心还是有些紧张。

正式上岗的前一晚，我躺在床上辗转反侧。脑海中不断想象着隔离病房里的情景，心焦忧虑，难以入睡。反倒是第二天真正穿上隔离服，推开门进入污染区，见到患者的时候，内心一下子平静了。我默默地对自己说："不要紧张，这里的患者需要你！"

我接触的第一个患者是位 60 多岁的阿姨，当时她的病情已经有所好转，呼吸机撤了，胃管也已拔除。尽管如此，我们也不敢有丝毫大意。从病情护理、喂饭、擦身到心理疏导，我总是告诉自己，细心再细心。每次喂饭的时候，都盼着她能多吃点。看着朱阿姨从开始的"胃口不好"到后来的"一粒不剩"，我们的心情也越来越好。好几次她都对我说："你们比我女儿对我还好。"其实我们没有想那么多，只是单纯地希望她将来回想起这段"ICU 时光"，不会感到害怕，而是觉得温馨、温暖。

第一期 ICU 护理工作在 10 天后就结束了。但随着国外疫情扩张，上海境外输入的新冠肺炎患者不断增多。2020 年 3 月 24 日，还在第一轮隔离观察期的我再次接到支援上海市公共卫生临床中心的通知。

经过短暂的休整，我很快又回到了熟悉的 ICU。有了前一轮的经验，这次我很快就进入了状态。

这次的患者是一位住院两个多月，行 ECMO 治疗 47 天后才顺利撤机，病情逐步好转的武汉患者，我们都叫他老童。初次见到老童是在 3 月初，我刚进 ICU 不久。那时他身上插满了管子，出现各种并发症，情况危急。时隔半个月，他的状态好了很多，人也清醒了。但我们心里都清楚，距离他成功脱离呼吸机、拔管，乃至康复出院，还有很长的路要走。

我还记得，接手老童的第一个班就是夜班。换班后，我给他用了一些助眠镇静的药，但他却一直不睡，显得有些焦躁不安。我想起以前在 ICU 工作时，也会遇到一些患者，因为插管不能正常沟通，心里又担忧、焦虑，从而出现睡眠紊乱，甚至认知行为改变的情况。这时，对患者的心理护理就显得尤为重要。因为老童当时是切开气管上的呼吸机，不能说话。所以我就主动和他交流："今天是几月几号啊""现在病情怎么样""接下来你要继续配合我们……”等。他放松心情后，我安抚他放心睡觉，告诉他，我们会一直在旁边陪着他。等到老童康复之后，他专门和我提起这段：“我永远忘不了刚醒时候，听着你们说的话，看着护士们一直守在身边。是这些让我少了恐惧，让我更加安心。”

有了第一晚的经历，接下来几天，我们和老童的配合越来越好。虽然没有拔管，他还不能说话，但他动动手指，我们也基本能猜到他的需求。记得在工作的第五天，也是一个晚班。白天因为他便秘，使用了甘油灌肠剂等药物。换班后患者开始不断排稀便。那天夜里，我们一共给老童换了 6 次尿布、2 次床单。每一次我和同事都仔细帮他处理干净。这件事也让老童印象深刻，他用颤抖的手，在纸上写道：“你们像妈妈一样好。”

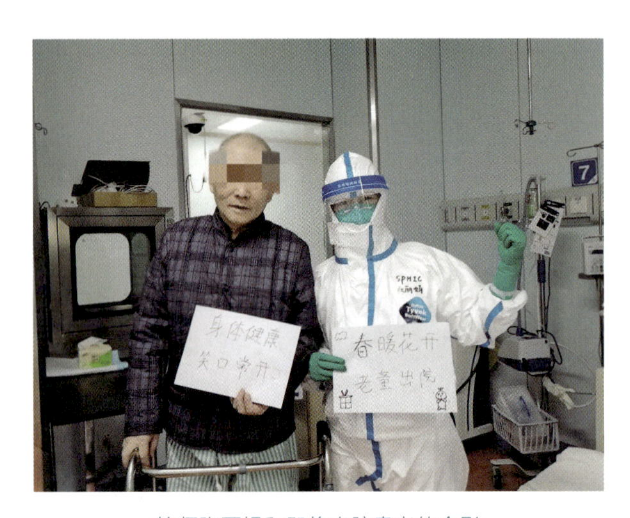

护师张丽娟和即将出院患者的合影

最后，在大家的共同努力下，老童终于顺利拔管了，核酸检测也转阴了，经过康复锻炼，慢慢可以下床活动了。出院前的最后一个夜班，老童和我聊天时说：“明天要回家了，我很高兴，但我很舍不得你们，永远忘不了你们。你们像妈妈一样，因为只有妈妈才是这样给我做事的。在这个病房里，我没有受过一天罪……”听他说这些，我也差点没有忍住眼泪。其实在 ICU 里，我们很难有机会像这样听患者谈自己的切身感受。我感动他的康复，也感动所有医护人员的付出，这些都是值得的。

2020 年 4 月 15 日，是一个值得纪念的日子，上海危重症患者清零了。两位危重症患者，老童和隔壁的老陈，经过 70 多天的治疗和护理，终于康复出院了。

整整 14 天，无休息连轴工作，尽管每天都要忍受 N95 口罩和护目镜的压痛，汗水浸湿全身的黏腻，但我还是想说，很幸运，也很高兴能够成为抗疫团队中的一员。

讲述者

张丽娟，女，1990 年 11 月生，护师，上海市质子重离子医院护理部护士长。作为党员护理骨干，她主动请缨，两度支援上海市新冠肺炎定点救治医院——上海市公共卫生临床中心，并入驻 ICU，悉心照料多位重症患者，用行动诠释南丁格尔誓言，践行党员使命和担当。

（编辑：谢诗豪）

守护阵地

面对突如其来的疫情，上海市的各个医院都成为了疫情防控第一线。为了做好疫情防控工作，门诊预检发热筛查、临时隔离病区设置及志愿者培训等样样不能疏忽。千千万万医护人员坚守阵地，将“打好疫情防控阻击战，尽心尽力地守护患者生命健康”的目标写在了心里。

抗疫男护情——同样的白衣，同样的情怀

2020 年伊始，本该是一个美好的春天，可是新冠肺炎疫情的到来，夺走了我们最宝贵的自由。到处弥漫着恐慌、担忧、焦急，这是一场没有硝烟的战争。

2020 年 1 月 23 日，小年夜，当我下班准备离开医院时，手机“滴滴”地响。护士长张老师在科室群里发起动员：“医院要紧急组织援鄂医疗队，随时准备出发，有谁自愿参加吗？”

“我。”简短的一个字后，我继续说道，“抗击疫情，男护士有着先天的优势。我又是一名重症医学科的护士，专业素质强，身体好，能扛能战。而且我名字里有个‘凯’，抗疫也一定会凯旋的，就选我吧！”

在众多请战者中，我有幸被选中，成为上海市第三批援鄂医疗队的一员。回到家，我沉默地坐在沙发上，深吸一口气，才把这个消息告诉新婚不久的妻子。她的眼神里充满着不解与恐慌，无声地走进了卧室。我一个人坐着，有些

内疚，不知道该说什么，更不知道怎么去说服她。约莫过了一刻钟，她推开门，红着眼睛，默然拥抱了我，许久才说了一句：“你放心去一线吧，不用担心我，我会等你打胜仗回来！”我顿时鼻头一酸，家人的支持更加坚定了我参战的决心。

小家之外，医院这个大家也给了我极大的鼓舞和感动。出发前，为了方便穿脱防护服，也为了减少交叉感染，张老师亲自帮我剪去了我特意为过年烫的头发。我一直记得她对同事们说：“石凯是一个特别注重自己形象的帅小伙，平时的发型很时尚，这次准备去前线了，外面理发店都关门了，他拜托我剪头发。虽然我手艺不精，但是在我眼里，他依然是最靓的逆行者。”

监护室的同事们得知我入选援鄂医疗队后，第一时间就为我准备了生活用品、防护用品、尿不湿等，以备不时之需。她们用开玩笑的语气跟我说：“我们可是等着你带武汉鸭脖、鸭爪平安回来，科室这么多人，你要多带点噢……”我看着她们眼里的泪水，一句话也说不出来。

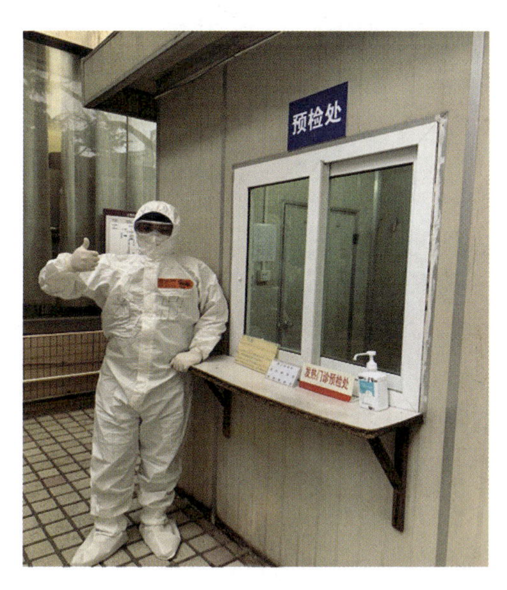

石凯在发热门诊工作

培训、考核，再培训、再考核，紧张的历练让我迅速成长。很快，根据工作安排，我被指派投入战斗——支援院发热门诊。护理部周主任用简短朴实的言语给我们鼓劲，再三嘱咐大家做好个人防护，并向所有即将参战的同事们鞠躬了两次。我当时眼眶都有些湿润了。

第一天，当我走进诊室的时候，里面已经坐着一位焦急的患者。他是一位外卖小哥，因为从外地返沪，体温高于 38.2 ℃，被预检引导到发热门诊，他的脸上充满了慌张。按照流程，我开始询问他的一些基本信息。还没等我询问完，他急忙打断我："医生！我这是被传染了吗？不行啊，我还要回去工作呢。""你先别急，我们要先给你做个检查，等结果出来之后才知道你要不要隔离。"我说。"那我什么时候才能做检查啊？"他焦急地问道。我说："我现在就会给你抽血，进行肺部 CT 检查，然后陪你一起等结果。"他一把握住我的手，然后马上又松开了。我冲他笑笑，虽然他看不见口罩下我的笑容，但我想，笑意和安慰也能通过眼神传递吧！

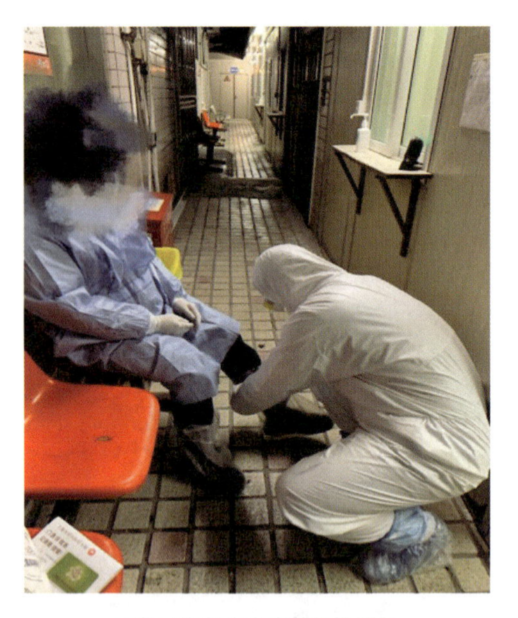

石凯正在帮患者穿戴防护用具

从头到尾，他的双手一直都在颤抖。我想，或许比起被传染的阴影，孤独和恐惧更难以抵抗。我主动和他唠起了家常，原来他过年回了趟老家，回到上海才两天就发热了。他现在最担心的是什么时候能够上班。因为体温高，公司不允许他上岗，这样就没有了收入。家里只靠他一个人维持生计，对于刚刚成为一名父亲的他，这是一个难以承受的打击。

也许是想到等他回家的老婆和嗷嗷待哺的孩子，他的泪水一直在眼眶里来回打转。等待结果的过程是漫长的，对他而言，似乎要更长一些。所幸的是检查结果显示，他只是普通发热，排除了新冠肺炎可能。在他知道结果的那一刻，这个跟我差不多大的男孩子忍不住哭了出来："谢谢你，兄弟，没有你这 1 小时的陪伴，我觉得自己都要崩溃了。"

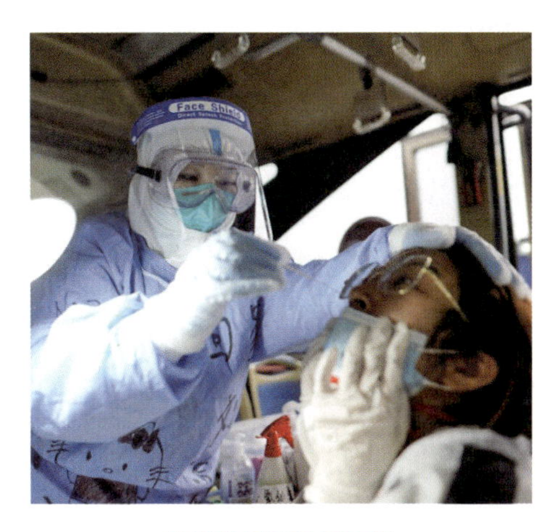

医疗队员在机场采样

这是我第一次觉得自己如此"有用"，能够给别人送去切实的帮助和温暖。这次经历，也鼓舞我在之后的工作中，希望能和更多的患者成为朋友，互相温暖，互相鼓励。

讲述者

石凯，男，1991 年 1 月生，上海市静安区中心医院重症医学科护士，静安区援上海浦东国际机场海关医疗队队员，2019 年上海市静安区中心医院优秀青年志愿者。疫情防控期间，先后被派往医院发热门诊和上海浦东国际机场海关支援。

（编辑：谢诗豪）

我的新冠肺炎抗疫纪事

李发红工作照

2020 年 1 月 19 日，张文宏主任让我通知各位教授和主治医师，停止接收一切新患者，只出不进，为可能即将到来的疫情做充分准备。在 1 月 20 日早晨，我们又召开全科会议，再次动员全科，提高大家认识和警惕意识。当日下午，发热患者来了 3 批共 6 位有流行病学史的患者，发热门诊医师通过医务处联系、咨询专家。张继明教授和我第一批来到发热门诊，查看患者病史及病情。当天晚上，我们科全科人员自主留在医院，商讨如何处理发热门诊的 6 位患者，最终领导决定腾空 52 W。2 小时内医师先做患者思想工作，动员调整。护士做好转床工作，我们医师一起帮患者拎他们的生活用品，大包小包扛到 I 期临床病房过渡 2 天。一切就绪后，我和师姐一起到发热门诊分批带患者进入病房，一路上得到保安、后勤人员的全力配合和保障。

从 2020 年 1 月 20 日感染科留观病房正式接收、观察患者开始，我科的抗

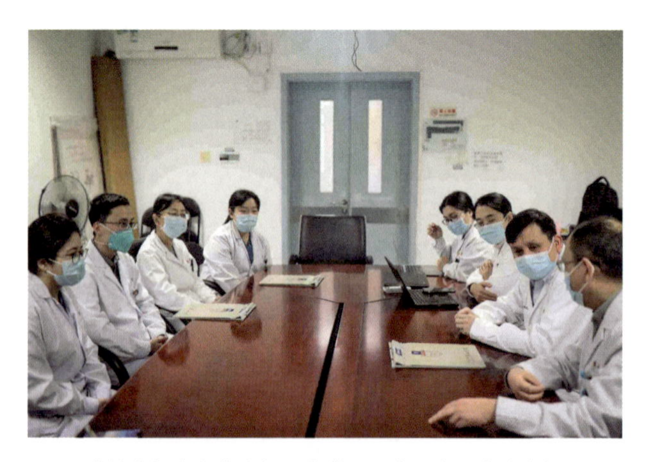

疫情之初张文宏主任召集党员开会，右 1 为李发红

疫工作正式启动，每天都在线。本来我准备大年三十值完班后回趟重庆老家，但随着后面几日疫情形势逐渐严峻，科室临床任务繁重，再加之我担任医干的工作，负责协调科室的人事及琐事，肯定是走不开的。于是，大年二十九我和家人说了我取消回家的行程，等疫情结束后回去。家里人很理解并表示支持我的工作。过年期间，我和科里各位教授基本天天到医院，我们没有过年的概念，将抗疫工作放在第一位。

我作为感染科的住院总值班医师，也称医干，负责华山医院全院会诊排除新冠肺炎的工作。同时科室领导与教授悉数几乎每天到医院指导发热门诊和留观病房的工作，读 CT 片、顺流程、变身福尔摩斯追踪流行病学史。金嘉琳教授更是亲自去给留观病房的患者买牙刷、牙膏。

我每天在急诊的时间最多， 2～3 月份几乎驻扎在急诊，帮助内科、外科所有接诊科室排除可疑患者，同时要负责全院病房的感染科会诊。几乎全院每位要收入病房的患者都需要我在病历本上清楚地写下“目前新冠肺炎诊断依据不足”，才能收入病房。每位急症手术患者，一旦有些许发热或肺部 CT 有肺炎表现，也是一定要我写一笔后才能进入下一步流程。所以在疫情期间，我这“笔墨”的重要性是前所未有的。其实这全是我所应肩负的责任。

患者可能会半夜因急症就诊，这意味着我们随时随地需要起来，到急诊室帮外科医师排除新冠肺炎，患者才能进手术室。这是非常紧急的工作，片刻都不得耽搁。本来就不轻松的夜班，因此变得更加使人劳累，我们的工作变得更加艰辛。疫情期间，我们不仅仅要负责新冠肺炎的诊断、鉴别和收治，还有其他患者的诊治工作。但就像我们领导说的，感染科的女医师都是女战士，我们都挺下来了，保证了全院在新冠肺炎防治方面的医疗安全。

感染科医师在其他科看来，好像什么也不怕一样。早期病房先后出现几例发热、肺炎的患者，所有人都非常紧张。我也是冲在最前面，做好防护，去患者床边追问详细病史，告知病房处理流程，亲自给患者采样，负责相应的会诊诊治工作。从紧张到淡定，从生疏到熟悉，疫情期间所有临床医师遇到任何一点可疑迹象，第一时间肯定是打我的手机。我有两个手机，一个是会诊手机，一个是私人手机，常常是自早上 8 点上班开始，两个手机就响不停。而且经常同时接通，左耳、右耳各放一个手机，然后就开始奔波。我一天之中能坐在自己座位上的时间很少，不是在排除新冠肺炎，就是在准备去排除新冠肺炎的路上。从抗疫第一天开始到 5 月底，在我担任感染科医干期间，也是疫情防控最严峻的时候。可以无愧地说，我为全院站好了一个感染科医干的抗疫哨岗，也为全科比较好地完成了抗疫的协调枢纽工作。我们邵主任经常开玩笑地说："我们现在每天的工作都是发红给我们安排的。"那段时间，感染科教授的发热门诊全部停诊，教授们都待在办公室。我有任何问题随时随地可以找到他们，他们是我最坚实的后盾。

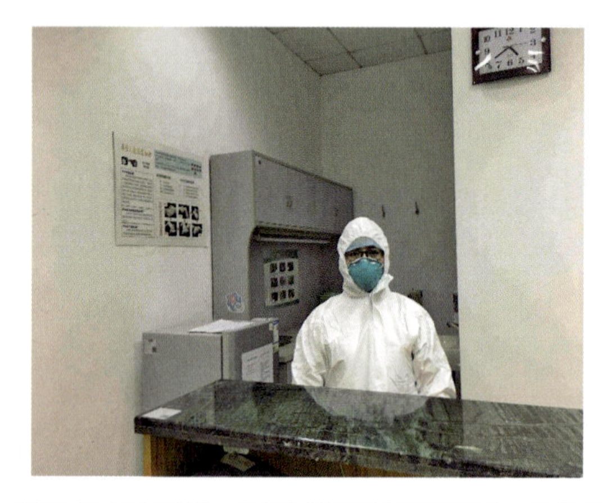

2020 年 1 月 20 日，李发红于发热门诊观察第一波患者

医院的严防死守让人神经紧绷、如履薄冰。结束一天马不停蹄的新冠肺炎及常规会诊后，我经常伴着夜色回家。2 月 11 日，张主任给我发消息说："我们科最好做个音乐视频，武汉前线的同志们很艰苦，这段时间大家都有些疲惫了，把他们的精神展现出来，对我们所有人内心都将是一种鼓舞与震撼。"

白天我需要同各个科室、急诊一起会诊患者，鉴别新冠肺炎，下班后学习更新的新冠肺炎诊治指南。尽管我如此忙碌，但这个视频我得做，并且做好。

利用难得的一个休息日，我改编了一首原名是《一百万个可能》的歌曲。原词作者是一位十分热爱中国文化，尤其热爱庄周文化的美国女歌手克丽丝叮

（昵称：叮叮）。我将《一百万个可能》重新填词，命名为《唯一的可能》。张爸说：视频最好分3个部分：岁月静好、出征、希望。循着这个方向，夜里，我构思了视频的内容，火速拿到了大家手中存的照片。在有空的间隙里，我拍摄了主任、教授、总院部分老师对前线老师的祝福。经过两个晚上，于2月14日，我剪辑完成了这个视频，发给科室的老师们预览。他们泪目了。

2月15日，全国气温骤降，武汉前线更是茫茫大雪，天气骤寒、战疫胶着。为了赶在至寒至暗时刻，给我们前线战友心中送去暖意，刚上完8小时发热门诊的刘其会师妹，稍作休息后便开始编辑。我们决定在风雪至猛之前一定要发送出去。当晚8点45分，歌曲一经华山感染公众号发布，阅读关注刷遍朋友圈，收获无数人感动的热泪。大家都说："不知道为什么，看着看着就流泪了。"有意思的是，这首歌发布之前，我在微博上联系到了原歌词作者克丽丝叮与其助理Seven。他们非常关心中国疫情与前线医护人员，在美国亲自弹唱了《一百万个可能》，并传来祝福视频。

当时我的导师张继明教授也在武汉前线，他听到《唯一的可能》后，十分感动，说前线的人个个感动得热泪盈眶。他专程打电话给我，鼓励我再为武汉单独创作一首歌："武汉是一座很了不起的城市，虽然受苦，但是很幸运有这么多人过来帮它。"我心里也默默记下。在忙碌的工作之余、休假时便会去构思一下歌曲。一日，我在饭后洗碗的时候无意间哼出了一段旋律，我觉得："对了，那就是我要的旋律。"于是就用手机把它录下来，在此基础上我做了四五个小时，便有了后来发布的歌曲《春暖武汉》。随着气温渐渐回升，疫情的控制逐渐明朗，战疫的胜利指日可待，我实现了对老师的承诺："写一首歌给武汉，让它在春天和温暖中'重启'。希望在春暖花开的时候，我们医务人员能够打赢这场仗，平安归来；武汉也能够从这场大病中慢慢痊愈，恢复正常。"

3月20日，正值立春，武汉前线传来消息，疫情初步得到控制，部分援鄂人员不日即将归来。我们在这天发布了歌曲《春暖武汉》，歌曲发布后，推文阅读量突破10万，大家纷纷留言"泪目！温暖！感谢！"。导师也告诉我，从前线回来的医护同事们在听到歌曲后十分感动，自发在车上集体高唱这首歌。

这也令我十分感动。

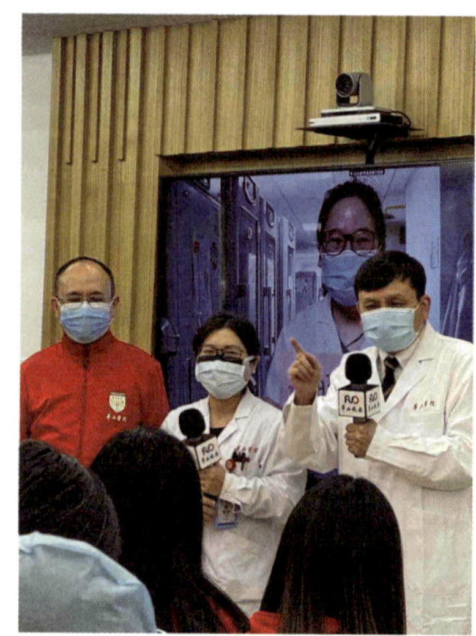

援鄂队员欢迎仪式上张文宏主任邀请李发红分享两首歌曲的创作心路

我和我们科很多老师，在坚守家园，为保卫上海而战。为国、为家，我们感染科医师在这场抗冠保卫战中绝无二话，始终冲在前线。我也十分敬仰那些挺身而出，在最艰难、最危险的时候到武汉，为武汉而战，为全国而战的同事们。大家的精神和故事始终激励着我在医护工作中竭尽自己所能去医治患者。

讲述者

李发红，女，1989 年 4 月生，复旦大学临床医学八年制博士，华山医院感染科主治医师。疫情期间担任感染科医干，负责全院感染科会诊及感染科工作协调，是全院发热患者排除新冠肺炎的“哨兵”。紧张的抗疫工作之余，她创作了两首抗疫歌曲：《唯一的可能》与《春暖武汉》。2 月艰难，一首《唯一的可能》为前线送去了温暖与支持；3 月开春，一首《春暖武汉》迎接医护凯旋。

（编辑：张　楚）

再累再苦，也要“守好这道门”

在医院疫情防控第一线，在疫情防控流程设计、志愿者培训、现场总协调等多个重要防控工作现场，我们一群“80 后”护士用自己柔弱的身躯担负起职业赋予的重担与使命。有人采访的时候，我们摘下口罩，脱下防护服，也想说一句：“很累！真的很辛苦！”但是疫情当下，作为众多坚守徐汇院区预检大棚的“守门人”之一，我们心中只有一个坚定的信念：“一定要守好这道门，把好这道关！”

疫情就是命令，20 小时不到筹建隔离病区

2020 年春节前夕，连廊的窗花传递着新春的喜悦。肝外科主任王鲁教授兴奋地说：“肝外科将搬到 5 号楼 4 楼，这是发展的新天地。”肝外科 28 病区护士长薛燕萍带领我们 6 位护士，俯下身逐个打包物资，清点医护用品，一人一车将 2 号楼 11 楼的“家当”搬到肝外科新址。

就在我们辛苦许久快要“大功告成”的时候，2020 年 1 月 23 日 16 点 30 分，一则防控疫情的紧急通知下发。原来，这个即将启用的病房将作为疫情防

青年突击队

控期间的临时隔离病区。王鲁教授接到通知后明确要求："疫情就是命令，医护携手，务必准时、高效完成隔离病区的筹建。"

接到通知的当晚，护士长薛燕萍就带领我们，根据医院防控领导工作小组要求，开始着手准备。临近春节，工勤人员许多已经返乡。薛燕萍和护士们撸起袖子自己干，在保卫科保安的配合下，将26张床位重新搬回2号楼11楼，只留4张床位。这期间，大家费了九牛二虎之力，终于完成病床"大迁徙"。忙完体力工作，时钟已指向深夜12点。

1月24日一早，科室医护团队早早地来到病区，在各部门大力支持和通力合作下，快速完成基础改建和医疗物资筹备。接着，我们还要根据清洁区、污染区和半污染区的分区要求，进行院感及防控工作的医疗物资准备、流程梳理和演练。我们几个分工合作，不放过任何一个细节，有的准备医疗物品，有的干起了保洁工作，有的不断模拟流程……护士长薛燕萍自豪地说："我们'娘子军'，仅用了不到20小时就完成工作，真的很不容易！很不容易！"

待隔离病区一切安顿之后，家里的年夜饭早已开席，手机中数十个家人打来的未接电话早已"刷屏"。这时我们才各自回家过年。

防控就是责任，"守好门、把好关"是我们的使命

我所在的部门是护理部，主要负责在疫情防控期间门诊预检发热筛查的工作。在防控领导工作小组的带领下，参与设计入院患者及患者家属的进院流程。1月31日开诊前，一个预检大棚终于搭建完成。在工作中，各部门都在不断优化工作流程，各种测温的新设备也分批安装到位了。我、薛燕萍和张莉3位"80后"护士，成为了预检大棚的组长和总协调。

在预检大棚工作中，有许多预案之外的各种问题，需要一批了解医院流程、熟悉防控工作的医护人员及时处置。这个重担压在我们3个姑娘身上。每天早高峰都是预检大棚压力最大的时候，为了减少防护服消耗，我们一个上午和一个下午只喝一次水，中午吃饭也是像"作战"一样。

每天早上，当外面还漆黑一片的时候，我们3人就在6点30分之前早早地

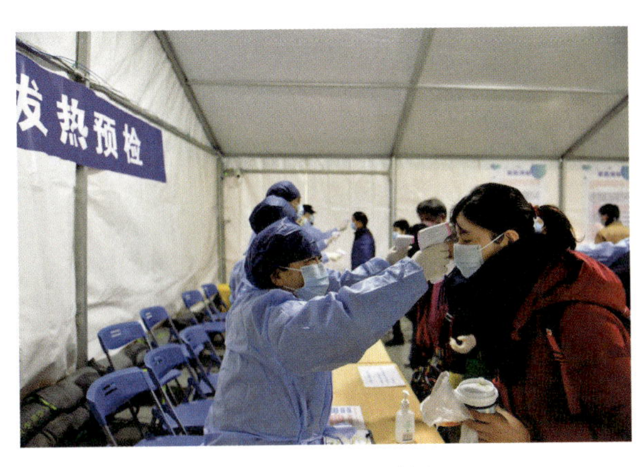

疫情初期时的发热筛查

赶赴医院，开始一天的工作。门诊结束后，我们又会经常围坐在一起，根据每日碰到的情况，向防控领导工作小组提供自己的建设性意见，并做好反馈和优化等工作。每晚走出医院时，街边早已万家灯火。心中说不累是假的，但守好“进院”这道门极为关键。

志愿者培训，平均一个内容讲 4 遍

我们不仅在预检大棚“作战”，同时还肩负着大棚志愿者培训的重担。每天下午 3 点是第二天预检大棚志愿者的集体培训时间。但志愿者都有自己的本职医护工作，往往不能统一行动、集中培训。

志愿者培训

为节约志愿者等候时间，我们经常需要给不同时间前来的志愿者多次讲授培训内容。从防控流程到自身防护，拿出我们亲手编写的“教案”，辅以肢体语言，细心认真地讲解，确保每位志愿者都能对这些内容入脑、入心。同样的内容，平均要讲授4遍。面对疫情，我们心中也不敢放松懈怠，只要志愿者记住，对他们工作有帮助，累一点没关系。

讲述者

奚燕，女，1980年11月生，担任复旦大学附属肿瘤医院护理部护理质量督导、发热筛查处组长、复旦大学附属肿瘤医院疫情防控门诊预检青年突击队队长，承担医院防疫志愿服务第一道防线的测温、预检筛查、高危患者登记和预处理等直接服务，以及大棚志愿者岗位协调、防疫物资管理和预检流程意见反馈等管理工作。她是一名“80后”党员，护理部的新生骨干力量，也是医院抗新冠肺炎疫情防控志愿者的骨干。疫情防控期间，她既是防疫一线志愿者，又是志愿者管理人员。自2020年1月31日开诊至今，她扎根“大棚”。作为党员志愿者，她充分发挥自身模范带头作用，带动并发展3名群众成为医院防疫一线的骨干力量，被称为肿瘤医院大棚“女F4”，志愿服务时间逾300小时。

（编辑：张晓旭）

医术救人，沟通救心

为了应对突如其来的疫情，华东医院紧急抽调了多位医护人员至发热门诊支援。或陌生、或熟悉的战友们在这危急时刻临时组建成了一支小分队，颇有一番临危受命的味道。

一天上午，北风凛冽，一位发热多日的老太太在女儿的陪伴下前来就诊，通过仔细的问诊和检查，专家们结合各项报告得出结论：右肺有炎症，不排除新冠肺炎可能，建议接受核酸检测。

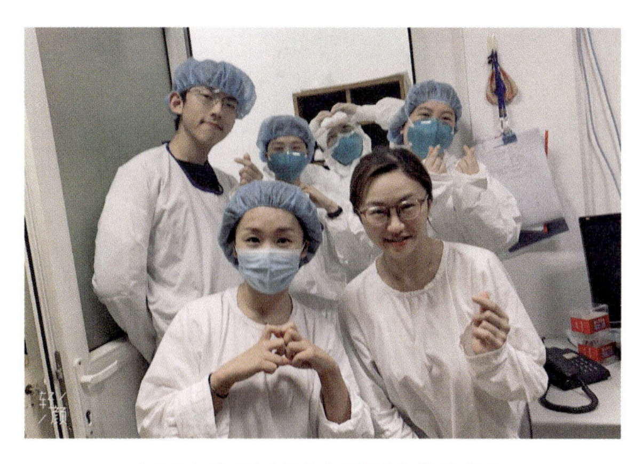

复旦大学附属华东医院发热门诊集体

我怀着沉重的心情向这对母女转达了专家们的意见，并告知她们需要留观，等待进一步采样检查。诊室的空气在那一刻瞬间凝固，两位当班护士都有点紧张。直到女儿的责怪打破沉默："我和你说过那么多次，特殊时期不要下楼，你非要天天去锻炼不可，我们小区人员复杂，戴口罩又怎么样呢？"不等母亲有反应，她迅速拿起手机拨打电话："我和你说呀，快点用消毒水把家里都喷一下，还有她用过的碗筷都用开水煮一煮……"在一旁的老太太犹如犯了错的孩子一般，默默低着头，眼皮都不敢抬一下。看到此情此景，我心中五味杂陈。容不得一丝拖延，匆匆和家属交代需要准备的物品后，我把老太太安置到留观室，一边迅速连接氧气和监护设备，测量生命体征，一边向她介绍留观室的规则："不能离开留观室，三餐会定时送达，有任何事情找我……"我正耐心地给她讲解着，以为像往常一样几分钟就能讲完。老太太却连番追问起来："我现在是被关起来了吗？不就是发热吗？肯定是受凉了，真是多出来的事情，你们打算关我多久？"一个接着一个问题过后，我猜测，老太太是个顺从性差，对处境不明白且很可能接下来也会不配合的患者。这时候，外面又来了一位患者，我只好先敷衍老太太一句："详细的情况我们都会和你女儿说的，你安心等我们来检测就行了。"

一晃到了下午。在为老太测体温、量血压时，我发现相比上午，她显得更加委屈和伤感。想着她大半天都独自待在留观室，我同理心顿生，便也柔声安

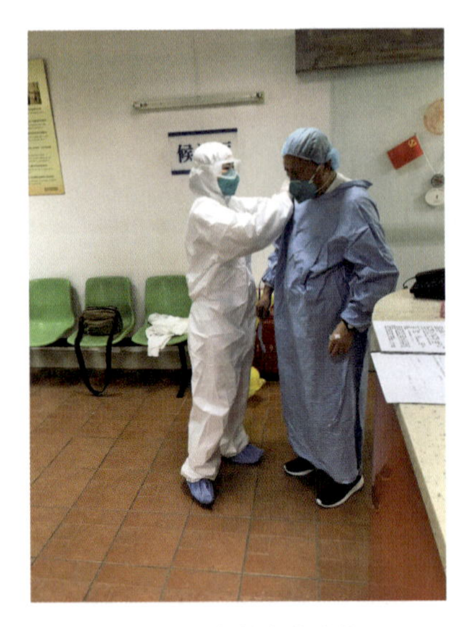
同事们互相帮忙穿戴防护服

慰她起来："我们是对你负责，一旦检查结果正常，就能回去啦。只是回家后先别晨练了！"却不知话中哪句触动了老太太的心弦，她带着哭腔说："我这把年纪，回去也是个累赘，都怪我不好……我活够了。"同时，监护警报响起，血压176/100毫米汞柱！我吓了一跳，一边心中责怪自己不会安慰人，一边向医师汇报。由于老太太有高血压史，医师说考虑再加服半粒氨氯地平（络活喜）。

刚挂了电话，蔡老师打来电话关心老太的情况。我说："体温正常，就是血压，刚刚量了快180/100毫米汞柱了"。听筒那边沉默了一会，说："你去看看她中饭吃了没？问问和谁打过电话。"这短短几问瞬间点醒了我，才发现送进去的中饭几乎没有动过。我在电话里向蔡老师说明了情况，蔡老师继续回复道："我知道了，我去和她聊聊。一会晚饭来了，你送进去的时候再帮她量个血压吧。"语气中，蔡老师对情况已是了如指掌。

我端着晚饭站在门外，隔着窗看到老太太虽戴着口罩，却自双眸透出笑意，甚至聊着聊着笑弯了腰。整整一天了，我第一次见到她展露欢颜。下班后，我和其他几位当班护士都未离开，不禁要向蔡老师问个究竟。因为大家之前讨论了很久，一不知道原因，二不知道对策。蔡老师和老太太说了什么，能让她转眼间心情开朗、血压稳定，还胃口大开、喜笑颜开呢？

蔡老师笑着跟我们说："其实老太太家里还有孙子，本来想打电话问问家里的情况，却被心急的女儿说了一顿。一个人暗自担心焦虑，后悔固执己见下楼晨练，如此这般憋屈闷在心里，当然难受。听她倾诉完了，再耐心解释、安慰，很快就好了。至于晚饭，她中午没怎么吃，工作做通了，自然就饿了。"大家连连赞叹蔡老师护理经验丰富，对患者的心理也把握得分毫不差。

前来发热门诊就医的患者除了治疗生理上的疾病，更需要心理上的关心和温暖。独自呆在留观室，看着泛白的墙壁，听着刺耳的报警，摸着冰冷的仪器。担心、恐惧、无助、彷徨……此时他们需要的是细致的观察、体贴的话语、耐心的劝慰和针对性的关怀。“良言一句三冬暖”，这次，我实实在在地感受到了语言的力量。

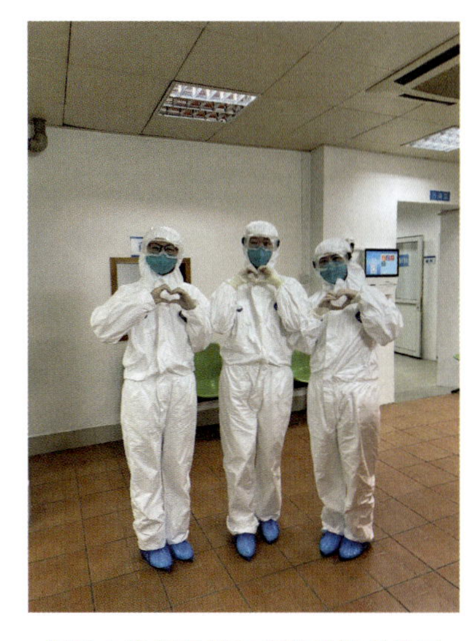

复旦大学附属华东医院发热门诊同事向患者比心

护理工作看似平凡，实际点点滴滴都包含着关爱。“有时治愈，常常帮助，总是安慰”，愿每位医护工作者，都能医术救人，沟通救心；更愿此次疫情早日结束，阴霾尽散，春暖花开！

讲述团队

复旦大学附属华东医院发热门诊在院领导的大力支持下，由4位主任医师、护士长蔡虹和9位护士，检验科、影像科及财务科组成。这支因新冠肺炎疫情而迅速集结的年轻队伍用最短的时间适应、磨合。作为抗击疫情的第一线，日常主要的工作内容是在做好自我防护的前提下收治发热患者，在“六不出门”的原则下对每位患者负责到底。随着新冠肺炎疫情的不断变化，发热门诊时刻响应国家和院领导的指示，对每位入院患者及陪护家属进行核酸检测，确保每位入院人员的安全。这是一支召之能战，战之能胜的优秀队伍。

（编辑：张晓旭）

责任在肩，我这样做

▲ 扫描二码收看本故事视频述版

2020 年 1 月，随着发热患者的增多，复旦大学附属华东医院发热门诊实行 24 小时全天候运行模式，并且不断加强护理人力资源的投入。我也前往支援发热门诊工作，在形势严峻的抗疫期间，从病房护士长到发热门诊值班护士长的角色转变，对我提出了更高的要求。

发热预检是患者就诊时的第一个关卡，测体温、分诊、完成流行病学调查。为了防止不同的护士做流调使调查结果出现偏差，我根据当时的《新冠肺炎诊疗方案》，制作了第一版《发热门诊患者流行病学调查表单》，用相同的表述和选项进行调查。令人高兴的是，目前这份流调表单已经更新到第九版，还被翻译成了中英文对照版。3 月中旬，一位完全不会中文的加拿大籍发热患者，按这份表单的提示，也顺利完成了就诊。

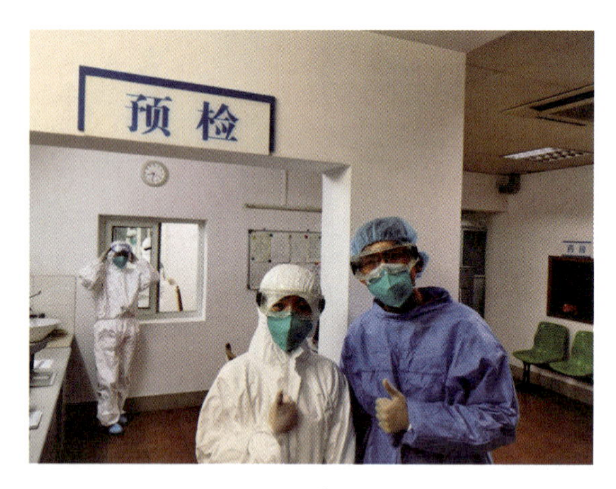

夏露工作照 1

针对防护物资的管理，开源和节流是关键。为此，我和同事们完善了《发热门诊工作人员的自我防护》的培训内容，一级、二级和三级防护都有要求和标准。这样，工作人员能够做到标准化防护，从而将高水平的防护物资，留给更需要的第一线人员。

在未知的危险面前，白衣战士们义无反顾。来自不同病区的 10 多位护士组成了发热门诊护理团队。他们身穿防护服，头戴护目镜，脸上布满压痕，却从不叫苦叫累。发热门诊 24 小时全天候运行以后，排班模式也需要进行适当调整。按照护士们的反馈，结合人力资源，我分别准备了 3 套排班方案。同时让护士们各抒己见，最终达到“优化排班”的结果，合理应用人力资源，团结护理团队，提高工作效率。优化排班后，护士们说：“我每天都哼着小曲儿，兴高采烈地来上班。”

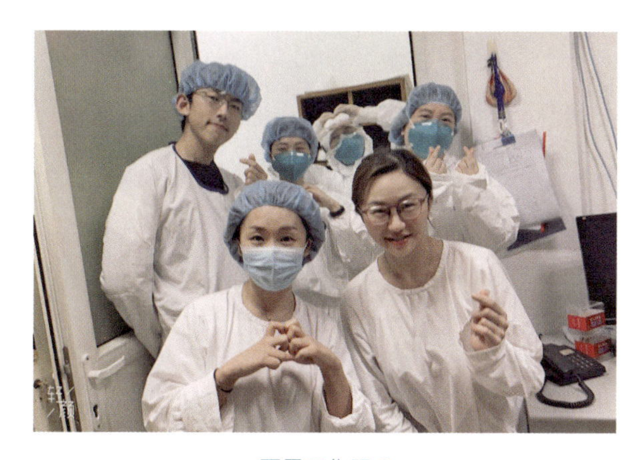

夏露工作照 2

面对医护人员的调动，重要的是以不变应万变。想到各位护士在之前“优化排班”的过程中备受鼓舞，我便鼓励大家寻找自己感兴趣的内容，推陈出新，制订复旦大学附属华东医院《应对新冠肺炎发热门诊护士工作手册》，图文并茂，介绍发热门诊各项常规和工作流程。医护人员可直接通过这本手册，了解“发热门诊之与众不同”，掌握“穿脱防护服之技巧”，知晓“发热门诊患者 CT 检查的防护与配

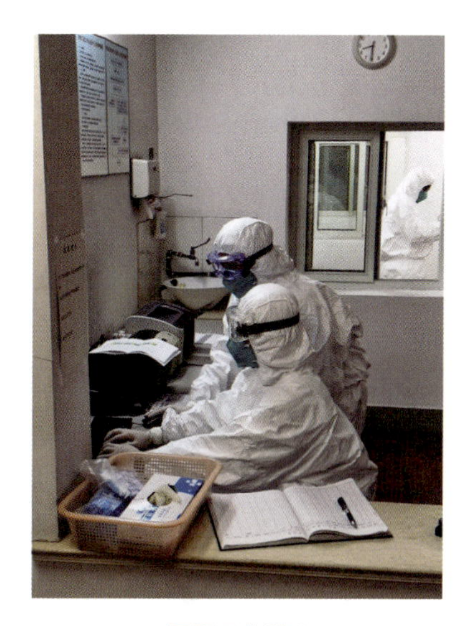

夏露工作照 3

合要点”，熟悉“鼻咽拭子标本采集和送检”。

60 多个日日夜夜，在发热门诊的点点滴滴，给我留下了难忘的感悟和收获。大道至简，坚持“以人为本”，立足自身岗位；星光满载，初心不改。

讲述者

夏露，女，1986 年 1 月生，主管护师，复旦大学附属华东医院日间手术病房护士长。2020 年 1 月，她在第一时间支援发热门诊，担任值班护士长，与来自全院各个片区的青年护士一起坚守在发热门诊第一线。在防护物资匮乏的时期，她做好发热门诊的防护物资管理。她们一边摸索学习，一边临床实践，自发地修订了《应对新冠肺炎发热门诊护士工作手册》。当出现紧急情况时，她总能临危不乱、冷静果断地处理，并且与所有的当班护士一同进退。她就是坚守后方第一线，一位有责任心的、有担当的护士。

（编辑：元贞霓）

防疫中的抢救

2020 年新年伊始，新冠肺炎疫情席卷而来。疫情防控工作形势严峻，全国拉开了一场规模空前的疫情阻击战。在这特殊时期，我院很多医护人员主动请缨，增援门、急诊等一线岗位，我也是其中一员。

2020 年 2 月 10 日 14 时许，在这场战疫进行的第十九天，医院门口路边“轰”的一声，好像是广告牌倒地的声音。随即，有人大喊：“有人晕倒了。”我循着声音看过去，发现有人晕倒在地。我立马扔下手中的额温枪，跑了过去。赶到患者身旁后，发现患者呼之不应，偶发抽动，心跳、呼吸仍存在。我立即呼叫其他医护人员。急诊医师赶到后，立即为患者进行体格检查。我密切观察着患者的生命体征及意识情况，一边触摸患者的颈动脉波动，一边观察患者的面色，并不断地呼喊患者。此时，除颤仪、心电监护等抢救物品推至患者身旁。突然，患者颈动脉波动变得微弱，氧饱和度也开始下降： 92%，90%，88%，76%……我大声喊道：“她颈动脉搏动快消失了，快快快快，准备抢救！”患者心脏骤停，我立即双膝跪地，对患者进行胸外按压。同时，一名护士使用简易呼吸器为患者送气，一名护士在核对医师口头用药医嘱，一名护士准

陶鑫工作照

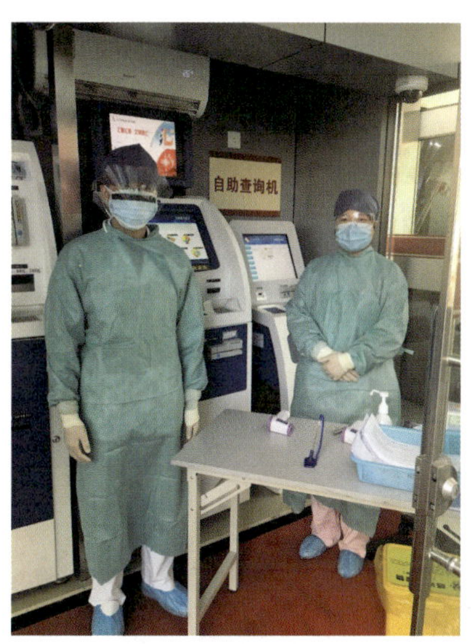

陶鑫在医院

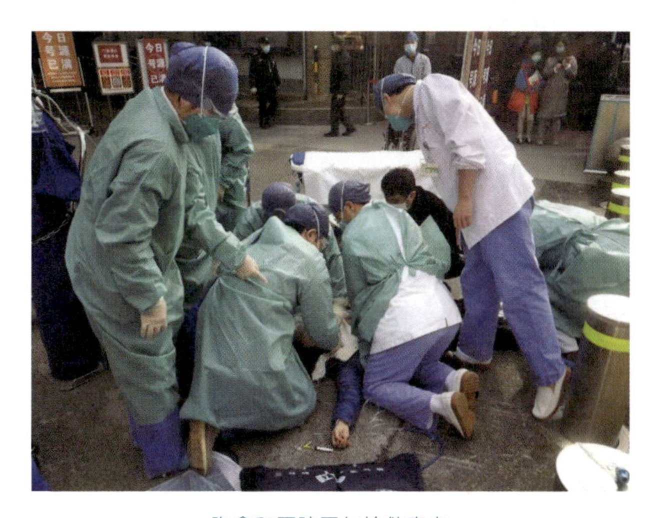
陶鑫和医院同仁抢救患者

备除颤仪，一名护士为患者加开静脉通路。期间，好像有人给我递来垫子，想让我跪在垫子上，但是时间紧急，已经顾不了这些了。等到麻醉科医师赶到后，我协助他完成气管插管。最终，医院同仁齐心协力，患者恢复了心跳。此时，大家依然没有一丝的松懈。直至救护车赶到后，经过和家属的沟通确认，与救护车工作人员完成了患者交接，并安排了参与抢救的耳鼻喉科医师，共同护送患者前往综合性医院进行下一步的救治工作。

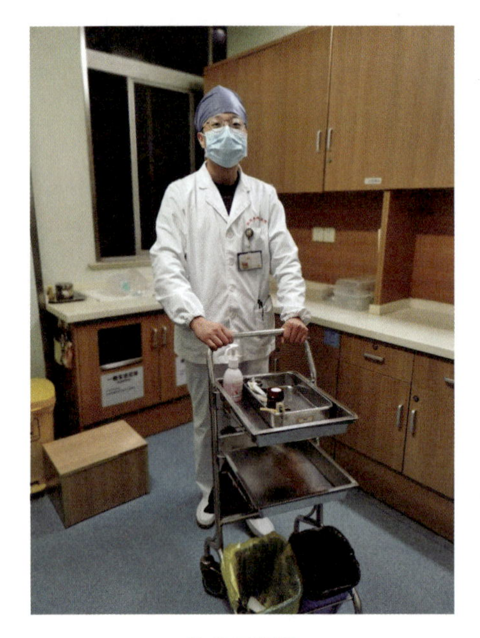

陶鑫工作照

待送走患者，整理好现场后，大家才发现自己的头发早已凌乱，内衣早已湿透，但是大家却感到由衷的满足。这就是我们，有人说我们是白衣天使，守护着人们的生命与健康；有人说我们是白衣战士，不惧病魔，勇往直前。其实我们也是父母的子女、子女的父母，我们也只是血肉之躯。当医院组织志愿支援湖北的时候，我立刻报名了。虽然我的妻子已怀孕多时，预产期就在3月份。我知道有可能当妻子生产的时候，我没有办法陪在她身边，但她一定会理解的。因为我们都是党员，也都是医务工作者。去前线工作的确可能无法第一时间看到孩子出生，孩子也不能第一时间看到爸爸。但我觉得这不会是一种遗憾，相信孩子长大后也会感到骄傲。

习总书记说：“生命重于泰山，疫情就是命令，防控就是责任。”在这个特殊时期，我们医务人员毅然来到前线，陪众人一起面对，陪患者一起度过，让他们感到安全和温暖，努力打好疫情防控阻击战，尽心尽力地守护患者的生命与健康。

讲述者

陶鑫，男，1991 年 10 月生，中共党员，复旦大学附属眼耳鼻喉科医院 ICU 暨术后观察室护师，护理第三团支部书记，眼耳鼻喉科医院“疫情防控”青年应急突击队队长。主要负责门、急诊患者测体温，预检筛查，协助挂号及人流管控等工作。他在发热门诊预检过程中，有一次遇到有患者晕倒在地，心脏骤停。他毫不犹豫地双膝跪地，对患者进行胸外按压，展开了一场惊心动魄的救援，挽救了患者的生命。

（编辑：汪　睿）

守护新生

复旦大学附属儿科医院是上海市唯一一家新冠肺炎儿童患者的定点收治单位，承担全上海市儿童新冠肺炎感染疑似病例的筛查和诊治任务。站在疫情防控最前线，传染科全体医护人员没有丝毫的畏惧，没有一丝犹疑，化身为勇敢的白衣战士，立即投入这场没有硝烟的战争中。

护理——从心出发

2020年农历新年，新冠肺炎疫情暴发，复旦大学附属儿科医院承担着全市儿童新冠肺炎病例的筛查、诊治和护理任务。传染科医护团队自上而下，倾尽全力，投入战斗。作为病房的专科护士，我的职责是坚守在病房第一线，掌握患儿们病情的变化，落实护理工作。年幼的孩子们离开温暖舒适的家，离开父母的怀抱，被送到传染科病房接受隔离住院治疗。或许是因为我已为人母，所以更能体会孩子们的孤独无助，也更了解作为家长们的担忧与牵挂。

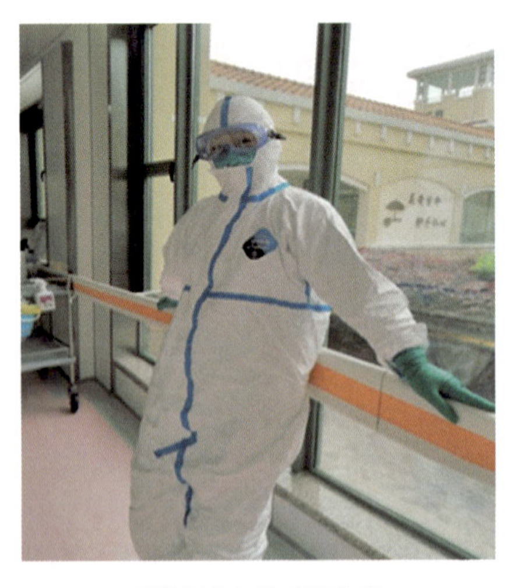

王佳丽参加抗疫工作照

在与病房的新冠肺炎患儿接触过程中，令我印象最深的是大孩子桦桦。桦桦是个文静又沉默的姑娘，住在隔离病房里，从不麻烦医师、护士任何事情，所有的检查都十分配合。其余时间就是躺在床上，一个人听音乐，乖巧到令人心疼。隔离住院的日子并不短暂，平均都要住上2～3周，这样老是闷着不说话可不是好现象。看着沉默的桦桦，我决定和她聊一聊。

“桦桦，我能和你聊聊天吗？”

“好。”

“桦桦，今天是你住院的第三天了，在这里还习惯吗？”

“嗯。”

“桦桦，你可以把我当成姐姐一样，闷的时候、无聊的时候都可以叫我来陪陪你。”

“真的吗？我以为医师、护士都是很忙的。”

“是挺忙的，但是陪你的时间还是有的。你有要好的朋友吗？最近还在联系吗？”

“有的，但是我不敢联系他们，怕他们知道我得了新冠肺炎以后不理我……我可以加你微信吗？这样在你不在病房的时候我也可以和你发消息。”

“可以，我的微信号是×××，你先申请好友，等我出去脱了防护服来加你。”

“嗯嗯。”

就这样，一来二去，我和桦桦两个人渐渐熟络起来。桦桦也慢慢打开心扉，见到医师、护士也不沉默，她不再是那个整天躺在床上不动的患儿。她会看书，会和朋友们在网络上聊天，会和查房的医师、护士们讲小笑话。出院前一天，桦桦拿出了一幅亲手画的画，上面写着对我们医师、护士美好的祝

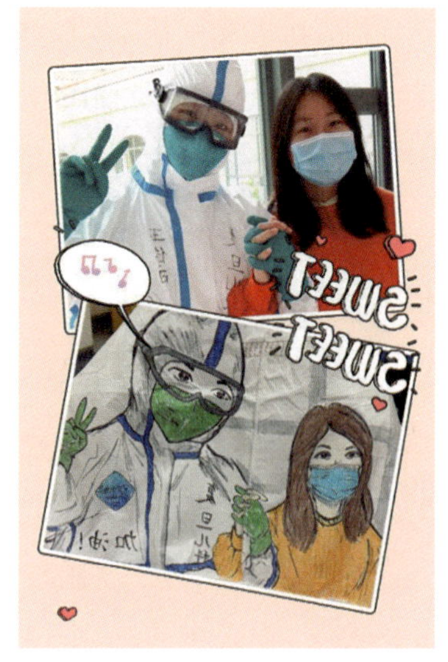

王佳丽与患儿桦桦的合影

愿。“明天你可以来送我吗？”“一定！”第二天，我身穿画着两人画像的防护服来送她出院。你为我书信，我为你作画。

桦桦的画作

随着海外疫情的蔓延，上海输入性新冠肺炎患者人数日渐上升。儿科的医疗团队进驻上海市公共卫生临床中心，开辟儿科新冠肺炎救治第二病房。亲子病房里有位父亲说：“我能接受做核酸检测和抽血，但是我的孩子是不是可以不用做？我不想他们忍受痛苦。”

面对这样的请求，医师和护士们犯难了。虽然我们很能理解家长心疼孩子的心理，但是核酸检测和抽血检查是必须要做的，这可怎么办呢？我看着 7 岁的女孩，耐心地问道：“贝贝，爸爸怕抽血会弄疼你，但是这个检查对你的治疗很重要，你怎么想呢？虽然抽血有点痛，但是我们会轻轻地扎针，尽量减少你的痛苦，你愿不愿意试一下？而且弟弟其实也需要抽血，你愿不愿意给他做个榜样？”

小姑娘贝贝，看着爸爸想了想，说：“爸爸你能不能抱着我？我有一点害怕，但是我想试一下。”

在爸爸的怀抱下，贝贝顺利地配合完成抽血采样。最后，还不忘谢谢鼓励她的护士。无论面对多大年龄的患儿，我们都需要懂得尊重他、鼓励他、相信他。在不知不觉中，我们彼此都获得了成长。

护理有给人安慰、抚慰心灵的作用。在新冠肺炎的肆虐下，我践行南丁格尔的誓言，坚持作为护士的本心，设身处地为患儿着想，为患儿带去支持与关爱。

讲述者

王佳丽，女，1984 年 5 月生，复旦大学附属儿科医院传染科专科护士，从事儿童传染病临床护理工作 14 年。新冠肺炎期间，她参与上海地区儿童新冠肺炎的护理工作，担任前线临时党支部副书记。2020 年 3 月下旬，全球输入性新冠肺炎病例增加后，带领护理小队前往上海市公共卫生临床中心，负责未成年人新冠肺炎救治护理工作，担任儿科病区护士长兼前线临时党小组组长。

（编辑：张　楚）

别时寒冬凛冽，归来春暖花开

▲ 扫描二维码收看本篇故事视频讲述版

2020 年年初的新冠肺炎疫情打破了生活的平静。我们所有人卷入了这场没有硝烟的战争，成为了这段历史的亲历者、见证者。从 2020 年 1 月底到 2020 年 4 月初，这近 100 天的历练考验着、改变着、给予着，也推动着我们。这 100 天来，我们所有人经历了人生中的各种第一次：有的家庭第一次如此近距离的日夜相守，感知彼此的美好；有的家庭却因疾病四分五裂，亲人阴阳两隔；而我，从医 10 年，第一次穿上防护服，第一次离开我的孩子，第一次直面未知的疾病。

1 月份的上海已渐渐冷寂，空气里弥漫着清冷又愉悦的味道——家的味道、中国人团聚的味道。思乡的人正在打理行装，在亲人的期盼中倒数着归乡的日期。我也一样，若无意外，我会在春节带着孩子回到家乡。然而此刻，千里之外的武汉已是“硝烟”弥漫。医院满负荷运转，医师日夜守护患者，患者数量与日俱增，恐慌与不安笼罩着整个城市，触动着每一根紧绷的神经。不久，毫无意外的上海战疫在我回乡之前打响了。安顿好孩子后，我迅速投入工作，这是职责，也是使命。

2 月份的上海已进入一级疫情防控状态，一座不夜城仿佛按下了暂停键，一个喧嚣的国际都市瞬间如同冰封，延安高架已无往日盛况，马路上零星的行

王相诗抱着患儿

人间彼此刻意留出的距离提醒着我们：这座城市正在经历前所未有的考验。一位名为“豆豆”的7月龄最小患儿成了我们医院的“团宠”。巧的是，豆豆和我的小女儿同年同月同日生。我是她的医师，更是她的临时妈妈。7月龄宝宝离不开妈妈，我们医护舍不得孩子哭，无惧风险，整夜整夜地把她抱在怀里，哄她入睡。

为了更清楚地掌握孩子的生活习惯，护士妹妹们列了清单，把孩子喝奶、吃辅食、换尿布和睡觉时间记录得清清楚楚。豆豆有基础疾病，为新冠肺炎的治疗增添了不小的难度。用药时，我们斟酌再斟酌，谨慎再谨慎。豆豆是一个乖巧到让人心疼的孩子，为了孩子开心，我们化身各种萌物如“蝴蝶飞飞”“小狗汪汪”。我们希望孩子在离开妈妈的日子里，不要留下心灵创伤。

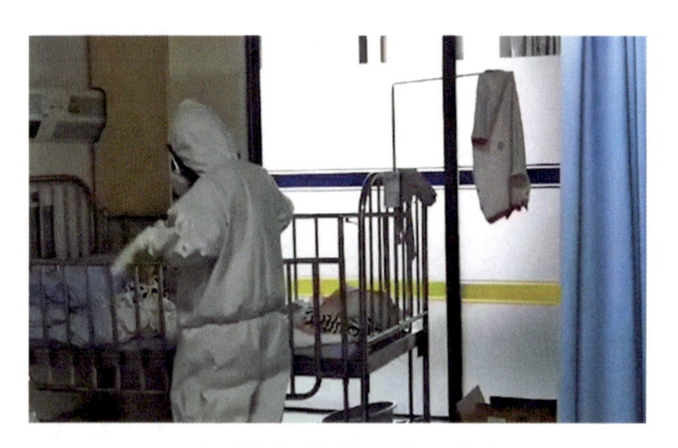
王相诗扮演“蝴蝶飞飞”哄患儿

在所有人的共同努力下，豆豆在住院17天后出院了。最小患儿的出院，治愈了一城人心。

3月份，武汉捷报频传，方舱医院陆续休舱，城区疫情风险降为中低。在

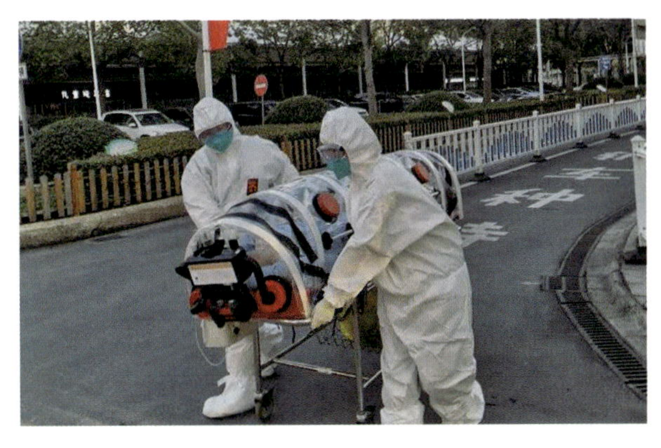

王相诗转运患儿

上海，复工复产的步伐也开始有条不紊地进行，道路标识牌重现了久违的“番茄炒蛋”。3 月 13 日，送走最后两个宝宝后，医护们彼此相拥祝福，庆祝清零。然而此时，国外疫情却不容乐观，西班牙疫情开始大规模暴发。于是 3 月 14 日，我们又开始了输入性病例的接诊之旅。

文化习惯的差异使得对这些孩子的治疗有了更大难度，我们要放更多的精力在孩子及父母的情感需求上，安抚其焦躁情绪，取得其信任，使其对我们的救治放心。我们遇到了来自巴塞罗那的 9 岁男孩约翰（John）。他敏感、脆弱，拒绝和医护沟通，拒绝我们提供的帮助，拒绝采样复查。正常情况下，采样仅需 1 分钟不到即可完成，但对于约翰，我们却花费了数小时。我们要一刻不停地握着他的手，安抚、拥抱他。同时，他的家人也处于焦虑无助中，为了离儿子更近一点，约翰的爸爸每天开车 1 小时到医院，在楼下和儿子视频。我们担心长此以往，不仅不利于约翰的康复，也会给他造成心灵的创伤。我是他的主治医师，有责任在治疗孩子的同时照顾好他。因此，我每天花更多的时间陪伴约翰，了解他的喜好，陪他画画、伴他跳舞、同他打游戏，走进他的内心。慢慢地，他开始放下戒备接纳我，愿意和我聊天，也有了笑容。约翰在医院住了近一个月。出院后，他爸爸一直和我微信联系，告诉我孩子很想念我。这种被信任和依赖的感觉真的很好。

4 月份，花开摇曳、馨香满怀，离汉通道开放。国内绝大部分城市恢复往常，援鄂战士凯旋，上海儿童病例再次清零。从寒冬凛冽到春暖花开，从漫漫黑夜到曙光照亮，从门可罗雀到车水马龙，从彷徨无助到昂首阔步。我和我的同事们在给予与付出的同时收获了人间大爱。

讲述者

王相诗，女，1985 年 8 月生，复旦大学附属儿科医院感染传染科主治医师。在疫情出现时，她主动请缨，奔赴战疫一线。参与诊治每位上海市儿童确诊病例，从病情判断、诊疗，到为患儿采样、带患儿外出检查，以及关怀患儿生活中的点点滴滴，让患儿离开亲人时能够感受到妈妈般的温暖。在不惧风险、尽职尽责做好一名医师的同时，也如同患儿的妈妈，抚慰孩子们无助的内心。

（编辑：胡佳璐）

乘风破浪的姐妹们

2020 年，一场突如其来的疫情打破了新年的热闹与欢笑。灾难面前，虽不见硝烟弥漫，却处处氤氲着生与死抗衡的味道。

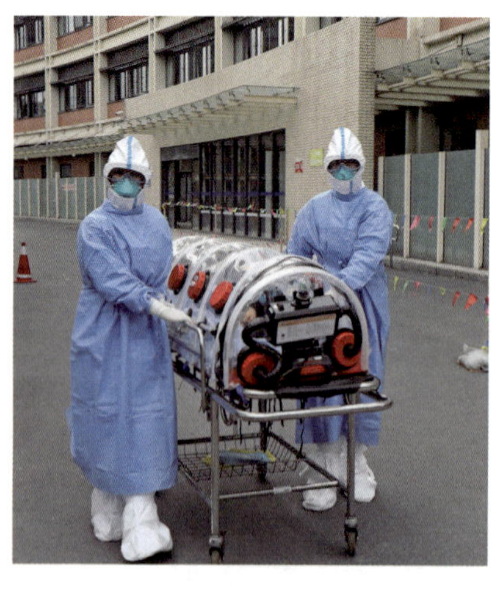

传染科医护团队带患儿做检查

作为上海市唯一一家新冠肺炎儿童病例的定点收治医院，复旦大学附属儿科医院直面疫情防控最前线。2020 年 1 月 19 日，上海出现第一例新冠肺炎患儿。虽然我们传染科所有的护士在前期都接受了疫情防控应急预案流程的培训，但当新冠肺炎患儿真实地站在眼前时，我们的内心还是忍不住会紧张、害怕。好在这样的情绪转瞬即逝，我们随即投入工作中。

半年抗疫过程的点滴，每一帧画面都让人感动。半年的时间，传染科病房先后收治新冠肺炎患儿 24 例，有本土病例，也有境外输入的患儿。晴晴和天天是其中唯一一对亲兄妹。他俩进病房时，全副武装的护士姐姐一手牵着一个。10 岁的天天已懂事，乖巧地跟在护士身边。而幼小的晴晴还没搞清楚眼前的“大白”为何物，便被安排到一个从未接触过的陌生环境中。她嚎啕大哭，隔着玻璃都能感受到她的无助和恐惧。房间里的护士抱着哄也无济于事，最后还是天天哥哥那句“妈妈马上就会来看我们的”暂且稳住了她。就这样，长达 30 天的隔离生活拉开了序幕。

其实，在小兄妹的治疗中，最棘手的问题有两个：晴晴与父母暂时分离出现的焦虑和对他俩生活上的照顾。但疫情当下，只有被禁锢的病房，没有被禁锢的爱。我们所有传染科护理人员在夏爱梅护士长的带领下充当起兄妹俩的“临时妈妈”。每天都有护士不间断地在病房陪伴，除去日常治疗，还兼顾生活护理，包括洗澡、洗衣服、喂饭、讲故事及陪玩等。担心晴晴看到护士穿“大白妈妈”防护服会害怕，专科护士王佳丽特意在每件防护服上画了各式各样的卡通人物。“神笔马良”降临，晴晴果然不再畏惧“大白妈妈”的出现。时间久了，晴晴也慢慢熟悉了住院的环境，开始有了笑容。

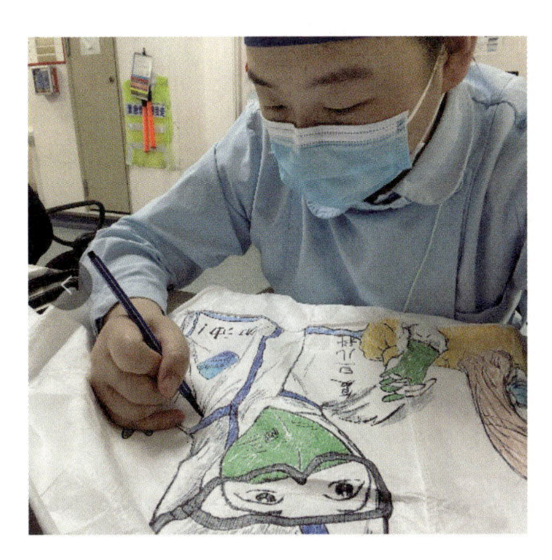

护士在隔离服上作画，缓解患儿焦虑情绪

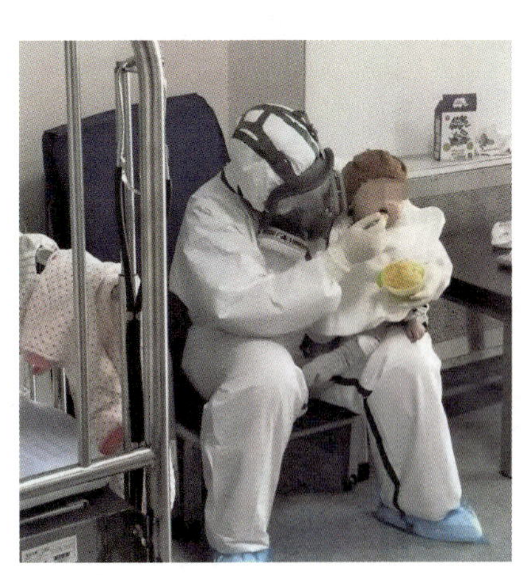

护士喂患儿吃饭

虾是晴晴的最爱，每次菜品有虾，她便能一口气全部吃完。看着晴晴嘴巴嘟哝的模样，甚是可爱。护士长第一时间联系营养科，每两天安排一顿虾宴，蒸炒煎炸煮，变着花样弄给她吃。护士王会莲常常说："我女儿和晴晴差不多大，每次给晴晴剥虾喂她吃的时候，我就觉得像自己的女儿坐在跟前，给自己的女儿剥虾一样。"

妹妹的情绪要照顾，哥哥的想法也要顾及，我们经常会和天天沟通交流，了解他内心的想法和需求，陪伴他看书、做作业，丰富他的隔离生活。兄妹俩整整隔离了30天，出院的那天，天空清朗明净，全病房的护士们轮流拥抱兄妹俩，每个拥抱都代表着过往30天大家相处的情谊。

护理团队收到小患儿送的鲜花

也许有人会认为照顾普通患儿的生活并不是很难，但是他们没有看到我们护理人员长期驻扎隔离病房的场景，没有感受过防护服下汗湿全身的难受，更没有体会到这本是一场生命与生命的较量！

凡是过往，皆为序章。面对疫情，我们没有丝毫胆怯、半点退却。未来，我们复旦大学附属儿科医院传染科护理团队依旧枕戈待旦，时刻准备乘风破浪，抗击疫情！

讲述者

张莹，女，1987 年 1 月生，复旦大学附属儿科医院传染科护士，从事儿童传染病临床护理工作 11 年。新冠肺炎期间，她一直参与上海地区儿童新冠肺炎病例的护理工作，冲锋在前，受到了领导和同事的一致好评。

（编辑：陈思羽）

无微不至，守护花朵

▲ 扫描二维码收看本篇故事视频讲述版

2020 年 1 月，新冠肺炎疫情突然暴发，复旦大学附属儿科医院作为上海市诊治新冠肺炎的唯一儿童专科定点医院，承担着全市儿童新冠肺炎病例的筛查和诊治任务，是阻击儿童新冠肺炎感染的最前线。

作为复旦大学附属儿科医院传染感染科主治医师，我在第一时间递交了请战书，在接到通知后，毫不犹豫地投身隔离病房的工作。在我们曾玫主任的带领下，我作为感染传染科专科主治医师全面负责病房的日常工作，从疑似患儿的筛查到确诊患儿的诊治，始终战斗在一线。

蔡洁皓

疫情初始，新冠肺炎发病率、病死率数据不详，大家对于疫情的严重性都缺乏精准的了解，每个前线的医务工作人员面临的感染风险也是个未知数。但我觉得自己没有怕，就像打仗一样，党和人民需要你的时候，你就要挺身而出。这是一个共产党员基本的觉悟和政治素养。

1 月 21 日至 3 月 23 日，2 个月零 2 天的时间，我们迎来了第一阶段的胜利。面对新冠肺炎患儿，我的任务不仅仅是把患儿的病治好，也要关心患儿的情绪。这次战疫，还让我看到了生命的活力。就像有一句话说的：爱笑的人运气总不会差。从孩子的身上就看到了，他们的精力是很旺盛的，痊愈之后活力四射的那种感觉，真是美好。看到那一张张灿烂的笑脸，我就想，这份工作是极有价值的。你想做的事，正是你热爱的事，那就追随内心去做，会有不断的激情在燃烧。

几个月的陪伴，我也和这群孩子有了牵绊，印象最深刻的是一个 7 个月大的小患儿。因为她笑起来很好看，我们就给她起了名字叫笑笑。笑笑的外公感染新冠肺炎，传给妈妈，妈妈又传给了笑笑。一切都是未知，加上这么小的年龄，我们都非常担心。

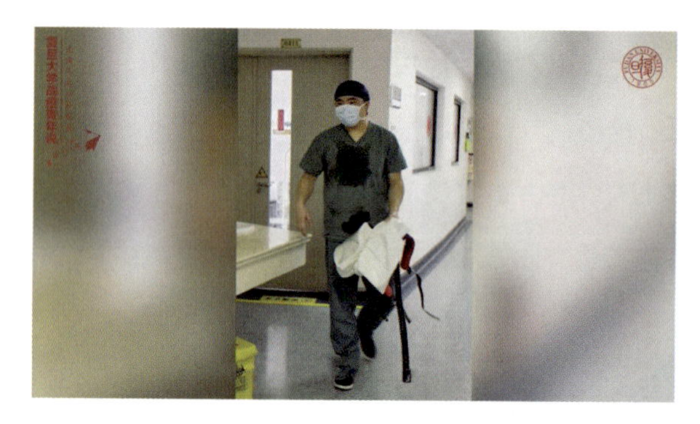

蔡洁皓工作照

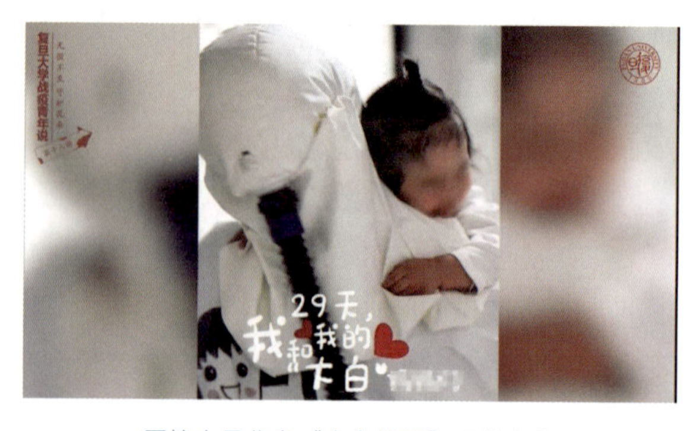

医护人员化身“大白妈妈”呵护患儿

孩子太小，没有人照顾，我们就轮班，又当爸又当妈。从换尿布到喂奶，从洗澡到各种护理。穿着重重的不透气的防护衣去做这些事情，不一会儿汗就会浸透衣服。

但这些都是我们应该做的，相比自身的不舒适，我们更加担心的是孩子太小，会有分离焦虑。一开始笑笑总是坐在另外一边，或者自己玩。为了不让笑笑产生抵触情绪，我们化身“大白妈妈”，白天陪她读绘本、玩玩具、讲故事，晚上则整夜抱着她入睡。慢慢地，笑笑情绪稳定，开始逐渐接受我们。我清晰地记得有一天，笑笑放下手里的东西，张开双手，主动让我们抱她。看着她期盼的眼神，我们知道她在我们护士的身上找到了爱。经过长时间的呵护、个体化救治，笑笑的病情终于好转。

出院那天，我们早早地给笑笑穿好衣服，等待着她的家人来接。笑笑父母看到住院期间小脸蛋圆了一圈的笑笑，非常感动。作为一个胆道闭锁术后的孩子，能够有体重增长真的十分难得。临别前大家依依不舍，眼睛里都泛着泪花。已经在妈妈怀里的笑笑，突然又探出身子伸出双手，求我们抱抱。

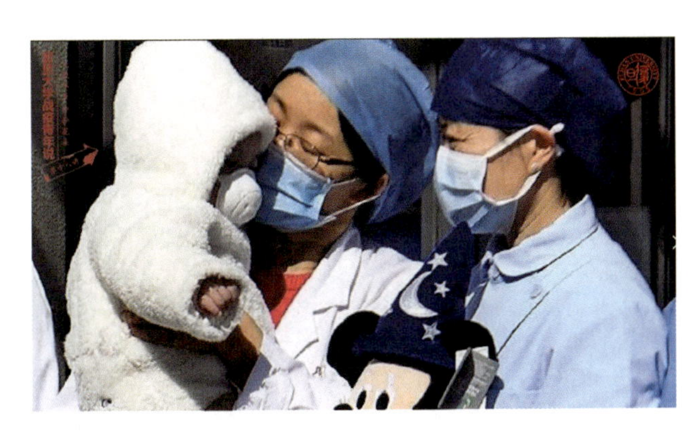

医护人员与患儿面临离别依依不舍

所有的感动欢笑，所有的悲欢离合，都是我“医者仁心，救死扶伤”的使命。作为一个普通的共产党员，也作为一名儿科医师，我一定坚守我的这份执着，为儿童的健康保驾护航。

讲述者

蔡洁皓，男，1985 年 5 月生，复旦大学附属儿科医院感染传染科主治医师。2006 年加入中国共产党，2010 年起进入复旦大学附属儿科医院学习和工作，拥有丰富的临床经验，多次在中华儿科大会、欧洲儿科感染年会等国内外会议进行大会发言。发表国内外文章数篇。新冠肺炎疫情暴发以来，一直在抗疫一线，先后担任儿科医院青年突击队队长、儿科医院赴上海市公共卫生临床中心抗疫医疗队队长等，获得上海市优秀毕业生、优秀住院医生、卫生系统五四奖章等荣誉称号。

（编辑：蔡佳雯）

战疫天使护国门

上海作为重要入境口岸，境外输入的疫情防控工作压力持续增加。机场是归国游子们的第一站，也是疫情防控的“国门”。2020 年 3 月 14 日，复旦大学附属静安区中心医院吹响了集结号，决定派出静安区援上海浦东国际机场海关医疗队。

唯白衣，最担当

2020 年的春天，是我过得最没有年味，也最心惊胆战的新年。新冠肺炎把所有人的生活都按上了暂停键。待在家中的我，心焦难耐，不再关心哪个综艺节目最火爆，哪个网红餐厅打卡最炫，也忘掉了那些家长里短，只是不停地问自己，能为抗疫做些什么?

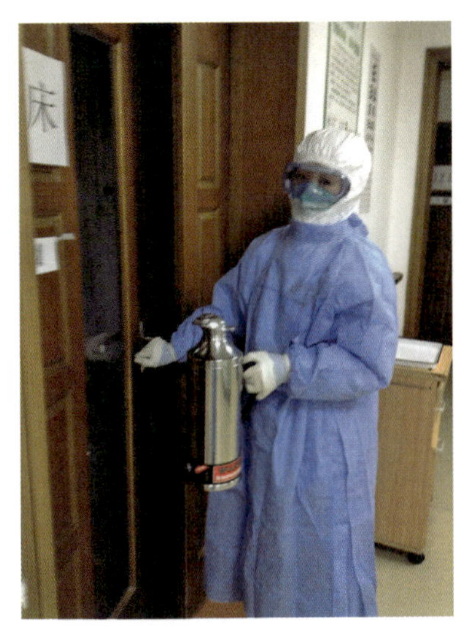

刘淞瑜在隔离病房工作

疫情刚刚暴发时，我作为一名医护人员，既急切，又无奈。急切的是看着一位位白衣战士义无反顾地支援武汉，我也想成为他们中的一员；无奈的是怕自己年纪尚轻，资历尚浅，没有资格“上战场”。所以当接到通知，得知自己也能加入抗击疫情的前线，支援隔离病房时，我感到无比兴奋。

之后，疫情形势越发严峻。上海作为重要的入境口岸，境外输入的疫情防控工作压力持续增加。2020 年 3 月 14 日，医院终于吹响了集结号，决定派出静安区援上海浦东国际机场海关医疗队。那天我正在家中休息，突然接到通知：“40 分钟后，医院小花园集合，集中整队去机场。”瞬间我的心就紧了起来，没有多想，即刻赶往医院。在出租车上，我斟酌再三，给正在上班的老公发了条微信：“韬哥，我去机场了。今天起的一段时间内就不能回家了，妈妈和儿子就拜托你照顾。放心！我会保护好自己，等我回来哦！”老公回复说：“小混蛋，还用你说照顾家人，这不也是我妈，也是我儿子嘛！自己要小心，一定记得每天给我报个平安，老婆最棒！”我握着手机，突然一阵鼻酸，想再发句安慰的话，最后又删除了。

机场的工作紧张忙碌，尤其是第一周，几乎没有停下来过。每天忙完，感觉人都像是浮在空中似的。1 周过后，我们终于能够早点回到酒店。我疲惫地躺在床上，打开手机，给老公发了条微信。他说：“给你儿子打个视频吧，他最近学会了很多话，每天就在家里不停地找你呢，嘴里不停地念叨着爸爸妈妈。” 我赶紧打开视频，儿子在屏幕前不停地唤着“妈妈，妈妈”。我想到，从出生开始，他似乎没有离开我这么久过。听着他呼唤的声音，我没有忍住眼泪……

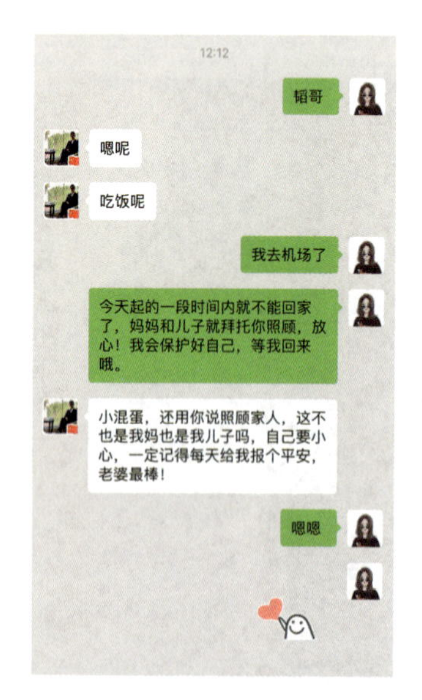

刘凇瑜去机场路上与家人的微信对话

第一周的工作虽然繁重，但我们每个人都清楚，现在还不是休息的时候。3 月份，机场的室外乍暖还寒，全身贴满暖宝宝也抵御不了寒风的入侵，我的胃口也越来越差。最后，没出息地病倒了，是急性胃肠炎、低热和呕吐。队长知道我发热了，立即让我回去休息。当时我正在外面做指挥，也是真不想离开队友们，便回复道：“就胃肠炎，没事！”但队长的

“命令”我无法违背。我心里也清楚，这个时候发热是一件多么敏感的事情。我躺在床上，看着空荡荡的房顶，睡不着，吃不下，最后委屈地哭了：“还说自己身体最好呢，先倒下的竟然是我！唉，太丢人了！”当时，我很想找个人聊一聊，但又不想打扰坚守岗位的同事，更不敢和家人讲。我只能努力让自己平静，养好身体，好尽快回到工作岗位。所幸在“战友们”的关心和照顾下，不久我就恢复健康，回到了岗位上。

在浦东机场，每天清晨都会有重点地区的航班落地，接受采样。每组夜班的队员都需要加班配合当天的日班工作。那天，我们组采样的是从英国飞回的航班，一位穿着时髦的女生疲倦地朝我走来。交流过后，她告诉我，自己在英国留学，花了好久才抢到回国的机票，辗转 26 个小时才终于回国。一路上真的好累，提心吊胆，一口水也不敢喝。现在，自己终于可以放松了。她感叹道：“回家，真好！”我朝她比出一个大大的“V”字，看着她委屈湿润的眼睛，大声说了一句：“欢迎回家！”小女孩笑了！完成核酸采样后，她说：“谢谢你！天使姐姐，你们辛苦了！”

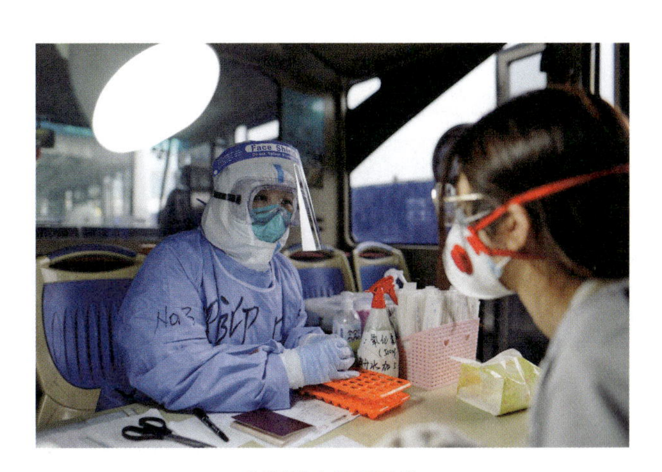

刘淞瑜在机场采样

也许在严实的口罩下，我们看不清彼此的面容。但我想在那一刻，我们看到了对方，即使有护目镜的遮挡和疫情的阻拦。

讲述者

刘淞瑜，女，1991 年 1 月生，复旦大学附属静安区中心医院神经外科护士，静安区援上海浦东国际机场海关医疗队队员。疫情期间，她放下家中年幼的孩子，作为最早一批前往上海浦东国际机场海关的医疗队队员，和队友们一起，从无到有，筑起了一条严实的境外输入疫情防控线。

（编辑：谢诗豪）

从家门到国门

申城四月天，虽忽冷忽热、时阴时晴，却是满城烟火、春色烂漫。人们出行虽少不了口罩，不敢聚集，但复工、复产、复商、复市和复学有序推进，生活渐入常态。

而在 4 月初的一天，我却接到了新的任务。“浦东机场防控前线需要支援，是否自愿参加？”院领导在群里发出消息。想到过去的援助经历，这回到了家门口，我没有理由退缩。没有思索太久，我便回复“我愿意”。当然，我心中对骨折未愈的孩子，也有些不放心。于是立即拨通了远在黄山的妻子的电话，曾是护理人员的她毫不犹豫地说：“我支持你！”临出发前，我给儿子打了视频电话：“你是小男子汉了，要在家保护好妈妈，勤洗手，戴好口罩。爸爸要出门打‘怪兽’了，你在家乖乖的，等爸爸回来哦！”说完，便与同事们整装出发，来到了疫情的“风暴眼”。

到了机场，现场的情况远远超出我的想象。医护人员们全副武装，穿戴着封闭式的白色防护服、 N95 口罩和护目镜。上班不到半小时，我的贴身衣服就被滚落的汗珠浸透了，耳鼻被口罩、护目镜勒得生疼。我一直强忍着，进入“阵地”后还要忙碌几个小时，期间不能喝水，也不能上厕所。工作时，汗水几次滴进眼睛里，视线很差；面罩上满是雾气，看不清周围，走路只能靠一步一步挪；操作则是凭着经验，小心翼翼地来。好在我之前有过类似经验，很快

胡城源正在机场穿防护服

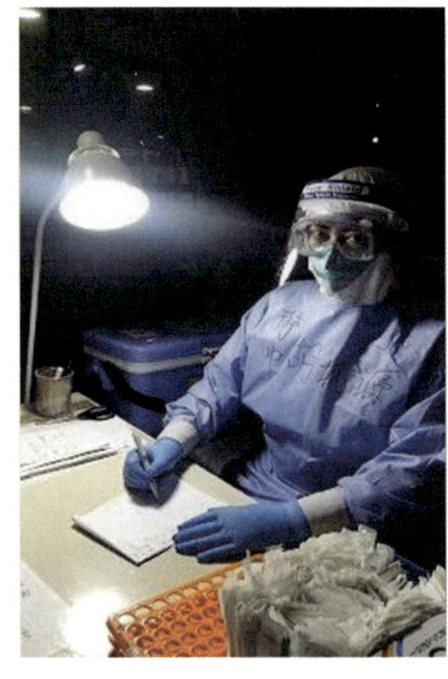

胡城源在机场值守夜班

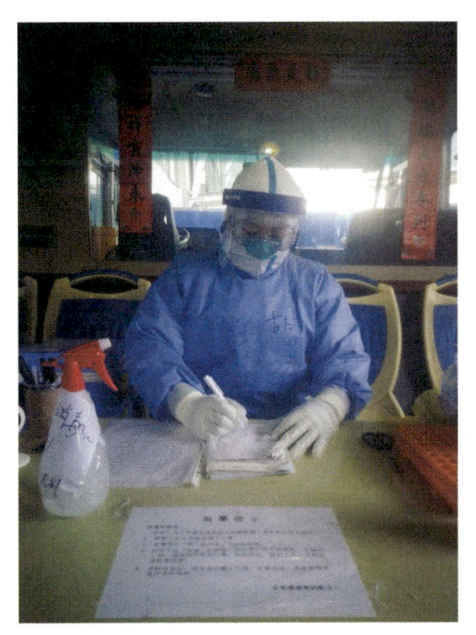

胡城源在机场大巴上记录数据

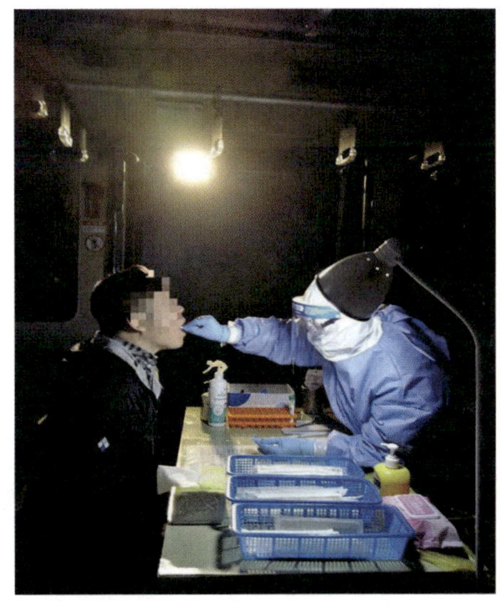

胡城源在机场大巴连夜为旅客采样

就进入状态，开始“两班倒”的工作模式。因为“严实”的防护服，白天只要稍有活动，就会汗流浃背；等到傍晚气温下降后，又自然风干，对我们来说简直就是“冰火两重天”。

但严格的防护又是必不可少的。核酸采样是一件很危险的工作，采集咽拭子样本时，需要被采样者摘掉口罩，张大嘴巴，暴露出扁桃体和咽喉壁。这时，患者呼出的气溶胶和喷溅出的飞沫携带病毒，具有高度传染性。被采样者仰着头、张开嘴巴，采样者坐在对面，左手持压舌板伸进口腔压住舌头，右手拿棉签深入咽部深处，每天几十次、几百次地重复这样的"危险"操作。虽然汗水湿透了衣服、模糊了视线，但为了不让家人担心，每次休息时间接到老婆电话，我都会说这边的工作一点也不累，不用担心，没几天就可以回去了。

"乔木亭亭倚盖苍，栉风沐雨自担当。"尽管在机场防控疫情输入的工作充满艰辛、风险，但我们清楚机场是归国游子们的第一站，也是疫情防控的"国门"，不容有失。

讲述者

胡城源，男，1991 年 8 月生，复旦大学附属上海市静安区中心医院血透室护师。2015 年 7 月，胡城源告别怀孕的妻子，前往新疆开展为期一年半的援助工作，表现突出，获 2017 年上海市对口支援新疆工作前方指挥部记功一次，获 2017 年上海市第八批优秀援疆医师、2016—2017 年度上海市优秀志愿者等荣誉称号。2020 年，他又主动向党组织递交了前往防控一线的请战书，并被选派至上海浦东国际机场海关临时集中隔离点工作，对入境旅客进行现场采样，成为了一名青年"守门人"。

（编辑：谢诗豪）

支援海关筑防线，战疫天使护国门

2020 年，新冠肺炎疫情暴发，一场没有硝烟的战争就此打响……千千万万的医护人员奔赴战场，争分夺秒、不眠不休与疫情抗战，与死神抢人。他们有人去了武汉，也有人坚守在海关"防输入，守国门"。上海市静安区卫健委响应市卫健委的号召，紧急抽调区内医护人员组建了一支 80 人的团队，分为 4 批进驻浦东国际机场海关进行支援工作。复旦大学附属静安区中心医院守"沪"

天使青年突击队（3 批，共 18 人）便是最早一批支援上海浦东国际机场海关的防疫工作团队之一。

从零开始，争分夺秒筑牢疫情防控线

2020 年 3 月 17 日上午，医院召开新冠肺炎疫情防控和救治工作紧急会议后，队员们不久便接到通知："所有入选人员即刻到医院待命，1 小时后出发。"疫情就是命令，防控就是责任。接到通知后，大家火速集结完毕。虽然没来得及和家人道别，也没有准备好生活必需的物资，但队员们没有任何怨言，都一致表示："家里都已经安排好了，都非常支持，一定不负重托，不辱使命！"

抵达浦东国际机场海关之初，队员们发现这里的采样处都是临时增设的，一切都要从零开始，人员、物资、流程和制度全都要靠自己去完善。更棘手的是，2 个小时后就有航班要到达。时间紧、任务重，队员们来不及休息片刻，就争分夺秒地投入准备工作中。物资整理、制订流程、设置点位、划分区域及划分通道，一个半小时内，整个采样点从无到有，队员们在浦东国际机场海关筑起了一条规范、完整的疫情防控线。

医者仁心，勇担守"沪"使命

新冠肺炎样本必须通过采集咽拭子或鼻拭子样本确诊。看似一个简单的张嘴动作，不仅可能给采样人员带来感染风险，也可能导致采集对象的不适，让采集对象产生不良情绪。因此，队员们不仅要准确地采到样，还要时刻注意安抚被采样者的情绪。还记得，3 月 21 日晚上，上海浦东狂风暴雨、雷电交加，队员们所在的采样点是浦东机场内临时搭建起来的帐篷，狂风吹起帐篷单薄的门帘，雨水一点点漫入，加上帐篷顶上不断地漏水，地面上逐渐开始积水。在这样风雨交加、环境恶劣的情况下，采样人员迎来了一辆大巴，下车的第一位女生在进入采样点后便"哇"地一声哭了。除了采样，他们还需要为旅客进行心理护理，安抚情绪，耐心沟通，为她们讲解采样的目的和方法。在队员们的安慰和鼓励下，渐渐地，这位女生控制住了情绪，拂去了眼角的泪水，在护士的指导下顺利完成采样。在此期间，队员们经常忙到凌晨一两点，但每当听到

医疗队在机场大巴上为旅客采样

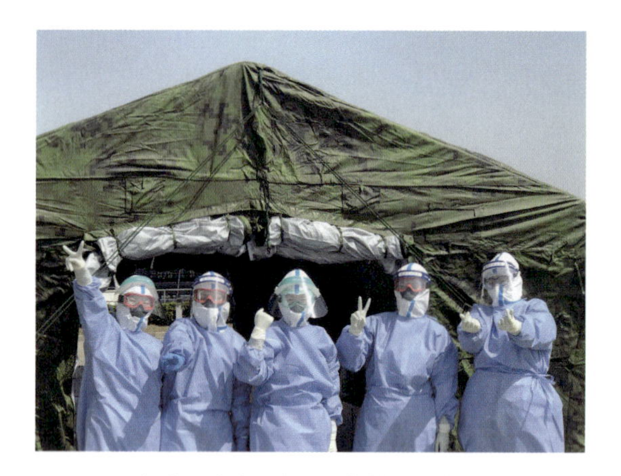

部分医疗队员在采样帐篷前的合影

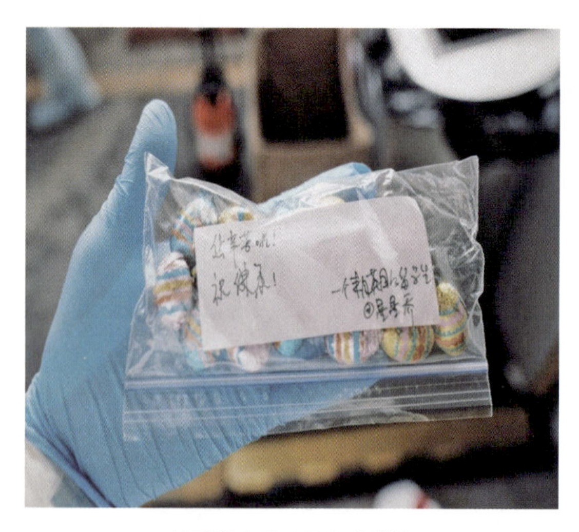

被采样人员手写的感谢信

一句句“谢谢你没有放弃我们留学生”“辛苦了，我们都希望能早日回家”……即使防护服里面的衣服和头发早已被汗水浸透，鼻梁和脸颊被口罩压出了深深的印痕，队员们仍然觉得那些咬牙坚持、辛苦付出都是值得的，也相信这场战疫我们必将胜利！

作风过硬，团结一致共克时艰

在进一步加强口岸防控的部署安排下，上海市规定对所有入境人员实行100%检测。采样人数不断增长，每天都有新的变化和挑战。但是队员们始终牢牢把握“提高采样质量和检测精准度”这个工作重心，克服新老队员的换防交替、采样点调整等问题。从最开始的空港隔离点，到高温闷热的采集车、密不透风的军用帐篷……队员们一共经历了6次“搬家”。尽管过程艰辛，但队员们每次都能克服困难，从未影响过航班采样质量。3月24日，在连续几天的高强度工作后，本应休息的我们接到海关临时紧急通知，首个目的地为北京、第一入境点为上海的国航航班将降落浦东国际机场，机上248名旅客及十几位机组人员全部需要在停机坪现场采集咽拭子。我们毫无怨言，早上8点便来到停机坪做采样前的准备工作。下午2点，备受社会各界关注的从阿联酋迪拜经转的CA942航班停靠到浦东国际机场的远机位。机位旁，4辆大巴一字排开，8个采样点，队员们要在这里对所有旅客进行消毒和采样。最后仅仅用了1小时，就高效、有序地完成了任务。

在浦东国际机场海关坚守的日夜里，队员们以实际行动兑现了“守卫东大门，保卫大上海”的承诺。

讲述团队

复旦大学附属上海市静安区中心医院支援浦东国际机场医疗队，共3批，18人。在“外防输入，内防反弹”的疫情防控形势下，2020年3月17日，第一批7人被紧急抽调前往上海浦东国际机场海关为入境人员进行鼻咽拭子采样工作。他们也是第一批支援浦东机场海关开展防疫工作的团队之一。到达机场后，他们从零开始，即刻争分夺秒投入工作。一个半小时内就完成了物资整理、流程制订、点位设置和区域划分等采样点布置工作，确保了采样工作规范，避免了交叉感染。期间，3 批队员均积极克服各种困难，高质量、高效率地完成了包括备受社会关注的俄航 SU208 及迪拜经转的 CA942 等航班在内的采样工作，实现了“守卫东大门，保卫大上海”的誓言。

（编辑：谢诗豪）

赴京支援

2020年6月11日，北京市突发新冠肺炎聚集性疫情，快速提高新冠病毒核酸检测能力是做好疫情防控和医疗救治工作的关键环节。国家卫健委要求上海市组建2支核酸检测医疗队，其中复旦大学上海医学院6家附属医院抽调20名检验人员，对口支援北京清华长庚医院新冠病毒核酸检测工作。

功成不必在我，功成必定有我

2020年6月中旬，北京时隔许久后再次发现新冠肺炎本土病例，疫情发展迅速。6月22日早上，我们接到了前往北京支援核酸检测工作的任务。当天下午，我们就乘上了前往北京的高铁，加入紧张的一线救援工作。

6月22日晚医疗队到达北京南站

到北京的第二天，看到刚刚通电的板房实验室，我们才意识到在北京最大的困难可能不是穿防护服的不适感，而是如何在最短的时间内去完成一个核酸检测实验室从无到有的转变，与队友们配合形成一套完整的、高效的工作体系，尽快开工完成大样本量的检测。

刚通电的实验室

仉英是我们中聚合酶链式反应（polymerase chain reaction，PCR）工作经验最丰富的人，主要负责新实验室仪器和耗材。其他人也没有一刻闲下来：板房实验室的层高不够，正常高度的安全柜和椅子都没法用，那就把安全柜的滑轮卸了，让工程队把椅子的脚都锯短了；原来的 PCR 扩增仪无法满足正常的扩增需求，那就让大家联系各自的大后方，调运适合的 PCR 扩增仪过来；有的试剂和扩增仪与以前所用不同，那就让会用仪器的老师们和工程师一起抓紧时间分

实验室的建设情况

批给大家培训，“熟手”带“新人”，在最短的时间内完成上岗前的准备工作。就这样在所有人的共同努力下，仅仅用了 4 天时间就建成了一个 PCR 实验室。

地处疫情中风险地区的清华长庚医院收到了来自回龙观街道社区的流调标本和清华大学教职工的标本，核酸检测的压力巨大。时间紧，任务重，医疗队分为 3 个纵队，分批进入实验室，支援长庚医院检验科的 PCR 实验室，奋战 36 小时。王菲菲同第一纵队的其他队员们率先进入实验室开工，身穿三级防护在二区奋战 6 个多小时，为后面两队理顺流程，排摸问题；仉英作为第二纵队的队员于傍晚进入实验室，奋战到第二天早上 4 点半，这期间一直重复做着将样本灭活、整理、编号及装袋的工作，为核酸检测工作能顺利进行而争分夺秒；陆娄恺奕跟随第三纵队于早晨 5 点 45 分从酒店出发，一刻不停地工作 12 小时，将所有报告发出，圆满完成 7 万多份样本检测任务。

每当我们回忆起这特殊的 36 小时，都会想到清华长庚医院检验科副主任李润青老师。李老师 36 小时内只睡了 2 小时，充分体现了党员的模范带头作用，勇于挑战个人极限，让队员们都十分触动。李老师在长庚医院纪念党成立 99 周年大会上的发言中提出了一句话：“功成不必在我，功成必定有我。”这句话我们都牢记在心，感触颇深。

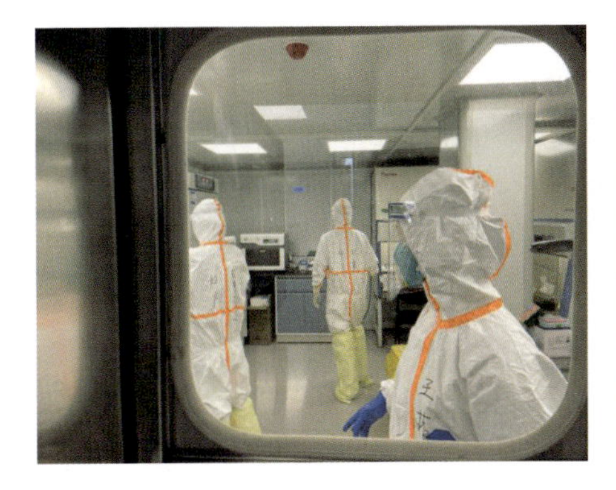

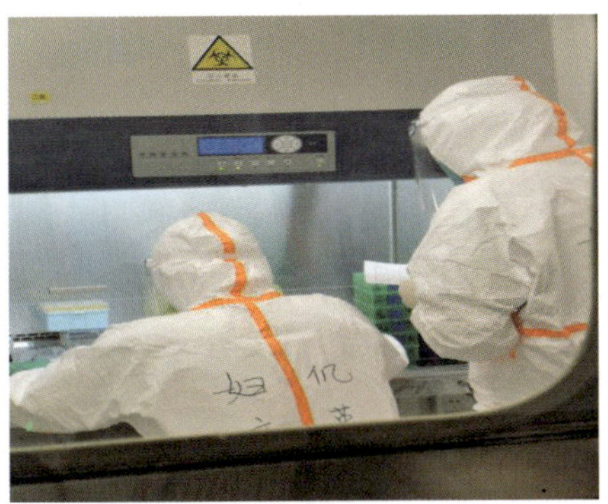

争分夺秒奋战于实验室一线的姑娘们

如果说要用一个词来概括援京工作，或许“披星戴月”是最合适的，我们真是看了太多次北京凌晨的天空。援京的日子是辛苦单调的，但每次进实验室都有着特殊意义。核酸检测工作就是和病毒赛跑，越早出检测报告，就越早能筛出阳性的病例。这是核酸检测的意义，更是一直支撑我们努力奋斗的动力源泉。

凌晨的清华长庚医院和夜空

我们在北京成立的临时党支部中，还一同学习了习近平总书记给复旦师生的回信，并深刻理解了“心有所信，方能远行”这句话的力量。在以后的日子中，我们将牢记援京的这段特殊经历，努力做到“功成不必在我，功成必定有我”，服务社会，挥洒青春，用行动证明我们是新时代的中国青年。

讲述者

仉英，女，1989年2月生，复旦大学附属妇产科医院检验科PCR组医技人员；王菲菲，1986年6月出生，复旦大学附属妇产科医院检验科PCR组医技人员；陆娄恺奕，1995年4月出生，复旦大学附属妇产科医院检验科PCR组医技人员。2020年6月22日，作为上海援京医疗队成员前往北京市支援核酸检测工作，响应国务院“应检尽检，愿检尽检”的原则，对口协助北京清华长庚医院完成新冠核酸大样本筛查任务。在京抗疫期间与医疗队和清华长庚同事快速建立二期新PCR实验室，并共同检测核酸样本7万多份，圆满完成北京大样本筛查任务。

（编辑：顾伊婷　李则宇）

检验姐妹花

2020 年 6 月 11 日，随着 1 例本土病例的确诊，北京新冠疫情出现反扑。进行大规模核酸检测成为守护人民生命防线的重中之重。时间紧、任务重，复旦大学附属眼耳鼻喉科医院检验科“三朵金花”主动请缨，无畏逆行，用行动诠释着作为一名党员、一名青年、一名复旦人的坚毅与担当！

“君子兰”刘玉——温润有礼、安静沉稳

刘玉有 9 年的检验工作经验，担任复旦大学附属眼耳鼻喉科医院援京医疗队的组长。

回忆在京战疫的 23 个日夜，她的第一感受就是“高效”：“队员们仅用 4 天时间就将空空的板房筹备成可以运行大批量样本检测，且符合 PCR 管理要求的实验室，真正体现了复旦速度！”谈及在负压实验室里每次工作 10 多个小时累不累，刘玉轻描淡写地说：“就是脖子酸、胳膊酸。”因为想着更快、更精准地检测样本，就只能心无旁骛、有条不紊、埋头苦干。为了完成“应检尽检”的社区样本及“愿检尽检”的医院样本，大家 24 小时轮班上阵，互相鼓励，毫无怨言。在完成高强度的检测任务后，常常已是深夜。作为大姐姐，回到宿

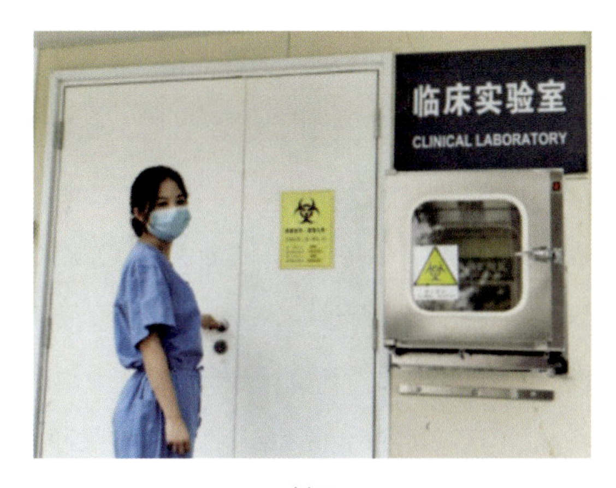

刘玉

舍，她一心想的还是照顾好两名队员。作为一名入党积极分子，她时刻以党员标准严格要求自己，把精诚团结的医训和为人民服务的宗旨化为前进的动力，在核酸检测的工作岗位上砥砺前行。

“向日葵”陈苗苗——向阳而生、充满朝气

陈苗苗拥有过硬的专业技术，一直秉持“我是党员，我先上”的原则。检验工作中，因为全副武装，穿密不透风的防护服，戴 N95 医用口罩、护目镜等，整个人会笨重许多，不太灵活。加上有时候护目镜上有雾气，所以整个检测过程都需要精神高度集中。尤其是手持移液枪，一举一动都要小心翼翼，对身体和意志力来说都是极大的考验。“很开心，我坚持下来了！”谈及援助心得，陈苗苗说，“与其说是援助，对于我来说，更是一次学习。能够替换下已经疲惫不堪的检验人员，大大提升清华长庚医院的核酸检测量，我感到不虚此行！”

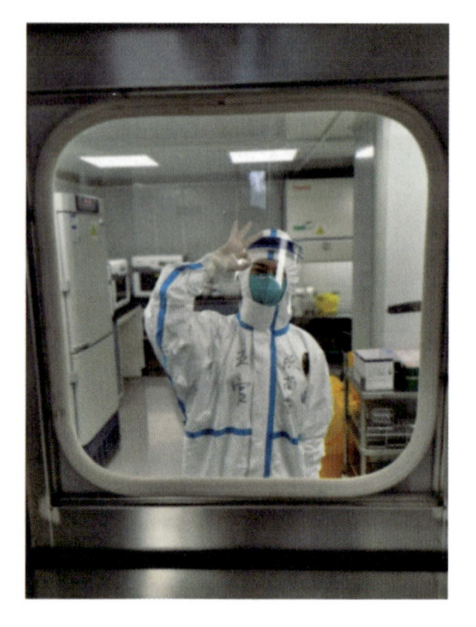

陈苗苗

“茉莉花”万雅妮——轻盈雅淡、干脆利落

谈及援京感受，万雅妮说道：“出发时紧张、忐忑，到了北京后，来不及多想，投入紧张有序的工作中，内心反而很踏实。”工作之余，队员们及时交流荧光 PCR 检测经验和质控经验，总结分析，不断优化操作流程，为提升检测量献计献策。虽然过程很辛苦，但让万雅妮欣慰的是，站完最后一班岗时，短短时间内，在各方的努力下，北京已经连续 6 天无新增本地确诊病例。她感慨：“这次的援助经历令我终身难忘，带给我团结奉献的精神鼓舞。这也将在今后的工作岗位中指引我前行。‘心有所信，方能行远。’这句习总书记给复旦‘星

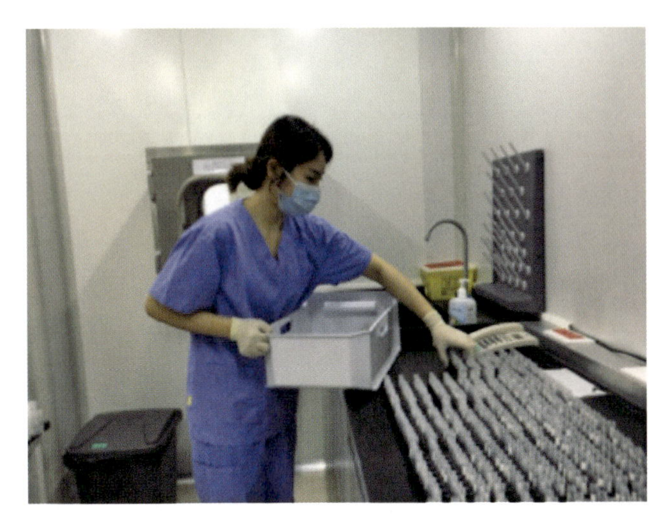

万雅妮

火’党员志愿服务队的寄语，萦绕在我耳边。作为一名党员，我因能为这次援京任务出一份力深感荣幸，因祖国的团结和实力深感自豪。”

作为新时代的检验人，她们用严谨守护每一份样本检测结果的精准性；作为新时代的复旦人，她们用坚韧向人民交出满意的答卷。“五官检验姐妹花”逆行在前线，乘风破浪的样子真帅！

刘玉、陈苗苗、万雅妮合影

讲述者

刘玉，女，1989年2月生，复旦大学附属眼耳鼻喉科医院检验科检验技师，工作9年，现就读复旦大学检验专业硕士。座右铭：医乃仁术，大医有魂。

陈苗苗，女，1993年6月生，复旦大学附属眼耳鼻喉科医院检验科检验技师，工作1年。获2019年复旦大学附属眼耳鼻喉科医院第二季青年梦想秀闪亮新星奖。座右铭：我们坚守什么，世界就会收获什么。

万雅妮，女，1993年3月生，复旦大学附属眼耳鼻喉科医院检验科检验技师，工作1年。座右铭是：原天地之美，达万物之理。曾获复旦大学“优秀团员”称号、复旦大学“优秀学生干部”称号、2019届复旦大学优秀毕业生，以及2019年复旦大学附属眼耳鼻喉科医院第二季青年梦想秀闪亮新星奖。组织2020年新春联欢会检验科节目，获三等奖。

（编辑：元贞霓　李则宇）

“心有所信，方能行远”——复旦大学附属肿瘤医院青年文明号在这个夏天的最美逆行

国家卫健委要求上海市组建两支核酸检测医疗队，其中复旦大学上海医学院6家附属医院抽调20名检验人员，对口支援北京清华长庚医院新冠病毒核酸检测工作。复旦大学附属肿瘤医院检验科的3名同志——卢仁泉、王砚春和我，在第一时间加入了这支队伍。

我当时得知要去北京支援核酸检测，说实话，那时候只有激动。就在2个月前，自己刚带着母亲和女儿从疫情严重的美国回来，看到许多相关人员为我们的回国所做的工作和付出，既感恩，又感动。这次能成为援京核酸检测队的一员，既是我作为一名医务工作者的本职工作，也是我报答祖国恩情的一份心愿。2020年6月22日一早，我把要去北京的消息告诉了母亲，一旁睡眼朦胧的

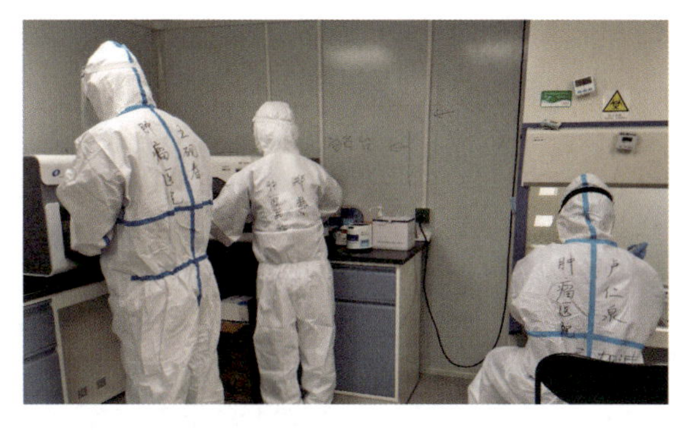

卢仁泉、王砚春、郑慧在 PCR 实验室进行核酸检测

女儿听到后立刻醒了，说："北京有疫情，不要妈妈去。"孩子刚刚经历了疫情期间艰难回国的历程，她知道了病毒的可怕，担心妈妈的安全。于是，我安慰她，北京疫情不严重，妈妈只是去出差，很快就会回来。在去北京的高铁上，收到了女儿的语音。她略带哭腔地说："妈妈，妈妈加油！"女儿还画了一幅医务人员打败冠状病毒的画。后来我才知道，她在给我发过信息后，一个人伤感地哭了，边哭边说："我要妈妈早点回来。"作为母亲，孩子越懂事，越让人心疼。但一个还不到 6 岁的孩子经历了这些后，她也成长了很多，知道了什么是爱，爱国、爱家、爱父母。俗话说"言传不如身教"，我想，通过我的实际行动也让孩子明白了什么是责任和奉献。

复旦大学附属肿瘤医院检验科青年文明号号长郑慧在医院工作的场景

我们检验科仅 5 名人员具备 PCR 资质，而且 6 月 22 日是正式开展新冠病毒核酸检测的第一天。我作为科室领导，接到这样的紧急任务，抽调了有资质和经验的人员去北京支援，自己科室的核酸检测就显得力不从心。于是，卢仁泉同志作为检验科副主任兼分子组负责人主动请缨出征。他说：“主任，让我去吧！虽然平时没有实际操作，但也是经过了 PCR 上岗培训，具备检测资质的，并且具有 PCR 实验室的管理经验。留下一个有经验的操作人员可以最大限度地减少对自己医院核酸检测的影响。”卢仁泉同志既愿意舍小家为大家，还要兼顾自己医院的检测工作，起到了很好的表率作用。

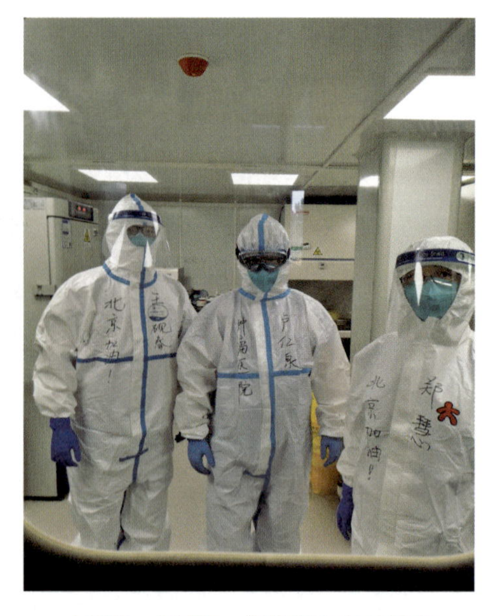

卢仁泉、王砚春、郑慧在 PCR 实验室进行核酸检测

王砚春接到任务后，于 6 月 22 日清晨，与还在熟睡的未满周岁的女儿默默道别。在妻子的叮咛下，坚定地踏上了赴京抗疫之路。他的妻子也是其他医院的检验人员，深知检验人在抗疫中的重要作用及所需担当的风险，还是毅然支持丈夫奔赴前线，自己留守上海，承担上海大量的新冠病毒核酸检测工作，在哺乳期还坚持上夜班。

6 月 26 日晚，复旦大学检验医疗队在临时板房里发出了第一批新冠病毒核酸检测报告。随着“应检尽检”“愿检尽检”政策的落实，我们承担了清华大学及其他高校和社区的筛检任务。我们 20 名队员分成 3 组，每组连续工作 12 小时，在连续 36 个小时内完成了 5 000 多个测试。在进入二区工作时，需要进行 3 级防护，要在闷热的防护服下工作不是件容易的事。但每个人都想多做点标本再脱下这件防护服，物尽其用，也好减少后面组员的工作量。我也经常连续作战到深夜，工作时长达 12 小时以上，保证每份样本在最短的时间内完成检

援京队员出发前在陈望道故居重温入党誓词

测，平均标本周转时间（turn around time，TAT）从500分钟缩短为280分钟。为了满足危急重症患者核酸检测报告6小时内的时效要求，王砚春还参与了清华长庚医院检验科随叫随到制夜班的排班，缓解了当地同事的疲劳。

讲述者

郑慧，女，1984年12月生，复旦大学附属肿瘤医院检验科检验医师。2020年6月22日赴北京昌平区支援新冠病毒核酸检测，对口支援清华长庚医院检验科。刚从美国回来结束隔离不久，就毅然奔赴北京抗疫前线。在临时搭建的板房里，和一起支援的队员共同建立PCR实验室，设计和整理文档。穿着全套防护装备连续工作10个小时以上，平均日检测量达到1 000管以上。作为一名党员同志，不怕累、不怕苦，工作抢着干，起到了先锋模范作用。在复旦大学上海医学院援京核酸检测医疗队临时党支部成立后，还协助支部书记开展思想交流和组织生活。

（编辑：张晓旭　李则宇）

第二篇

坚实后盾

坚守堡垒，共克时艰

扫描二维收看本篇事视频讲版

我是俞萍，是上海市公共卫生临床中心物资管理部的一员。

在这次新冠肺炎疫情中，上海市公共卫生临床中心是上海新冠肺炎患者集中收治的定点医院，是保护上海这座国际化大都市的公共卫生堡垒。疫情暴发后，上海市公共卫生临床中心进入突发公共卫生事件一级响应状态。作为上海市公共卫生临床中心物资管理部的一员，我的责任是尽力保障应急物资及设备的正常供给、为疫情防控工作一线医务人员提供坚实后盾、保障应急病房的救治工作正常开展。

2020 年 1 月 23 日是春节前的最后一个工作日，如果没有疫情，我原本可以坐下午 4 点的班车回家享受春节假期。但是疫情来了，我作为一名共产党员，马上主动提出在节假日期间留院随时待命，等待安排值班。我熟悉全院的设备，能够在第一时间进行应急调配。就在当晚 10 点左右，我接到应急病房电话，电话那头说有个新冠肺炎重症患者将转运到上海市公共卫生临床中心来，急需一台转运呼吸机。挂完电话，我紧急联系病区调配转运呼吸机和钢瓶，把呼吸机和钢瓶连接好，告知护士使用方式和更换钢瓶的注意事项。在离开应急病房的时候，我看到救护车刚停到 A3 污染口前面，全副武装的工作人员推着患者进了病房。这是第一次，我离病毒这么近。

之后几天，新增确诊患者越来越多，上海市公共卫生临床中心 A3 应急病区的患者量接近饱和，上海市公共卫生临床中心需要准备更多的病区和医疗救治设备来应对。

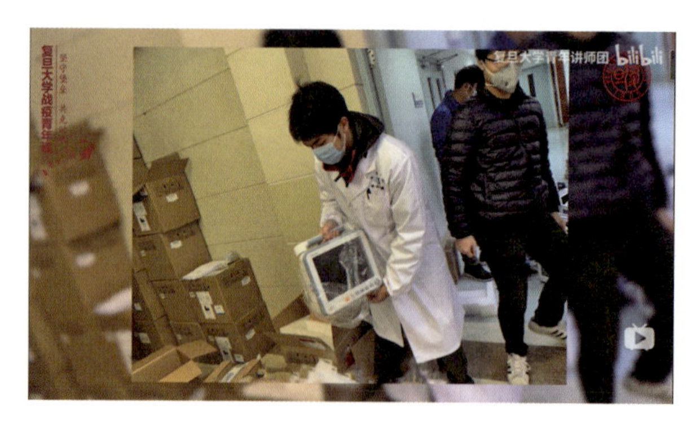

俞萍正在搬运救治设备

1 月 26 日是大年初二，也是上海首例新冠肺炎患者确诊后的第六天，新冠肺炎确诊患者数量还在增加。中午，我接到上级指示，要求当晚开启 A1 和 A4 两栋楼收治患者。这意味着需要将原有的病区进行转移，将大量设备拆机运走。而且，当天中午还会有一批紧急采购设备运达，我们需要安装、调试 200 多台救治设备。正值春节假期，各公司的工程师大多在放假，这么多台设备需要在短短数小时内完成安装调试，无疑是一场与时间赛跑的战斗。为了不耽误应急病房的启用，我赶紧带了几个同事到现场帮忙卸货、拆箱装机、调试、编码和分配。我们都忙得没有闲暇喝水、吃饭，双腿站得麻木也只能蹲在地上稍作休息。直到后半夜我们才终于将这些设备安装、调试完成，并分配至 A1 和 A4 病区，为收治新冠肺炎患者做好了病区设备和物资上的准备。

为了能够全力配合专家组的救治工作，我在应急指挥中心 24 小时待命，随

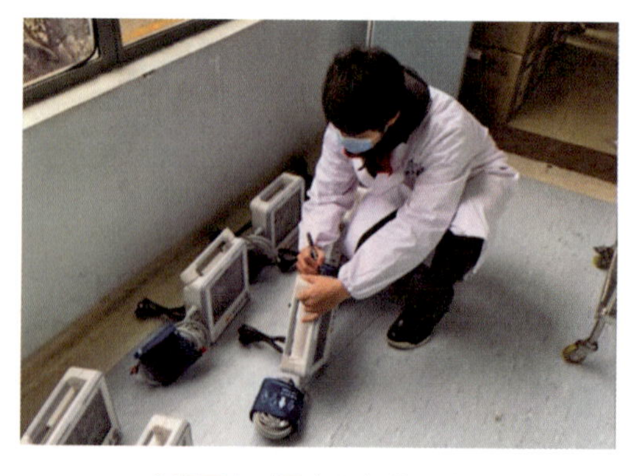
俞萍正在对医疗设备进行编码

时为专家组治疗新冠肺炎方案提供医疗设备的保障。在会议期间，我需要时刻保持关注，如果专家提出了新的治疗方案，我们需要第一时间给出设备及耗材上的供应保障。此外，我们还需要保障应急指挥中心的远程监护系统 24 小时正常工作，保证专家组能够在第一时间了解危重症患者的生命体征变化，为患者争取最佳的救治时机及救治方案。

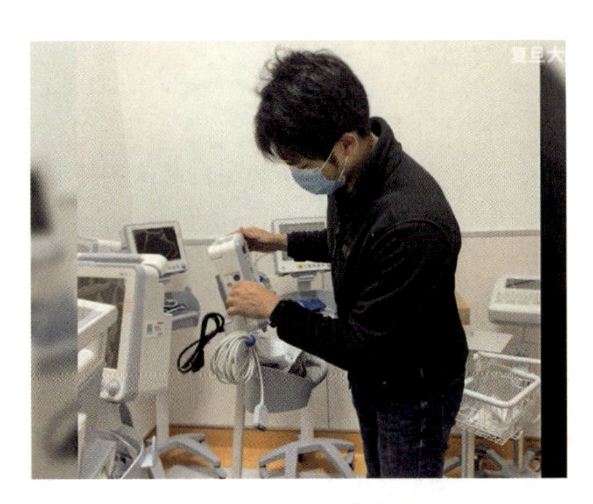

俞萍在应急病房中调试设备

工作期间，我还曾多次进入应急病房进行设备调试，解决远程监控设备的信号问题和终端设置问题。有人会问我："当时你害怕吗？"我当然怕。人面对未知病毒的恐惧是一种本能，但是比害怕更强烈的是一种责任感和使命感。作为上海市公共卫生临床中心的年轻党员，这是我应当做的。

讲述者

俞萍，男，1989 年 8 月生，复旦大学附属上海市公共卫生临床中心物资管理部科员。作为物资管理部的一员，他被安排在应急指挥中心 24 小时待命，随时为专家组治疗新冠肺炎方案提供医疗设备的保障。通过保障应急物资及设备的正常供给，他为防控疫情工作的一线医务人员提供了最坚实的后盾，使得应急病房的救治工作正常开展。

（编辑：胡佳璐　李则宇）

你保护世界，我保护你

▲ 扫描二
码收看本
故事视频
述版

疫情是一场战争，医务人员是战士。要想打赢这场战疫，战士们绝对不能倒下。我的职责就是守护我们的医疗战士，使他们免受感染。我是陈翔，来自复旦大学附属中山医院感染管理科。

陈翔

2020 年 2 月 7 日，作为复旦大学附属中山医院第四批援鄂医疗队的一员，我奔赴武汉，对口支援武汉大学人民医院东院区，接管 2 个重症病房，一共 80 张床位。专职感控医师的工作主要是负责医疗队的感染防控工作，保护医护人员的安全，使 136 名医疗战士免受病毒的感染。

“安全，是开展一切救治任务的前提。”全方位保障医护人员的安全，使医务人员远离无谓的牺牲，这是我们作为感染防控医师的使命。要做好感染防控工作，首先须从驻地、交通、医院和病区全方位制订防控流程和制度，排查感染风险。防护用品的穿戴尤其不能马虎，我们给全体医护人员做了防护用品的穿脱培训，使得医师和护士逐一过关。防护用品的质量也必须审核检验，绝不能让医护人员穿不规范的防护用品进入隔离病房。在武汉病房的工作过程中，我和同事们因地制宜、梳理流程，制订医疗队病区感染防控制度和手册。同时加强驻地管理，避免出现驻地感染暴发事件。

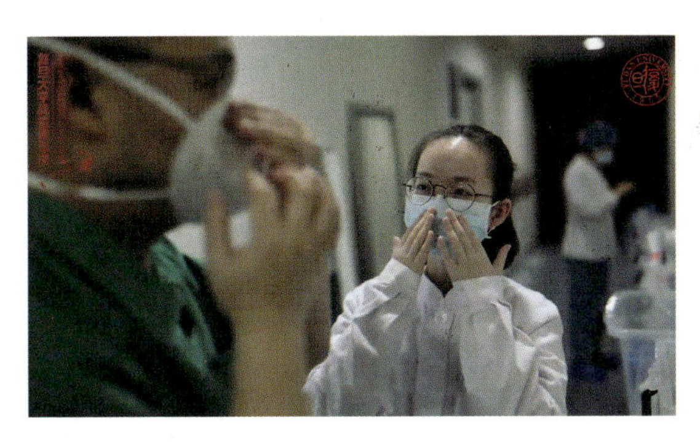

陈翔教其他医务人员穿戴防护装备

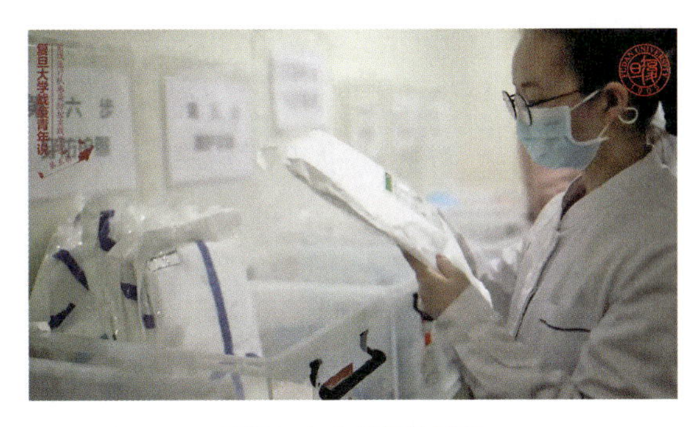

陈翔正在审核防护用品

除了保护医护人员的安全，我还指导了每一位与医疗队有合作的人员的防护培训，其中包括酒店的工作人员、司机、保安、病区的保洁员、工勤人员与志愿者等。这些默默守护医疗队的普通人都是闪闪发光的平凡英雄。病区里的保洁阿姨对我说："其实我年纪也大了，我觉得挺辛苦的。我也有儿女，他们都不支持我在这里继续工作。我本来也不想干了，但是你们来了。你们来了，我就想再坚持一下。"这位阿姨在医疗队入驻期间，一直坚守岗位。还有一位志愿者，他在进入病区前，花了整整 2 个小时的时间学习穿脱防护用品。他是一名 IT 工作者，他说他看到这么多医疗队来帮助武汉渡过难关，他作为本地人也要“自救”，他也想要帮帮忙。他说：“我不觉得辛苦，也不会害怕，因为你们都还冲在前头呢。”他笨拙却认真地练习每个穿脱的动作，身影显得无比高大。

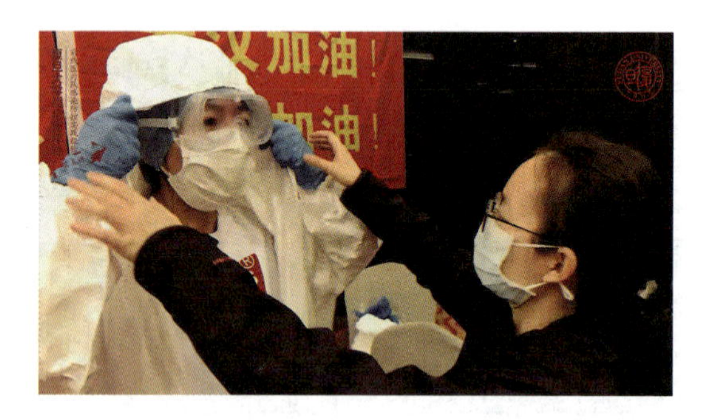

陈翔帮助其他工作人员穿脱防护服

令我特别庆幸的是，援鄂归来的 136 名战士的鼻咽拭子核酸检测均为阴性，真正做到了“零感染”！感染的防控是一个过程，过程的执行不仅需要感控医师的细致工作，还需要每一位医护人员、每一位参与者的共同努力，人人都应是科学感控的实践者。科学防控，从每个人做起。

讲述者

陈翔，女，1994 年 1 月生，复旦大学附属中山医院感染管理科公共卫生执业医师。2020 年 2 月 7 日至 4 月 1 日，随复旦大学附属中山医院第四批（上海第五批）援鄂医疗队驰援武汉，对口支援武汉大学人民医院东院区，负责全队 136 名医护人员的感控保障。在经过 55 日奋战后，圆满完成“医务人员零感染”的任务，胜利归来。

（编辑：栾　歆　李则宇）

我们在武汉收到了复旦大学的家书

复旦大学附属华山医院援鄂医疗队在武汉奋战 1 个月之时，收到了一封封来自复旦大学的家书，家书的作者是复旦大学各个院系的学生们。2020 年 3 月 5 日，在临时团支部第二次团支部会议上，华山青年突击队队员们通过线下和线上联动的方式，分享了这些让队员们倍感温暖和力量的家书。

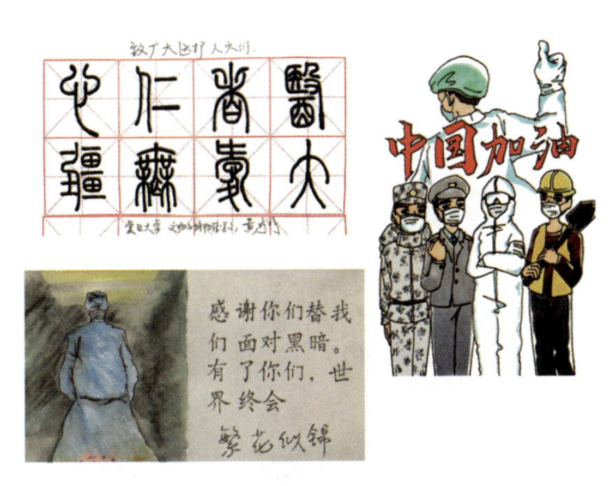

复旦学子来信（一）

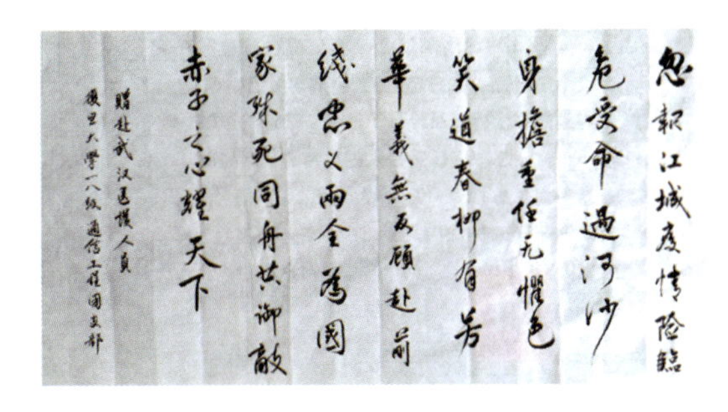

复旦学子来信（二）

亲爱的“复旦英雄们”：

你们辛苦啦！

我们来自同一所大学，虽然不曾相识，但这些天来，我们无时不关注着新闻，关心着疫区的消息，关心着前线的你们~

看到新闻里剪短了头发、汗水浸湿了衣裳的你们，脸庞虽然被口罩和护目镜压出深深痕迹，但对着镜头仍露出笑容的你们，我想，“白衣天使”就是这个模样！

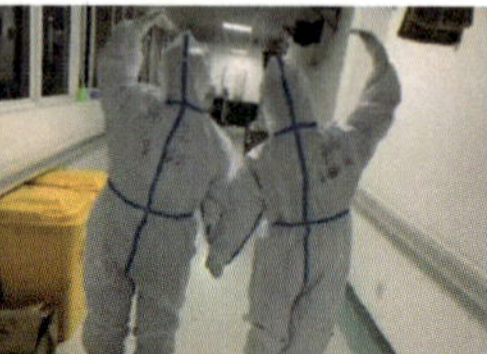

扶危渡厄，医者担当！从“最美逆行背影”到“不计报酬，无论生死”的主动请缨，你们用行动诠释了“为人群服务”和“正谊明道”的要义，用行动践行着“团结、服务、牺牲”的复旦人精神，为我们做出了表率！

复旦学子来信（三）

继小年夜钟鸣老师被搭派奔赴武汉前线，一批、两批、三批……“逆行英雄们”一次次主动请缨，一次次奔赴前线，都牵动着我们的心。无论是华山医院不到一小时，三批援鄂医疗队组建完毕，或是谢芳医生朴素而坚定有力的一句“我是党员，我先上”，还是救援队出征武汉前“护佑生命，大爱无疆，不负重托，全力以赴”的铮铮誓言。这一刻，我们为你们感到无比骄傲！

复旦学子来信（四）

《诗经》有云："岂曰无衣？与子同裳。王于兴师，修我甲兵。与子偕行。"
都说世上没有从天而降的英雄，只有挺身而出的凡人。此刻，除了感动与敬佩，更想对你们说一声"辛苦了，谢谢你们！"无论你们身在何方，我们都会与你们同在！请相信你们从来都不是孤军奋战，我们始终是你们的坚强后盾，下面是同学们想对你们说的话：

我是一名来自湖北的2018级临五的医学生，自疫情爆发以来，看到来自四面八方的力量来支援我的家乡，尤其是一大批上医的老师前辈们也纷纷主动

复旦学子来信（五）

请缨，战斗在武汉抗击疫情的最前线，我深深感激，我真诚希望这些最美逆行者在春暖花开的日子里能平安归来，我期待到时候能听到他们讲诉感动人的"春天的故事"

——何宇

看着一批批支援湖北的医疗队我和家人都深受感动，无论是在一线的医务工作者还是在后方的科研工作者，他们都是我们的榜样，都值得我们学习。虽然现在我们还没有足够的知识去抗击病毒，奋战在一线，但我相信我们终将成为这样的人，终将为祖国的医疗事业做出自己的贡献。

——陈澄

你们把爱的情怀注入生命，用爱的付出换取他人的健康幸福，用爱的热忱欢乐世间万千人家，用爱的坚韧撑起患者心中的一方晴空，你们是上天派往人间的爱的天使。新冠肺炎发生之际，愿日夜辛苦劳作的医务工作者们幸福一生。

——李俊峰

望着老师学长们出征的背影，一份属于医护的崇高信念再次澎湃，看着他们声体力行践行着曾经念过的誓言，我甚至产生了一丝羡慕：他们有机会、有能力并选择成为了伟大的逆行者，看到朋友圈有些高三的学弟学妹因为这次疫情立下学医的志向，我又不禁感到作为上医学子的幸福。

——陈沛文

感谢你们不遗余力的付出！作为一名医学生，希望我今后也能以你们为榜样，为祖国贡献自己的一份力量！加油！

——周鲁宁

2003年非典的时候我们还小，2020年肺炎的时候我们还是不够大，不能

复旦学子来信（六）

去往前线与你们一起奋战，只能在这里为你们送上我们的祝福：武汉加油！所有的医务工作者加油！我们与你们同在！！！

——加依娜尔我

致一线的医务工作者和科研工作者，你们用付出换我们平安，扶危渡厄，医者担当！我们等您平安归来！

——杨雪玥

这些日子看到网络上流传出来的许许多多一线老师们拼命战斗的消息，实在是真正体会到了"德不近佛者不可为医"的意味，每一位临床老师都是真真正正拥有大慈悲心的人。这些日子让我更明白了，这一袭白袍势必不能辜负，因为这白袍代表的意义是多少前辈们呕心沥血诠释的。路漫漫其修远兮，在这漫长的成长道路上，我们会时时敬畏，常怀感恩，心存善意。祝愿老师们身体健康，平安顺遂；愿疾疫早日过去，患者早日康复；愿世间苦痛少些，寒冬过后便能迎来平安祥和。

——沈雅馨

我认为医生不同于其他大多数职业，它肩负着生命的重量与责任，医学的光辉，要依赖医生们纯粹的信念与职业操守，这次疫情中，各位一线医务工作者、科研人员的高尚行为，让我更加坚信这一观念，我会始终坚守医者仁心，在医学道路上砥砺前行。

——方竞舟

日夜坚持在前线的抗疫情医生们，你们坚定的信念和高尚的医德让我备受鼓舞，祈求你们平安健康地度过这场疫情！

——马詹明

复旦学子来信（七）

希望一线的各位师长，前辈都能在攻克难关的同时保护好自己的安全，为打赢疫情这场战役做出巨大的贡献，你们是最伟大的人，是国家和民族的守护者，向你们致敬。

——李乾舟

疫情当前，我们都应心连心，共同打赢这场攻坚战。作为医学生的我们，看着前辈们无私奉献，在一线工作岗位兢兢业业，舍小家为大家，应该更坚定我们的学医信念，踏踏实实学好现在的每一门课，将来从前辈们手中接过肩负使命的接力棒，守护每一个小家和我们中国这个大家！

——李安琪

疫情就是命令，防控就是责任，奋战在一线的医务工作者和科研研究人员们，你们永远都是最美的逆行者，盼望你们的平安归来！

——黄皓璐

作为一名刚刚踏入医学领域的大二学生，我衷心祝福每一位一线医务工作者身体健康，事事平安，在春节替大家面对死神的你们是这个世界上最温暖的存在，愿肺炎病毒早日被攻克，愿你们早日回家，我们在你们背后，加油！

——谢浩镜

你们辛苦了！你们是我们的榜样，我一定会更加努力，以后成为像你们一样的为祖国做贡献的人，你们一定要照顾好自己，所有人都要平平安安的！！

——张婕涛

虽然身在家中，但心系着疫情，我相信有前线的医务人员坚守岗位，科研工作者们努力研究，广大人民群众协力抗疫，一定能尽早克服此次新型冠状病毒。

复旦学子来信（八）

——赵明远

今天是元宵佳节，你们能吃上热腾腾的汤圆吗？你们的防护做的充分吗？你们的休息还够吗？有空给家人打个电话报平安吗？……是你们的奋战不息，换来了万家安宁。值此，恭祝元宵安康，也请你们一定注意防护、保重身体。相信携手共迎，没有一个冬天不会逾越，没有一个春天不会到来。我们和你们的家人一起，等你们平安归来！期待春暖花开的日子，你们平安归来，和我们讲述这个春天的故事！

加油！加油！加油！

复旦大学基础医学院 2018 级第一、二、三团支部

2020 年 2 月 8 日

复旦学子来信（九）

收到同学们真诚的祝福，复旦大学附属华山医院援鄂医疗队三纵队临时团支部书记、青年突击队队长杨敏婕说：“队员们都很感动，当即提笔回信。信无法寄回，大家就把手写的回信拍照发回。这些都激励着我们青年队员保持高昂斗志，以更饱满的姿态迎接明天的挑战。”

收到书信后，队员们认真回复这些善良的复旦学子：

“其实，不想被你们当作英雄来对待，就还是当作普通学姐吧。医师的职责就是救死扶伤，我们只是换了一个城市工作而已。”

“纵然疫情凶猛，但我们始终相信爱和关怀，坚信春暖花开时，我们定能凯旋。”

“各行各业都有像我们这样的逆行者奋战在不同岗位，我们都有着同一个目标：愿疫情早日结束，祖国大地回归正常生活。”

各位队员的回信图片如下。

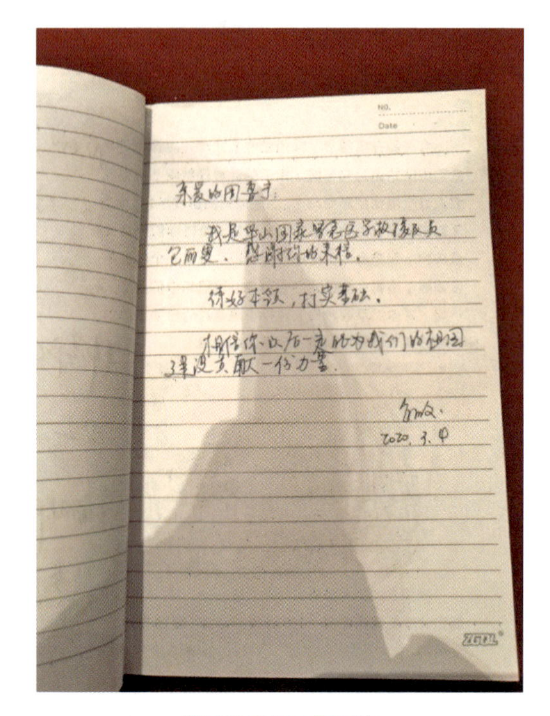

亲爱的同学们：

我是华山国家紧急医学救援队队员包丽雯。感谢你的来信。

练好本领，打实基础。

相信你以后一定能为我们的祖国建设贡献一份力量。

包丽雯
2020.3.4

援鄂队员包丽雯回信

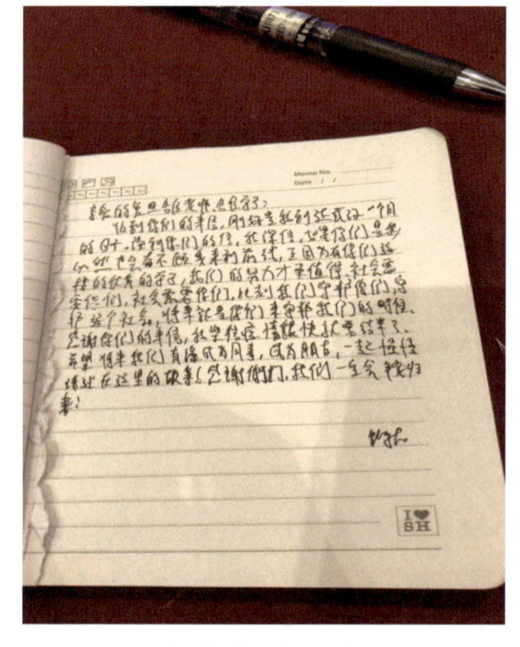

亲爱的复旦附中的孩子们：

收到你们的来信，刚好是我到达武汉一个月的日子。读到你们的信，我很感动，也觉得你们是[illegible]你们也会有不顾安危奔赴前线，正因为有你们这样的优秀的孩子，我们的努力才更值得。社会需要你们，社会需要你们，此刻我们守护你们，守护这个社会，将来就是你们来守护我们的时候。感谢你们的来信，我坚信疫情很快就要结束了。希望将来我们有缘成为同事，成为朋友，一起回忆在这里的故事！感谢你们，我们一定会凯旋归来！

鲍紫龙

援鄂队员鲍紫龙回信

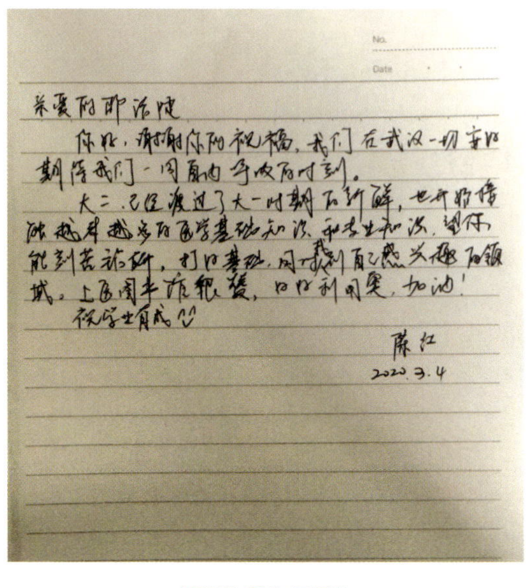

亲爱的邵添健

你好，谢谢你的祝福，我们在武汉一切安好，期待我们一同庆祝胜利的时刻。

大二已经渡过了大一时期的新鲜，也开始接触越来越多的医学基础知识和专业知识，望你能刻苦钻研，打好基础，同时找到自己感兴趣的领域。上医国手[illegible]，日后利用它，加油！

祝学业有成♡

陈红

2020.3.4

援鄂队员陈红回信

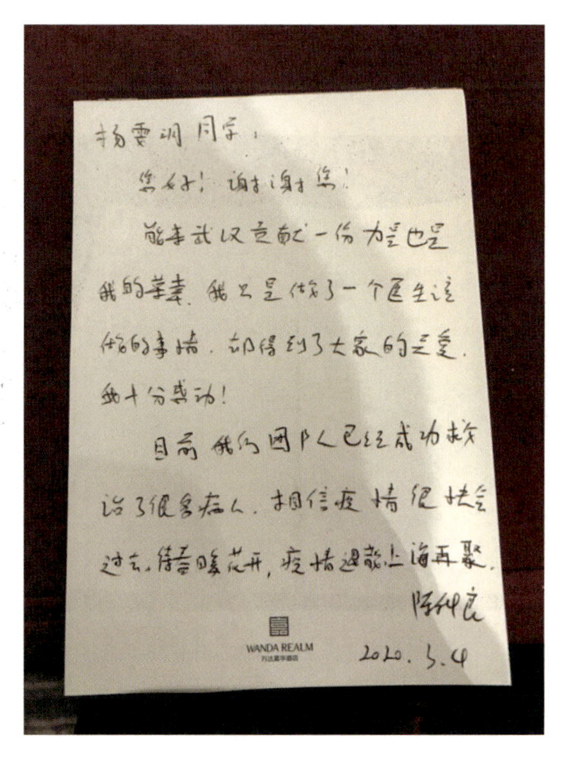

杨雯翊同学：

您好！谢谢您！

能来武汉贡献一份力量也是我的荣幸，我只是做了一个医生该做的事情，却得到了大家的关爱，感到十分感动！

目前我们团队已经成功救治了很多病人，相信疫情很快会过去，待春暖花开，疫情过后上海再聚。

陈科良

2020.3.4

援鄂队员陈科良回信

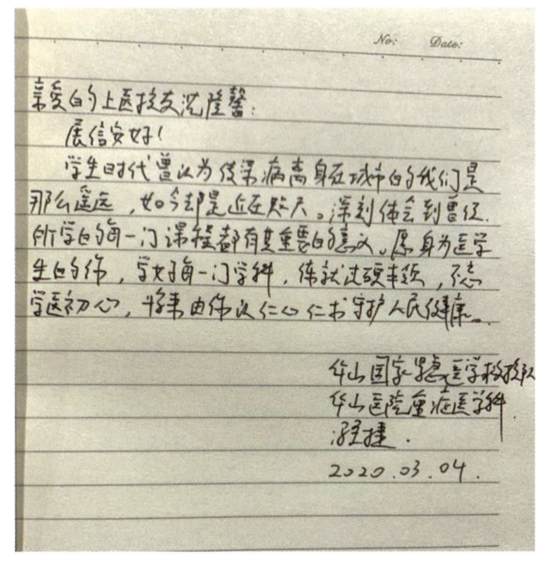

亲爱的上医校友沈隆馨：

展信安好！

学生时代曾以为传染病离身在城市的我们是那么遥远，如今却是近在咫尺。深刻体会到曾经所学的每一门课程都有其重要的意义。愿身为医学生的你，学好每一门学科，体会这段经历，不忘学医初心，将来由你这仁心仁术守护人民健康。

华山国家紧急医学救援队
华山医院重症医学科
冯圣捷
2020.03.04.

援鄂队员冯圣捷回信

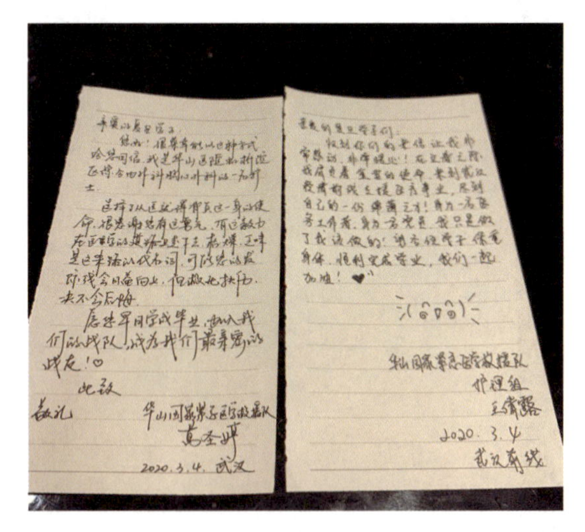

[illegible]

你好！[illegible]

[illegible]

[illegible]成为我们最亲密的战友！♡

此致

敬礼

华山国家紧急医学救援队
葛圣婷
2020.3.4. 武汉

[illegible]

收到你们的来信让我非常感动，非常暖心！[illegible]身为一名党员，我只是做了我该做的！[illegible]保重身体，顺利完成学业，我们一起加油！♥

华山国家紧急医学救援队
护理组
王倩露
2020.3.4
武汉前线

援鄂队员葛圣婷、王倩露回信

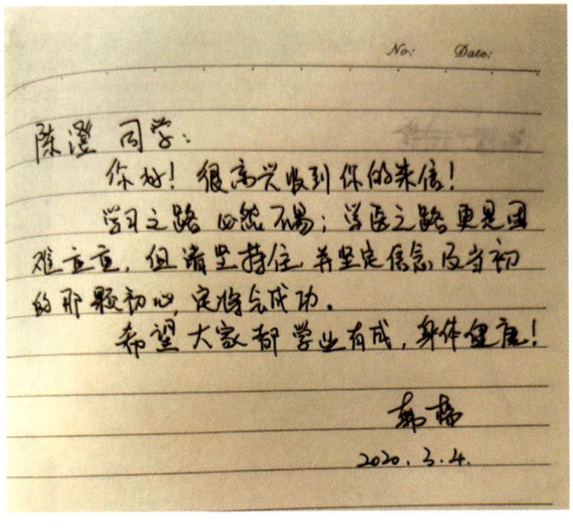

陈澄 同学：

你好！很高兴收到你的来信！

学习之路必然不易；学医之路更是困难重重，但请坚持住，并坚定信念，及当初的那颗初心，定将会成功。

希望大家都学业有成，身体健康！

韩杨

2020.3.4.

援鄂队员韩杨回信

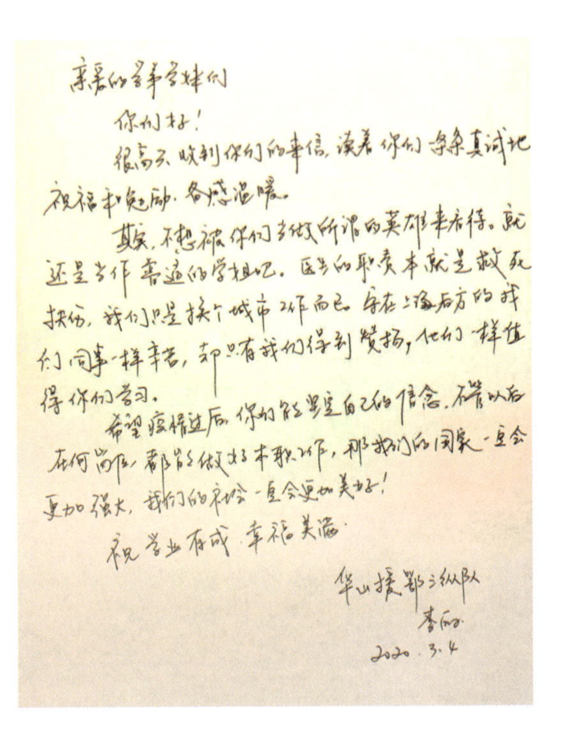

亲爱的学弟学妹们

你们好！

很高兴收到你们的来信，读着你们条条真诚地祝福和勉励，备感温暖。

其实，不想被你们当做所谓的英雄来看待。就还是当作普通的学姐吧。医生的职责本就是救死扶伤，我们只是换个城市工作而已。身在上海后方的我们同事一样辛苦，却只有我们得到赞扬，他们一样值得你们学习。

希望疫情过后，你们能坚定自己的信念，不管以后在何岗位，都能做好本职工作，那我们的国家一定会更加强大，我们的社会一定会更加美好！

祝学业有成，幸福美满。

华山援鄂三纵队

李丽

2020.3.4

援鄂队员李丽回信

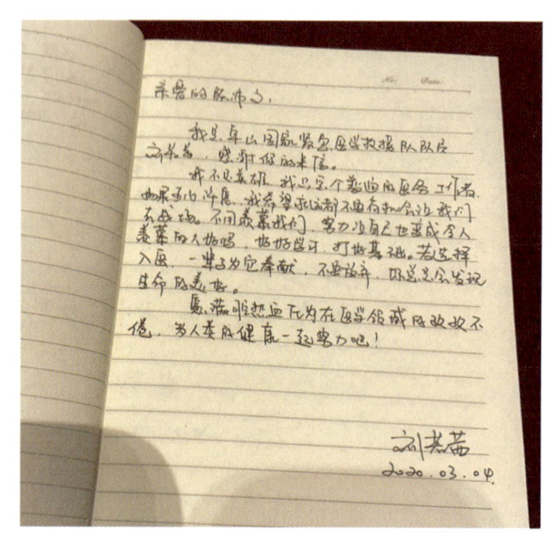

亲爱的陈沛之，

我是第六国家紧急医学救援队队员刘若茜，感谢你的来信。

我不是英雄，我只是个普通的医务工作者。如果可以选择，我希望永远都不要有机会让我们去战场。不用羡慕我们，努力让自己也变成令人羡慕的人好吗，好好学习，打好基础。若选择入医，一辈子为它奉献，不要放弃，你总是会发现生命的美好。

愿满腔热血化为在医学领域的孜孜不倦，为人类的健康一起努力吧！

刘若茜
2020.03.04

援鄂队员刘若茜回信

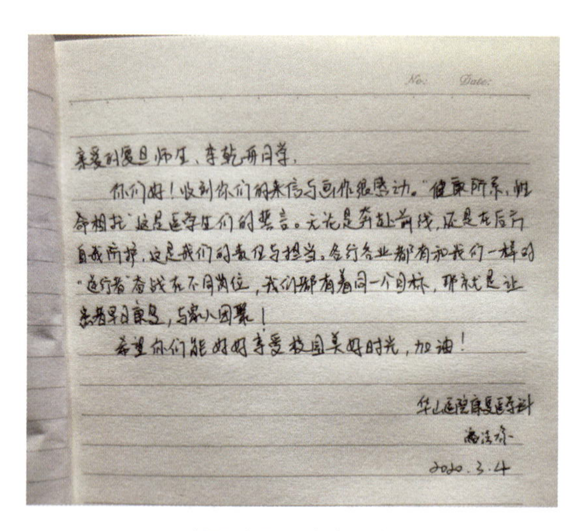

亲爱的复旦师生、李乾珊同学，

你们好！收到你们的来信与画作很感动。"健康所系，性命相托"这是医学生们的誓言。无论是奔赴前线，还是在后方自我防护，这是我们的责任与担当。各行各业都有和我们一样的"逆行者"奋战在不同岗位，我们都有着同一个目标，那就是让患者早日康复，与家人团聚！

希望你们能好好享受校园美好时光，加油！

华山医院康复医学科
潘洁琼
2020.3.4

援鄂队员潘洁琼回信

黄路遥同学：

您好！感谢您的来信

我是华山医院紧急医学救援队的感染科医生孙峰。

作为和你一样由复旦大学培养出的青年，我一直以能成为复旦大家庭中的一员自豪。这不仅是因为复旦是一所百年知名学府，也是因为这里汇集了中华大地非常出色的一群年轻人。而青年就是祖国和民族的未来。

新冠疫情来袭，作为感染科医生，这是学科使命，责无旁贷。新型冠状病毒终归会被团结的中国人民战胜，不过，祖国和民族的未来还会遇到各种未知的挑战。不管未来你从事何种职业，希望你也可以和这次疫情中的医护人员一样，在祖国和民族需要的时候敢于担当。因为咱们都是复旦走出来的出色的中华儿女。

与君共勉！

祝身体健康，学业有成，生活幸福！

华山医院感染科 孙峰

援鄂队员孙峰回信

亲爱的张逸洋同学：

你好！

你的来信我们收到了，我是 我是援鄂第三纵队的张红阳，来自复旦附属华山医院消化科。前线的工作的确是紧张且繁琐的，但有你和像你一样的热心之人的加油鼓劲，我们觉得即使辛苦也甘之如饴。为祖国做贡献的方式有很多种方式，只有你能好好磨炼自身技艺，定能为祖国发光、发热。

最后，再次谢谢你的来信与关心，愿疫情早日结束，愿你前程似锦。

张红阳

2020.3.4

援鄂队员张红阳回信

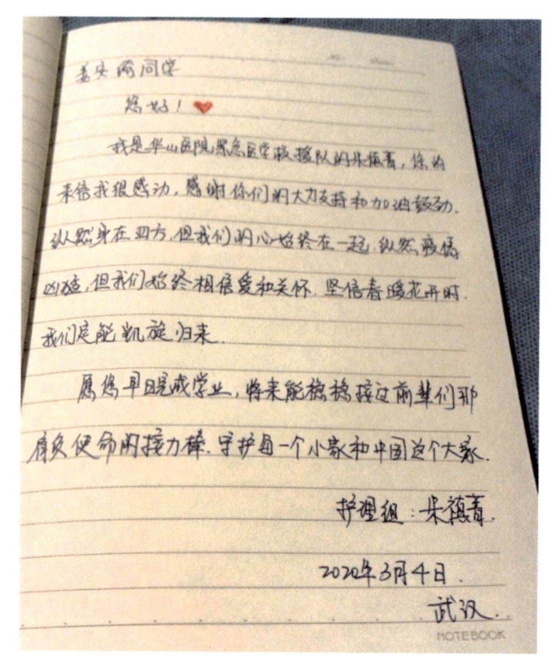

姜天雨同学

您好！

我是华山医院紧急医学救援队的朱禛菁，你的来信我很感动，感谢你们的大力支持和加油鼓劲。纵然身在四方，但我们的心始终在一起。纵然疫情凶猛，但我们始终相信爱和关怀。坚信春暖花开时，我们定能凯旋归来。

愿您早日完成学业，将来能稳稳接过前辈们那肩负使命的接力棒，守护每一个小家和中国这个大家。

护理组：朱禛菁

2020年3月4日

武汉

援鄂队员朱禛菁回信

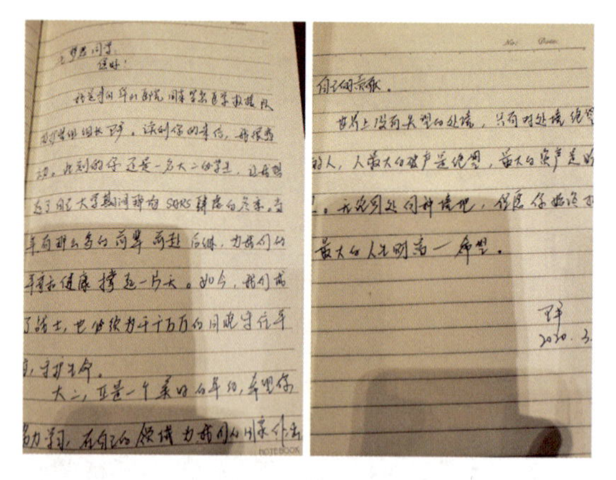

[illegible]同学：

您好！

我是华山医院国家紧急医学救援队护理组组长卫尹。读到你的来信，我很感动。[illegible]还是一名大二的学生，正在经历了自己大学期间那场SARS肆虐的冬春。[illegible]年前那么多的前辈奔赴一线，为我们的健康撑起一片天。如今，我们成了战士，也能够为千千万万的同胞守住[illegible]生命。

大二，正是一个承上启下的年纪，希望你努力学习，在自己的领域为我们的未来作出自己的贡献。

世界上没有绝望的处境，只有对处境绝望的人。人最大的破产是绝望，最大的资产是希望。无论身处何种境地，[illegible]最大的人生财富——希望。

卫尹

2020.3.

援鄂队员卫尹回信

队员们热情地回信，字里行间都透露着激动、喜悦、感恩与牵挂。

急诊科——盛玉涛

复旦学子家书来，白衣天使泣感怀。你我共待春来日，攻克新冠归沪来。

感染科——毛日成

破阵子

刹然鄂北狼烟，荆楚万户哀怜。

九州八方聚齐贤，溯风白袍斗雪连。

壮志勇向前，快意豪书剑沿。

任它前风浪势险，荡尽妖疠换苍颜。

感谢各位复旦同学的来信，我们众志成城，一定会取得胜利！春暖花开复旦见！

80病区——顾倩

看了复旦同学们的来信和漫画，心中甚是温暖和感动，感谢你们在后方默默地支持我们！同时也感谢同学们以志愿者的身份来辅导、陪伴我们在家的孩子，让我们在前线非常安心！感谢你们尽最大的努力来支援我们，我们只是履行了医务人员的责任和使命，相信在未来，你们会和我们一样，面对危难时也会义无反顾地往前冲。我们都是同胞，我们都是兄弟姐妹，一方有难，八方驰援。我相信：在全国人民上下一心的努力下，我们一定早日战胜疫情，脱下口罩，自由地呼吸，深情地拥抱！

外科——朱磊

亲爱的学弟、学妹们，在忙碌的医疗工作间隙，读到、看到、听到你们的祝福，深感欣慰！虽然我们远隔千里，虽然我们不曾相识，但是笔触间流露的是你我相同的心声：武汉加油，湖北加油，中国加油！众志成城，疫情当前，复旦人的心跳正在共振，复旦人的热血正在燃烧，让你我共同唱响那首“复旦复旦旦复旦”，一起迎接最后胜利的到来！

急诊科——徐思远

各位优秀的复旦学子展信佳！

各位亲笔写的信、画的插画我都认真拜读了。看完内心澎湃，备受鼓舞，不禁让我想起17年前的SARS。那时我正好在医学院读大一，看到老师们奔赴前线，学校停课，所有同学在宿舍隔离不能回家。那时的医疗条件远不如现在，很多老师不幸被感染，落下后遗症。当时非常敬佩那些逆行的老师们，暗暗下了决心，如果国家再次出现疫情，必定奔赴前线。现在我只是兑现了自己那时的承诺。作为一名医务人员，救死扶伤是我的天职；作为党员，人民利益高于一切是我的誓言。我只是做了我该做的，不值得炫耀。

希望各位把国家兴亡视为己任，我们国家正走在伟大复兴的道路上，会遇到各种困难和阻碍。我们国家的复兴和振兴，需要你们的聪明才智和创造力。也许你们在学习过程中有时会感到压力和迷茫，但希望你们认准目标，向着目标走下坚实的每一步，目标只会离你们更近。

请各位放心，我们会用自己的双手撑起“黄鹤楼”。祖国的伟大复兴需要每个中国人的双手，更需要复旦优秀青年的双手，俗话说“少年强则国强”。我相信你们，加油！

35病区——胡玉蓉

看到大家的来信，感受到了复旦学子们的关心和祝福。在此，我表示感谢。不忘初心，牢记使命。作为一名党员，又是一名护士，在疫情暴发之初，我就毫不犹豫地报名驰援武汉。在武汉，我们一切安好，请大家放心，我们一定会打赢这场防疫攻坚战。在此，也祝福大家在上海健健康康！

36病房——郭梦月

非常感谢你们的来信，你们的支持亦是我们的动力来源，大家的祝福给予了我们莫大的勇气和毅力去战胜疫情。我们从来不是一个人在战斗，相信带着大家的希望与祝福，我们一定可以安全、漂亮地赢得这场战斗！而你们也一定要保重身体，注意安全！

这次的疫情不仅仅是武汉的事情，更是全中国的大事。看到你们的来信，我们感受到了大家团结一致对抗疫情的决心。我们有信心能在这场战斗中获得胜利！冬天已然过去，春暖花开，我们必将凯旋！大家也一定要保护好自己，注意安全，感谢你们的祝福。

36 病房——孙悦

致复旦的兄弟姐妹们：

感谢你们的来信，感谢你们的鼓励和赞扬。我是来自复旦大学附属华山医院甲乳外科的护士孙悦，是此次援鄂四纵队的队员。我们现在所做的都是作为一个医务人员应该履行的职责，感谢你们对我们的认可和赞许，我们心中都充满了暖暖的感动。能让每一位患者得到有效的治疗，减轻他们的痛苦并控制疫情，是我们的追求和目标。我们仅是履行了我们的职责就获得了你们的赞扬，这将成为我们前进工作中的动力，再次向你们表示感谢。我们还会继续努力，秉学厚德，擎术济生。

83 病区——孙莉

致复旦家人们：

你们好！我看到你们的来信了，心中甚是感激！感谢你们在后方默默奉献，默默支持我们。正是因为你们在大后方做我们坚实的后盾，才让我们无所畏惧地勇往直前！

你们放心，我们都会好好照顾自己，养精蓄锐，不辜负你们对我们的期望。我们都会做好个人防护，认真治疗和护理每一位患者，我们会为了我们的终极目标“消灭病毒，凯旋而归”努力！我相信，我们的辛苦和汗水不会白费。正如家人们信中所说的：“付出总有回报。”这场仗我们一定会赢！

家人们，相信你们也时刻关注着这场战疫。最近确诊和疑似病例数都明显减少，这离不开你我共同的努力，希望的曙光就在前方。在这关键时刻，无论是谁，都不能掉以轻心。我们坚持再坚持，我相信，胜利一定属于我们！

最后，望家人们安心，我们必完完整整回归！

肾内科——宋敏

复旦的兄弟姐妹们好，很开心在工作之余收到你们的暖心来信。

2020年的帷幕刚拉开，我们就迎来了一场无硝烟的战疫。面对这场战疫，我们已经不再惧怕，因为我们始终相信，我们的团队、亲密的战友、暖心的你们和后方坚守的所有华山人都是我们坚强的后盾，我坚信我们一定可以战胜疫情。

愿樱花烂漫时，一切无恙，你我皆安。

38病区——陈望升

收到复旦学子的来信，心中暖暖的。感谢你们对奋战在一线的医务工作者的关心，请你们放心，我们一定会保护好自己，平安归来，圆满完成国家交给我们的任务。作为一名党员护士，这次驰援武汉是义不容辞的，在祖国有难的时候，党员应该起到先锋模范作用。愿你们学业有成，一切安好！

32病区——陈蓓妮

来到武汉已经快一个月了，一路走来收到了很多感谢和鼓励。我将心意都留了下来放在桌上，每时每刻都在温暖着我。青春理应勇猛过人而非怯懦怕事，是需要有些冲动的。赴抗疫一线是我青春里最无悔的冲动，也将是青春里最灿烂的一笔。青春无悔，灿烂韶华，英勇抗疫，也必当平安归来。

5病区——杜玲琴

“事不避难，义不逃责。”我们是医护人员，这个时候我们必须上。

这是一场没有旁观者的全民行动，是一场齐心协力的无硝烟之战。14亿人在战斗，每一个都算数。请相信，只要熬过去，一切都会好起来。武汉加油！中国加油！我们一起加油！

83病区——周嘉杨

谢谢各位学子的支持与鼓励，我们都是平凡的人，不平凡的是我们选择了医学这个让我们为之奉献的职业。我们的脚步能够如此坚决地踏上这块土地，也是因为有你们在我们身后给予的支持。在这一刻，我们有共同的名字“复旦人”。带着你们的鼓励，我们对打好这场仗有了更大的信心。

愿待到春暖花开时，我们会在上海的街头再次相遇。

80 病区——宋甜甜

这一次，我们披上铠甲变身成了小英雄，我们在前线厮打拼杀，你们在身后默默陪伴，感谢有你们！

虹桥院区 ICU——朱祎凡

感谢后方同学们的支持和关心，我们必“来之能战，战之即胜”，携手共同战胜新冠肺炎疫情。待我们归来，仍是少年！

老年科——杨一鸣

亲爱的师弟师妹们：

你们好！我是来自华山医院老年科的一名“90 后”护理人员。今天是来武汉的第二十四天，收到来自你们的挂念和关怀、加油和鼓励，内心十分温暖，也瞬间充满了能量！

2020 年注定是不平凡的一年，随着疫情的发展，大家都被隔离在房门之外。作为一名护理人员，能为控制疫情出一份力，看到患者病情一天天好转，心里有种莫名的踏实感。在这场没有硝烟的病毒之战中，每个人都在用自己的力量保卫着我们的家园。你们放心，在这里我们会做好防护，照顾好自己，你们也要照顾好自己哦！逆行而上的路上我们并不孤单，我们会继续带着你们的关怀和鼓励，去帮助被病魔折磨的患者战胜病魔！

没有一个冬天不可逾越，没有一个春天不会来临！请放心，我们定平安归来，武汉加油！中国加油！

8 病房——徐东亚

亲爱的同学们：

看到你们一封封真挚的来信，我在前线倍感温暖。感谢你们在后方的支持，才让我们更有力量地去奋战、去抗疫。我是一名普通的白衣天使，如今背上行囊奔赴一线，自然而然地成为了一名白衣战士。武汉在沉默地疗伤，然而我们却不能沉默。为了疫情，我们每个人都付出了自己的一份力，为的就是守住国，守住家，才能守住长远的未来。今天是来到武汉的第二十五天，是使命感和责任感的驱使化解了我所有的辛苦和不易。在这里，我要守护监护室里患者的安危。胜利在望！待我们凯旋，愿人间安好，山河无恙。

愿学业有成！

ICU——程阳

感谢你们的关心，我们一定会战胜这场疫情，早日回归。

急诊——张叶麒

复旦的兄弟姐妹们：

你们好！看完你们的信，我又充满了动力！请在后方等待我们凯旋的消息！

ICU——何楚怡

感谢复旦兄弟姐妹的关心，我们在武汉一切都好。必定战胜新冠肺炎，早日凯旋！

北院手术室——郭倩

复旦的兄弟姐妹们：

你们好！工作之余收到你们关爱的来信，特别暖心！我们在前线一切安好！待山花烂漫，暖风微拂，春回大地，一切美好都会如期而至！

ICU——姜野宁

感谢你们的问候！期待明天会更好，加油！

ICU——金琦

感谢各位复旦学子的关心，我是来自神经外科 ICU 的护士金琦。在工作之余很高兴能看到你们的问候，我们在前线一切安好。相信不久之后，我们就能回到亲人的身边，你们也能重返校园，和同学一起在光华楼前的草地上谈笑。我们携手共进，相信疫情一定会早日结束。

5w——杨孜雯

在武汉的清晨看到你们的来信甚是感动，你们那饱含温暖的字画给我们一天的工作带来了动力。你们是我们背后的支持，我们会加油！愿战疫结束，平安归来。

108C——徐鑫怡

不知不觉已然在武汉快一个月了，樱花都悄悄盛开了，收到你们的来信很感动。感谢来自大后方的问候，我们一定会平安归来的！

ICU——李婷

致复旦的兄弟姐妹们：

很抱歉没有及时给你们回信，看到你们的来信，我非常感动。背后有这么多力量在鼓励、支持，我更加有信心和决心战胜疫情。

转眼间，来到湖北已经快一个月了。时间在白班和夜班中交替，在个人防护和护理新冠肺炎患者之间进行切换。只有回到住处，看着窗外陌生的环境，一个人吃起盒饭时，才会想起家乡和亲人们的嘱托。

我相信你们通过互联网已经知道我们通过 ECMO 救治了两位患者，有的患者也从监护室转出了，没有什么比看到这些消息更让人欣慰的了！一批批患者病情好转是我们医护工作者的价值体现。

战斗还在继续。回想从上海出发那天，在会议厅的誓言还在耳边："不负重托，华山担当，召之能战，战之必胜！"学校派了代表去家里慰问，我知道，我不仅仅是代表我自己来支援武汉，更是代表着复旦大学、华山医院，甚至整个上海。因此，一定不辱使命。

我在这边很好，期待早日战胜疫情，春满大地，山河无恙！

急诊——赵伟

复旦的各位同学：

你们好！在这艰苦的日子里收到你们的来信，我十分感动。我们在前线奋斗，而你们在后方支援，每个人都功不可没。我希望接下来的日子我们共同奋斗，一定能挺过难关，战胜病毒！

虹桥院区 107B——李金哲

感谢复旦学子殷切的祝福。在 2020 年一开始，我们就迎来了一场没有硝烟的战争。面对这场疫情，身为一名华山人，我们没有选择退缩，而是选择迎难而上，选择舍小家为大家。有你们陪伴在我们身后，给予我们力量，相信我们很快就会取得胜利。待春暖花开之时，我们一起摘去口罩，好好相聚！

90 病区——杨懿冰

冬去春来，又见绿意盎然，此生无求。你我皆为一个团队的勇士，我们共同迎来这个美好的春天。

5 w——黄惠娴

复旦的兄弟姐妹：

你们好！在工作繁忙之余收到你们亲切的问候与关心，我非常感动。请放心，我们一切都好，我们一定会战胜疫情，平安归来！

ICU——邓蕊

很开心在工作之余收到你们的暖心来信。希望疫情早日结束，我们全员平安归来。

83 病区——赵虹

致复旦的兄弟姐妹们：

非常感谢能收到各位复旦学子们的来信。“苟利国家生死以，岂因祸福避趋之。”这次来武汉支援让我对这句话有了更深刻的体会。作为一名医护人员，这是我们的职责。面对这场没有硝烟的战斗，我不再是家里娇弱的小公主，而已然化身成一名战士冲锋在前。我坚信我们一定会击败敌军，取得胜利，而你们就是我们最强大的后盾。待春暖花开之时，且看我们凯旋。

15 病区——朱子薇

首先非常感谢各位复旦同胞们的祝福与关心，也希望你们在日常学习的同时注意好自己的身体。我们在武汉一切安好。我相信我们一定能取得这场无硝烟战斗的胜利，一个不落，平安归来。到时，我们沪上会合。

5 病区——刘莉莉

在抗疫的道路上收到了很多的关心与祝福，谢谢复旦的兄弟姐妹们，同时也祝愿你们身体健康。我相信我们不久就可以战胜疫情。春暖花开，等我们归来。

109B——刘萌

在工作之余很高兴能看到你们的问候，我们在前线一切安好，也希望你们一切都好。武汉加油，中国加油！春天，一切都会好起来的。

82 病区——傅晶晶

你们一封封的信件让我感受到了你们的关心与关爱。虽然我们素不相识，但我们的心是在一起的。我相信武汉能行！中国能行！让我们赶走疫情，一起迎接春天！

108c——张霞

樱花盛开的地方，我们在前线防疫，你们在后方应援。每一次的问候都让我们感动，每一次的关爱都在告诉我们“你们与我们同在”。前方在慢慢变好，我们也会努力，尽早回家！

急诊——王瑞瀛

感谢有你们的支持。寒冬终将过去，春日必将到来。在这一场没有硝烟的战争中，我们终将成为胜者。因为我们身后有你们无数人的支持和鼓励，感谢你们如家人般的关爱。前方的道路虽然坎坷，我们会努力克服，努力战胜疫情。因为有你们，我们必将凯旋。

一封封炽热的家书，承载了复旦莘莘学子对我们前线战士的祝福。华山医院青年突击队员们在前线战斗，无数的战士在后方战斗。这一场疫情中，每个人都是战士。

复旦大学附属华山医院援鄂临时团支部合影

（编辑：陈思羽　李则宇）

信息助力抗疫，真心护卫校园

扫描二维码
收看本篇故事视频讲述

2020 年春节前夕，一场突如其来的疫情打乱了所有人的生活节奏，每位复旦学子的安全也牵动着学校的心。在疫情期间“居家办公”的模式下，信息采集系统建设可谓是诸多教学管理工作的中央处理器（central processing unit，CPU）。

作为复旦大学校园信息化办公室信息中心主任，如何做好人员信息采集系统建设，为学校疫情防控工作提供数据支撑和决策支持？对于 2020 春季学期可能的在线教学和本研选课又要如何做好预案？这些都是我一直思考的问题。

阖家团聚的除夕夜，我还在和同事们讨论着信息采集应用的方案。经过与多个业务部门的沟通协调，我们信息办于 1 周内就确认了信息化建设方案，并在 2 月初上线了“平安复旦”应用。这是我校第一个针对人员全口径统计的应用。目前，每天超过 40 000 名师生通过“平安复旦”填报个人信息，传递平安。

2 月中旬，为了配合学校筹备新学期的开学工作、保障教学工作的顺利开展，我和同事们调研了多个在线教学平台，最终确定了以 eLearning 为基础教学平台的“1 + *N*”在线教学解决方案。为了顶住疫情期间大规模校外访问对系统带来的压力，我们组建了多个在线支持团队，将在线教学平台的服务能力提升了 30 倍。开学至今，4 个平台用户数逾 40 000 人，日活跃用户数超 30 000 人，开设课程近 4 000 门，确保了“停课不停学，停课不停教”。与到一线抗疫的医务工作者相比，我们遇到的困难并不算什么。

除了在线教学平台，与疫情防控管理相关的事项建设，我们也都在短短几

文捷和信息办的同事在召开工作会议

天内快速完成。从搭建满足师生在线会议需求的 Zoom 视频会议平台，到完成在线会议的相关申请流程，近 6 000 场会议、13.5 万参会人次共同见证了我们信息办的努力。

师生在线会议

进出人员管理

为加强疫情期间人员进校管理，我们利用手头仅有的简单机器，结合一卡通系统的功能，解决了各校区门岗进出人员的管理和统计的难题。全校 4 个校区 20 多个门岗，从大年初七就出现了信息办人员部署调试设备的身影。目前，已提供了超过 50 万笔的进出流水统计，为疫情防控提供坚实的支持。信息办还配合学校各业务部门，进行了多场返校的应急防控演练，有力保障了学生返校工作的有序开展。

返校应急防控演练

此次突如其来的新冠肺炎疫情，既是对信息化工作的一次大考，也是一场数字时代的抗疫战争。秉持着“抗疫必胜”的信念，利用信息化手段，为疫情期间的师生信息填报、在线教学、校园管理等提供坚实的保障，这就是信息化抗疫中，我们能做的事情。

讲述者

文捷，男，1982 年 6 月生，复旦大学校园信息化办公室信息中心主任。作为复旦大学信息化办公室的成员，在疫情来临时与同事们联手打造了“平安复旦”应用，同时为学校在线教学提供了解决方案，用仅有的工具保障了学校进出人员的安全。虽然不曾上阵杀敌，但为信息化抗疫做出了绝无仅有的贡献。

（编辑：蔡佳雯　李则宇）

第三篇　青年力量

城市“隐形侠”

扫描二维收看本篇事视频讲版

有这么一种说法：在这次疫情防控过程中，医院负责解决存量，疾控负责解决增量。传染病防控最重要的是控制传染源和切断传播途径，流行病学调查无疑是最有效的措施。如果将每起病例比作案件，那么疾控人就是医学侦探，而流行病学调查就像是案件侦查的手段。他们要借助流调，查明每个病例去过何处、做过何事及见过何人，从而将病例和密切接触者与健康人群隔离开，避免产生更多的病例。同时，还要寻找不同病例背后千丝万缕的联系，以便确定传染源。

我就是这样一位“医学侦探”。我来自上海市疾病预防控制中心，是一名“90后”疾控人。此次疫情防控期间，我们疾控人也战斗在一线，我们所做的流行病学调查工作对控制疫情至关重要。

这项工作听起来简单，却是十分消耗精力的。由于很多患者刚就诊时感到

“疾控人”在进行流行病学调查工作

紧张不安，流行病学调查的启动往往是从安抚患者情绪开始的。首先我们要向患者耐心地解释当前的隔离和治疗措施，很多时候甚至变成了患者的“专属客服”，为他们解答后续一系列的问题。

2020 年 1 月底，我接到单位召集人员立刻奔赴一线的通知。当时新冠肺炎病例正在成倍增长，这使得一线流调人员的工作任务量严重超负荷。市疾控中心组织了一批支援区疾控中心的流调队，第一批队员一共有 34 个人，只有 2 名“90 后”，我就是其中之一。疫情初期，大家对于新冠肺炎病毒的了解并不多，防护物资也十分紧缺。在这样紧张不安的环境下，刚刚加入一线工作的我们心中的确闪念过畏惧，却从未有人想过要放弃。每次进入病房之前，我和我的同事们都会互相检查一遍防护服是否穿戴到位，然后叮嘱对方一句“注意安全”，给予彼此鼓励和支持。

齐辰收拾行囊奔赴一线

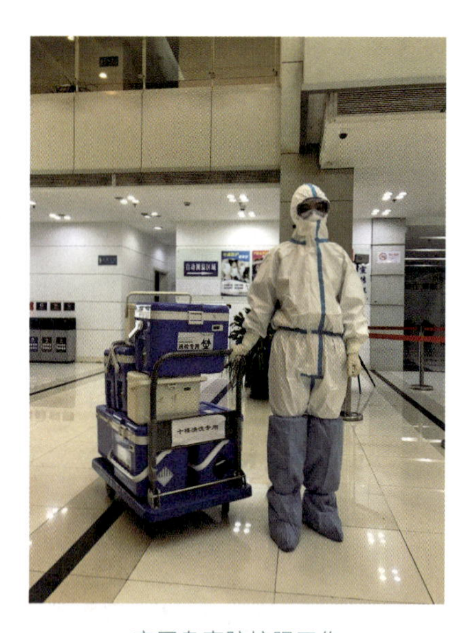

齐辰身穿防护服工作

疾控中心因为人力资源有限，疫情期间大家都在超负荷工作。以我自己来说，前期在长宁区疾控中心做本土病例流调；在后期“外防输入”压力增大后，转战浦东新区疾控中心做境外病例流调；在援鄂医务工作者返沪后，又去青浦区隔离点做消毒管理工作。我开玩笑说自己仿佛“小砖块”，哪里需要就搬去哪里。实际上，这也恰恰证明疾控中心在此次疫情中涉及的工作范围之广。每个公卫人都是全方面发展的“多面手”。媒体将疾控人比喻为城市的“隐形侠”，他们默默躬耕，深藏功名，时刻巡逻在公共卫生安全的第一线。现在稳定的防控形势是用无数个疾控人的日日夜夜换来的，身为其中一员，我深感骄傲。

“疾控人”在做消杀工作

作为一名“90后”，我们似乎是带着标签成长起来的一代人，曾经历过很多质疑。但也正是我们“90后”逐渐从前辈手上接过了重担，成为了这次战疫中不可或缺的一部分。有些事总需要有人去做的，如果刚好我能做，我感到万分荣幸。

讲述者

齐辰，女，1990年6月生，中共党员，上海市疾病预防控制中心食品安全科职员，上海市疾病预防控制中心第二联合团支部支部书记，复旦大学公共卫生学院2017届毕业生。

此次新冠疫情防控工作中，早期即加入第一批派驻区疾控流调人员的队伍中，在长宁区疾控中心日夜奋战在防疫一线，奔波于各个发热门诊病房，对病例进行流行病学调查。后期“外防输入”压力增大后，转战至浦东新区疾控参与境外病例流调工作；在援鄂医务工作者返沪后，又至隔离点参与消毒管理工作。参与防疫工作的3个月时间里，曾完成了包括病例流行病学调查、病例样本的运送、密切接触者的追踪，以及隔离点的消毒和管理等多项工作。不同的工作岗位经历使其成为防控疫情的“多面手”。

（编辑：栾　歆）

我在“追踪办”，目标“密切接触者”

▲ 扫描二维码收看本故事视频讲述版

我是上海市疾病预防控制中心一名普通的“90 后”工作人员。新冠肺炎疫情暴发以来，除了前线奋战的医护人员外，还有一批人密切关注着全市人口的海量信息，从中找出确诊者的接触者，默默地守护着我们每个人的安全。我就是这样一位身在疾控中心的“侦察者”。

新冠肺炎疫情暴发后，疾控中心成立了“追踪办”。我和同事们被紧急抽调过去，投入紧张的“追踪”工作。在“外防输入、内防反弹”的形势下，密切接触者追踪工作量极大，要求很高。

“追踪办”处理海量数据

我们每天都面临着从四面八方汇聚而来的海量信息：每天要和本市地区组、海关及外省（市）疾控中心沟通，从本地确诊病例、海关通报及外省协查中搜寻与病例接触密切者的“蛛丝马迹”。在获得患者的活动轨迹后，还要关注患者发病后乘坐的飞机、火车等交通工具，并通过公安部门检索出同乘航班或车次的人员。然后通过大数据，尽可能查找到详细的联系方式。

分析核实数据到深夜

在查到密切接触者的联系方式后，我们要做的是一个个给他们打电话核实信息。这一过程既烦琐，又充满挑战。如果被核实者配合，通常一个电话仅需5分钟左右，主要是确认信息、告知隔离政策，并消除接触者的紧张情绪，给他们提供生活上的建议。然而，并非所有的交流都是顺畅的。我和同事们经常从早联系到晚，电话都是无人接听。有时电话接通后会被当作骚扰电话挂断，甚至还有可能被拉黑。

防控新冠肺炎，我们在行动

我印象中有一位女士，她在电话中反复确认工作人员的身份，但就是不愿意提供自己的信息。最后挂断了电话，再也打不通了。后来，在我拨打另一个同车厢的接触者时，才发现他们原来是一家人。这位女士接起电话道歉，说以为是骚扰电话，不敢提供信息。确实，在每个人隐私意识大大增强的今天，电话核实的工作于我们而言障碍重重。

有时电话的另一头可能是外国人，“追踪办”虽然有英语流行病学调查的标准流程，还是会有许多意想不到的事情发生。我记得曾联系过一位古巴籍人士，由于对方不会说英语，中文只会说简单词句，对话在“你说我猜”的氛围中进行。尝试、重复、确认是不变的3个环节，要在沟通中不断地去确认词语真正的含义。几个来回后，我才渐渐摸清了对方说话的模式，也让对方了解了自己的用意。我们也遇到过外国友人不理解中国疫情防控政策的情况，这就需要“疾控人”耐心地解答每一政策背后的用意，渐渐消除误会。

拨打电话实际上也需要有与人共情的能力。在拨打下一个号码前，我们都会平复心情，以平和舒缓的语气开始下一段通话。向电话那头传达“您和确诊病例在同一车厢”这种消息总会引起对方本能的不安。但无论对方持有怎样的态度，我们都得耐心、友好地解释，安抚他们的紧张情绪。

与本市兄弟部门一起战斗，守护城市安全

在最繁忙的3月份，我和我的同事们一天联系对象近6 000人，处理外省市协查近60件，经常忙到后半夜，好几天都是彻夜无眠。但是一起战斗的日子无比珍贵，为了打赢这场疫情防控攻坚战，我们无怨无悔。

讲述者

胡玮彬，男，1990年7月生，上海市疾病预防控制中心公共服务与健康安全评价所医师，复旦大学公共卫生学院2014届毕业生。奋战在上海新冠肺炎密切接触者追踪的一线。在“外防输入、内防反弹”的形势下，密切接触者追踪工作量大，要求高。他和同事们一起做好密切接触者的追踪工作，熟练运用中文、英文与日语等核实信息，耐心聆听诉求，解释政策，消除误解。经常和同事们忙到后半夜，好几天都是彻夜无眠。无怨无悔，和战友一起战斗，坚决打赢这场疫情防控攻坚战。

（编辑：栾　歆）

科研战疫，青年担当

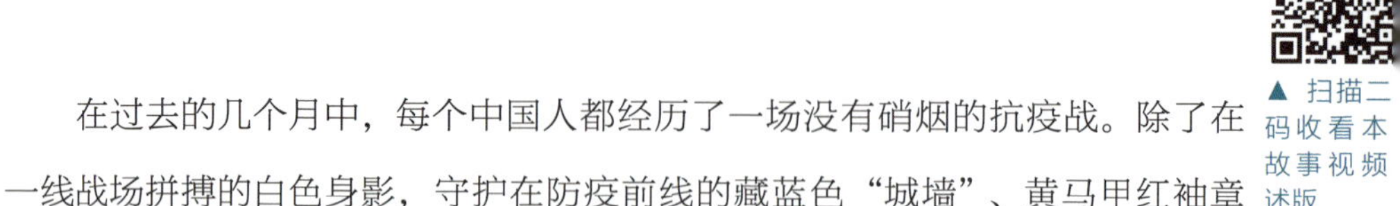

▲ 扫描二码收看本故事视频述版

在过去的几个月中，每个中国人都经历了一场没有硝烟的抗疫战。除了在一线战场拼搏的白色身影，守护在防疫前线的藏蓝色“城墙”、黄马甲红袖章的社区工作者，还有通过网络课堂传道授业解惑的辛勤园丁等。每个人都在自己的战线上贡献着自己的力量。这其中，还有一大批在实验室中科研战疫的科技工作者，我有幸成为了其中的一员。

一直以来，人们普遍认同 CT 影像学检查是诊断新冠肺炎的重要依据。但鲜为人知的是，影像学检查科医师诊断一个病例要看 400 层左右的影像，大约耗时 15 分钟。而疫情前期疑似病例较多，医师的工作量巨大，寻找提升效率的方法迫在眉睫。疫情发生以后，我们在导师的指导下形成了利用 AI 技术辅助新冠肺炎诊断的初步想法。

实验室的同学们分成几个小组，从 2020 年 1 月 29 日就开始了紧张的研究工作。我们每天跟医院的团队沟通学习，进行数据标注、算法设计，持续推进科研进展，研究病灶分割、病种分类的算法。在大家的共同努力下，2 月 9 日我们的第一版算法研发完成。当时核酸检测的假阴性率高达 30%～50%，而这个算法却能将假阴性率控制在 10%以下，同时还能减少漏诊率。2 月 21 日，我来到了上海定点收治新冠肺炎患者的医院——上海市公共卫生临床中心，部署辅助诊断设备，并完成了与影像学科 CT 设备数据对接及临床应用流程嵌入，让读片速度从分钟级“快进”到秒级。截至 3 月 18 日，我们的系统累计分析了上海地区 320 名新冠肺炎确诊患者的 CT 影像，为影像学科医师的诊断提供了帮助。项目的成果也得到了学校和媒体的关注和报道。

在这场科研战疫的过程中，不管是实验室的学弟学妹们，还是医院的医师和研究生们，都展现了青年一代的责任和担当。数据标注是利用深度学习模型诊断CT影像的第一步，需要将每个病例的影像逐层勾勒出病灶，每个病例的CT影像都有400层左右，参与数据标注的同学标注一个重症病例的CT影像需要花费四五个小时，轻症的也需要一两个小时。这是我们AI科研中最枯燥的一个环节，但也是最重要的数据基础。前后共有20多位同学参与到数据标注工作中，没有一位同学有怨言，他们都为科研战疫做出了自己的贡献。

此外，共同参与项目的上海市公共卫生临床中心放射科的医师和研究生们也展现着他们的担当。疫情暴发初期，疑似病例数非常多，他们的工作已经持续超负荷。但为了让我们更好地理解新冠肺炎疾病的影像学特征，他们利用本就不多的休息时间，耐心地为我们讲解医学术语和定义，教我们去阅读CT影像片，解答疑问。可以说，他们是我们在短时间内获取科研进展的最大功臣。

这场争分夺秒的特殊科研战疫中，战场不在前线医院，而在后方的实验室。我们科研青年收获了团结，也坚定了信念。青年一代在关键时刻能够挺身而出、担当奉献。当祖国需要我们的时候，科研的战场上将永远不缺少我们青年一代拼搏的身影。

讲述者

蒋龙泉，男，1988年8月生，中共党员。复旦大学计算机学院博士生，2020年复旦大学“五四青年奖章”获得者。主要研究方向为智能视频图像分析处理、人工智能，面向国家安全与社会重大应用需求，开展核心关键技术的攻关和产学研的应用工作。在校期间，在视频、图像处理等领域总计发表论文4篇，获得专利授权3项，软件著作权5项，参与项目多次荣获相关领域省部级、国家级奖项。此外，多次参与如历年两会、十九大等党和国家重大活动的系统保障工作，个人荣获军队科技进步一等奖。2020 年 1 月 29 日起担任“新冠肺炎影像学 AI 智能辅助诊断与预后预测”项目学生负责人，带领团队短时间内在新冠肺炎鉴别、病灶区域检测方面取得了初步成效，目前已进入临床测试阶段。

（编辑：李一凡）

道口防护服下的“高光时刻”与青年责任

扫描二维码收看本篇故事视频讲述版

2020 年 1 月下旬，那时候我还在云南支教。当时，网上已经逐渐地开始被新冠肺炎的消息刷屏，网上的口罩都被一抢而空。离开云南前，我们在当地镇上买到了几只普通口罩，踏上回程。如果要问我有没有恐惧，我的回答是：“是的。”但我感受到更多的是这场战疫正式打响了，全社会必须众志成城，团结起来抵抗疫情。回到上海家中，确保自己的身体状况良好后，我便加入金山区志愿者疫情防控队伍中。因为我深知，这是一场持久战，这场战疫需要我们青年人的力量。

最开始，我在团区委做线上志愿者工作。在电话采访优秀志愿者的时候，我得知了这样一个故事：一位在高速道口的防控青年志愿者在多次连续的志愿服务工作后被安排适当的休息，但她却向负责人发来这样一条信息：“万一这期

晚上 10 点结束第一次 8 小时的防控排摸站岗

间有人去不了，记得喊我，身体没得问题。我一个人住比较安全，就算中了也传不到别人。”电话这头，我有些哽咽，我想我也应该去道口支援。

我去的高速道口是 G15 沈海高速浙沪检查站，道口防疫志愿者的日常工作是在高速道口辅助所有车辆上的每个人员填写“健康云”APP 的信息申报。同时与医务人员采取“1 + 1”的搭配形式，对车辆上的人员进行测温与信息的核查，排摸是否有来自重点地区或体温偏高的人员。这是来沪人员疫情防控工作的第一个关口。

陆一歆与同班次的志愿者们在上岗前的合影
（注：志愿者们都用写在防护服上的序号代替了各自的名字）

记得第一次志愿服务是一个雨天，上海发布寒潮蓝色预警，现场刮起大风，室外半污染区的帐篷被风吹得摇曳。我是下午 2 点至晚上 10 点这一班次的志愿者，到达现场经过快速的岗前培训后，我们就穿上防护服上岗。

在岗位上，风声、雨声及车辆的引擎声交杂，我们必须高声地说话。8 个小时的志愿服务下来，嗓子也已经沙哑。“您好，请出示健康云短信并配合测量体温”这句话说了上百遍。穿上防护服就像穿上了一件战衣，这个过程是对体力的考验，也是对沟通能力的考验。在服务的过程中，经常会遇到前往机场的送机车辆，车上很多是外国友人，而同组的医护人员通常是中年人。于是，我

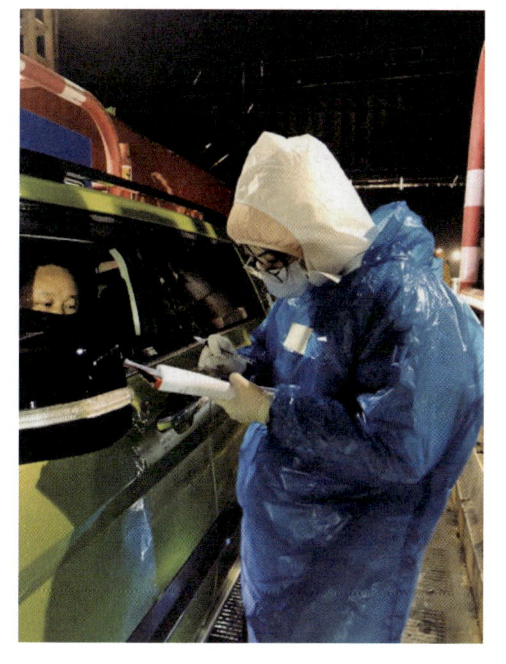

陆一歆志愿服务工作照

（注：当天寒潮来袭，晚上 8 点下起了小雨，陆一歆冒雨为每辆入沪车辆上的人员检查登记其“健康云” APP 上的信息申报情况）

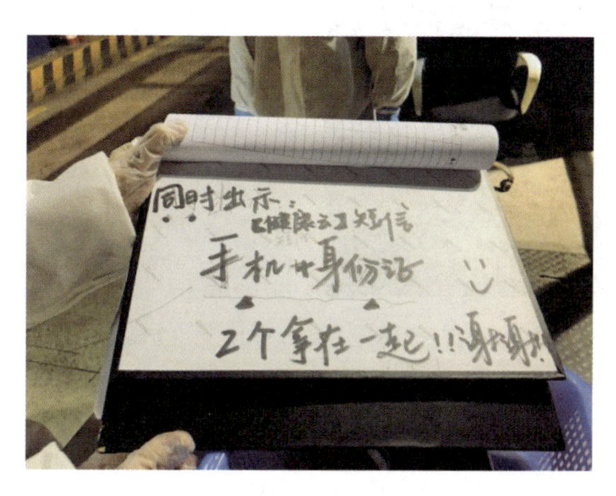

将贴士写在记录本上

（注：由于高速道口环境声嘈杂，并且货车车身高，陆一歆把贴士写在记录本的尾页，在检查的时候举到驾驶座的位置，方便与货车司机快速沟通，加快检查速度）

们青年志愿者便成了“英语担当”，与外国人进行英语的对话沟通，完成排摸工作。医护人员们都夸“你们大学生好厉害！”

别人常会问：“这么8个小时站着累不累？”我回想了一下，其实在服务过程中，哪怕一句话或一个举动都可以完全消除一切疲惫。我们遇到过一些货车司机会对我们说“天冷了多穿点”；一辆车上的两个白发老人说“你们是白衣天使，你们辛苦了”；还有司机在疫情刚暴发的时候从车上留下一箱护目镜，跟志愿者说“你们更需要这些”……我们志愿者在付出的同时也在收获感动与真情。不仅如此，身边许许多多最平凡的人们散发的光芒也是战疫的“高光时刻”。我们的一位医护人员日夜守护在道口做后勤保障，在这样一个冬天，摘下口罩后，脸部上下有了明显的黑白分割；当地口腔医院每晚送来汤圆给夜班志愿者们填肚子；幼儿园老师自发煮姜茶送来道口；小区大妈一通电话打来说，包了250个粽子想送来道口给志愿者们吃……

当地口腔医院每晚送来爱心汤圆

“金山团青”志愿者徽标

这些鲜活的个体让我感受到了强大的力量与莫大的温暖，在口罩、防护服的阻隔下，人与人之间的互动与共情却显得更为强烈与珍贵。这对于在互联网包裹下长大的，被贴上“社交恐惧症”“肥宅”标签的我们这一代年轻人来说，是打开了一扇认识社会、感知冷暖的窗户。

疫情期间，我从自身的志愿者服务中，真切地感受到了青年一代对社会发挥的力量与应担起的责任。而我也仅仅是万千志愿者中渺小的一份子。在复旦大学，青年志愿者工作部开展线上辅导的志愿者活动，守护一线抗疫家庭的后方；心理学系的同学为湖北家庭的青少年儿童打造私人订制的“成长陪伴”计划；新闻学院的同学利用数据分析可视化的专业知识帮助公众鉴别谣言；公共卫生学院、计算机科学技术学院和软件工程学院的同学奋战16个小时开发口罩预约、配售系统，辐射上海2 480万居民……

如今，“95后”“00后”已不再是曾经长辈眼中的稚嫩少年，我们这一代已经成长为可以勇担重任的蓬勃力量。习总书记在给北京大学援鄂医疗队全体“90后”党员的回信中说道：“广大青年用行动证明，新时代的中国青年是好样的，是堪当大任的！”这次疫情让我更加切身地体会到了青年志愿者的责任与担当。疫情逐渐好转，但这份炙热会一直延续，让青春在党和人民最需要的地方绽放绚丽之花！

讲述者

陆一歆，女，1998年12月生，共青团员，复旦大学新闻学院广播电视学系大三学生。疫情防控阻击战打响以来，立刻响应上海市金山区团委号召，加入金山区疫情防控志愿者储备队，在区志愿者工作领导小组办公室、G15高速道口防疫检测、“金种子”云护航志愿线上辅导服务项目中发挥青年力量，累计服务80小时。此外，发挥专业优势，在志愿服务期间拍摄制作了vlog短视频——“上海道口防疫志愿者日记”，讲述上海“95后”战疫故事，得到澎湃新闻的转发，视频已达33万观看量。

（编辑：元贞霓）

“想更快点开发出药物”——一线药物研发团队的攻关坚守

当前，抗击新冠肺炎疫情仍然是全人类的共同任务。作为对抗病毒的一线药物研发科研人员，在 2020 年 1 月份病毒基因序列公开后，我和团队就第一时间拟定了实验方案，划定了时间线，争取以最快的速度结束战斗，筛选到高活性的全人源抗体。

应天雷团队研发药物工作照 1

我和团队通过应急攻关，于 2020 年 1 月 22 日在国际上率先鉴定出第一株与新冠病毒具有高亲和力结合活性的全人源单克隆抗体 CR3022。相关数据以论文形式及时公布，抗体也于第一时间免费分享给国内外几十家科研机构或企业，用于病毒检测和疫苗药物开发等。由于抗体药物生产周期长、成本高，后续我和团队又开发了一种新技术，筛选到针对新冠病毒不同表位的一系列新型的全人源纳米抗体。这种小抗体成本低、生产快，可以有效地杀伤病毒。这个成果也被传染病领域最顶尖的期刊报道。

应天雷团队研发药物工作照 2

科研攻关目前还在进行，这场战斗已持续了几个月，其实打得很不轻松。且不说持续不间断的熬夜对体力的考验，让我们觉得最焦虑的，是在疫情的冲击下想和时间赛跑，做得更快一点，能够打败病毒，跑赢疫情的煎熬感。此外，受疫情影响，我们的人力、仪器和试剂非常受限。这里要特别提一提我们团队中的年轻人。他们在关键时刻主动请缨，不计个人安危和得失，刚过完春节就克服各种困难回到学校，并且第一时间投入实验。有的同学行李箱都没放回宿舍，先直接来到实验室做实验。因为大量的实验，同学们的手都迅速磨出了水泡。平时挺注意形象的女生在这段时间觉得洗个头都是浪费时间，还自嘲从来没有这么邋遢过。这张图片的拍摄场景是：我有一次在凌晨3点分析完数据后经过实验室，发现学生们居然都还在，问他们为什么不回去睡觉，都回答：“想要第一时间看到实验结果，想更快点开发出药物，打败病毒。”平时我当这些学生们是孩子，但经此一战，我在他们身上深刻体会到了

应天雷团队研发药物工作照 3

"90后""95后"们强烈的责任心，以及青年一辈的报国情怀。

我想这背后，就是复旦精神和青年精神的传承。在疫情之初，闻玉梅院士就在上海市政府新闻发布会上说道："历史上从来没有一个病毒可以把一个国家的人民打倒。"这句充满了正能量的话当时给了很多人信心和力量，也让我们再次见识到了，什么是真正的科学家，什么才叫共和国的脊梁。我们医学院的老师和学生，也都知道上医创始人颜福庆先生说的一句话："人生意义何在乎？为人群服务。服务价值何在乎？为人群解除病苦。"这句话在疫情中被我们老师和学生在朋友圈里分享了无数次，也不断给我们攻关组坚守的勇气和动力，在这里也分享给大家。我想疫情是一面镜子，愿通过它，找到我们的使命与担当，经历磨炼与成长，获得传承与力量。

讲述者

应天雷，男，1984年6月生，研究员、博士生导师，复旦大学基础医学院抗体工程与新药研发课题组组长。2020年5月，应天雷团队在抗新冠肺炎抗体药物研发方面取得重要进展，发现了一系列抗新冠病毒全人源纳米抗体，可靶向新冠病毒受体结合区上的5类不同表位。该成果在《细胞》（*Cell*）杂志子刊 *Cell Host & Microbe* 上发表。

（编辑：顾心瑜）

没有一个冬天不可逾越，没有一个春天不会来临

2020年2月10日，习近平总书记在北京调研指导新冠肺炎疫情防控工作时强调，全国都要充分发挥社区在疫情防控中的阻击作用，把防控力量向社区下沉，加强社区各项防控措施的落实，使所有社区成为疫情防控的坚固堡垒。

马晓雯：“心系人民，共克时艰”

新冠肺炎疫情暴发以后，放假在家的我时刻关注着疫情的进展。不停增加的确诊人数让我坐立不安。我的家乡山西省孝义市是一个拥有近50万人口的小县城，自疫情暴发以来累计确诊3人。看着全国各省市医护人员驰援武汉，作为一名医学生，虽不能像其他同仁一样奔赴一线，但也愿意为家乡抗击疫情尽一份力所能及之力。

多方了解后，我找到了孝义市团委，主动报名参加抗击疫情志愿服务。经过严格审核与合理调配，我被派往孝义市人民医院医务科进行志愿服务。在为期1个多月的服务期间，我主要负责的是协助医务科开展全院抗击疫情统筹工作，医院疫情相关文件、资料及数据的整理工作。疫情形势严峻，我不敢有丝毫懈怠，用心、尽力做好每项志愿服务工作，为奋战在疫情一线的医务工作者们提供最精准、最坚实的数据支撑。志愿者服务期间，最触动我的还是非发热定点医院的老师们的坚守，虽然他们不参加发热患者的直接管理，但也牺牲掉了宝贵的时间和假期，选择在医院留守岗位。尤其今年由于疫情，在医院度过了一个很特别的元宵佳节，给我留下了深刻的印象。

马晓雯在志愿服务站导诊台

此外，我作为肿瘤医院 2019 级博士班的团支部书记，积极组织、动员同学们参加由复旦大学校团委发起的“鹅旦梦”计划，带队组成一支“学霸辅导队”对接来自四川的医护家庭。在线上与小朋友们的交流非常愉快，家长们对此次活动也非常满意，我感到自己和社会紧密地联系了起来。此外，身为班干部，疫情期间我配合辅导员成立了“关爱小组”，询问大家的身体健康状况、体温情况及心理变化，并及时传达学校及医院的最新通知。

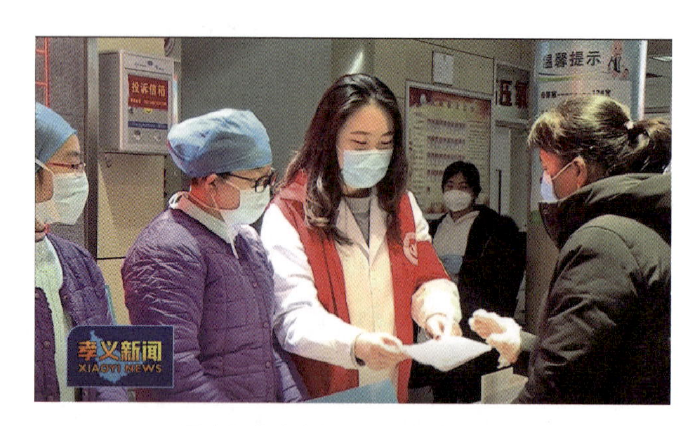

马晓雯为患者解释问题和指引方向

我作为一名青年医学生，也是未来中国医师群体的一员，不断学习、不断进步，用正确的理论和科学的知识武装自己是我们应当做的。奋斗是青春最亮丽的底色，生活在和平年代，我们更应奋勇向上，发挥自己的光和热。

黄嫦婧："全国一盘棋，风雨压不垮"

作为一名医学生党员，作为复旦大学附属肿瘤医院2019级研究生党支部书记，在诸多医疗行业前辈和"最美逆行者"事迹的感染和鼓舞下，我深感自己有责任、有义务为所在支部研究生党员做出表率，和支部全体党员一起积极响应党的号召，通过各种形式参与到国家疫情防控工作中去，做出医学生党员力所能及的贡献。

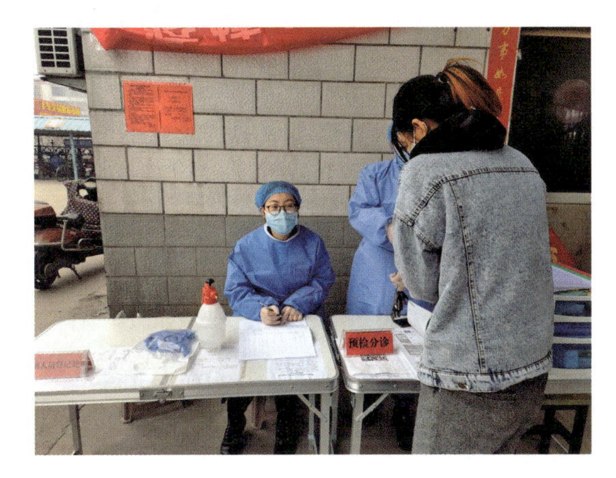

黄嫦婧担任疫情监测志愿者工作

社区卫生服务中心是社区疫情防控工作的重要阵地之一。因此，我主动报名参与家乡社区卫生院（山东省淄博市高新区卫固中心卫生院）的疫情监测志

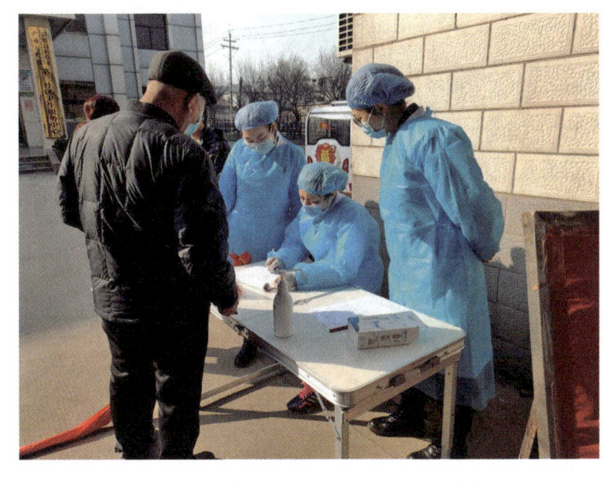

黄嫦婧和同事在社区卫生所为居民答疑

愿者工作，主要承担体温监测、出入院登记和预检分诊等任务。一天工作 7 小时，采用轮班制换岗执勤。卫固镇位于 4 个区县交界区，流动人口多，交通流量大，疫情监管难度高，对医务人员和我们志愿者的沟通、协调和引导能力也提出了更高的要求。但是执勤的医护前辈对我非常宽容耐心，悉心教导我工作各处要点，让我迅速地适应了工作。

在疫情面前，群众有恐慌心理在所难免，特别是文化程度不高的老年人。记得有一次在执勤时，我遇到一位来卫生院拿感冒药的老奶奶，因为儿子有感冒症状不方便出门就诊。因此，她自己到卫生院来替儿子拿药。询问过程中，这位老奶奶一直努力地向我解释她并没有呼吸道症状，儿子也只是轻微感冒，白纱布制成的口罩上方是一双疲惫、焦虑又惶恐的眼睛。在安抚老人紧张的情绪后，我电话联系了她在家的儿子，仔细询问了其症状特点、流行病学史和家中其他人的情况，并向其解释目前当地相关的政策规定。在对老人进行基本的新冠肺炎科普宣教后，老奶奶焦虑的神情终于平复了下来。

在参与社区医院志愿服务工作的这段时间里，与这位老奶奶类似的例子几乎每天都能遇到。我们发现，新冠肺炎强传染性的特点，以及季节性流感叠加效应导致疫情甄别困难，是居民恐慌的主要原因之一。这反而体现出我们志愿服务的意义，虽然我只是对居民进行简单的答疑和安慰，却也给他们带去一颗定心丸。医师象征着一种安全感，只有在和社会紧密接触的实践中，我才能悟

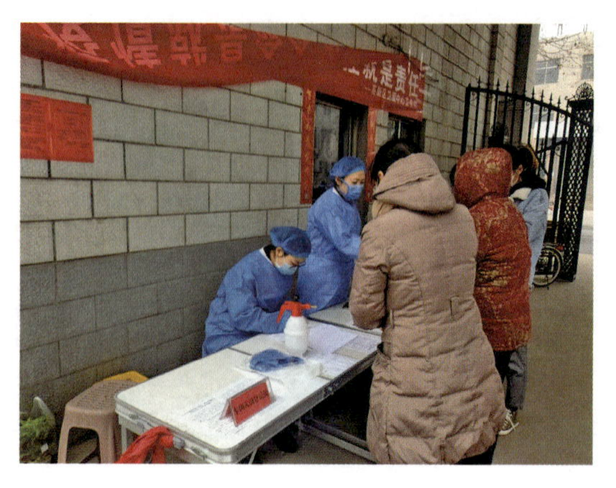

黄嫦婧为出入居民登记健康信息

出这一点。

在这场疫情阻击战中，成千上万的共产党员和群众克服对疫情肆虐的恐惧，奔赴战疫最前沿，毅然舍小家顾大家、置生死于度外。在真正参与到疫情防控工作中去后，我才更能深刻地体会到这些中国脊梁们所恪守的誓言，所付出的心血。我更坚信，黎明的曙光就在前方，赢得与病魔较量最终胜利的，必是属于只争朝夕、同心同德的中华儿女。天佑中华，全国一盘棋，风雨压不垮，阳光灿烂的日子就在前方。没有一个冬天不可逾越，没有一个春天不会来临。

讲述者

马晓雯，女，1993 年 9 月生，复旦大学附属肿瘤医院放射诊断科在读博士研究生。疫情期间，主动报名参加家乡抗击疫情志愿服务。在山西省孝义市人民医院医务科主要负责协助开展全院抗击疫情统筹，整理医院疫情相关文件、资料及数据，累计服务时长约 180 小时。后又带队组成一支博士辅导队，积极参与校团委发起的“鹅旦梦”线上辅导计划，赢得了学生和家长的一致好评。此外，身为班干部，疫情期间配合辅导员成立了“关爱小组”，询问大家的身体健康状况、体温情况及心理变化，并及时传达学校及医院的最新通知。

黄嫦婧，女，1996 年 8 月生，复旦大学附属肿瘤医院 2019 级研究生党支部书记。在疫情期间主动报名参与家乡社区卫生院（山东省淄博市高新区卫固中心卫生院）疫情监测志愿者工作，承担体温监测、出入院登记和预检分诊等任务。目前，主持一项肿瘤医院青年学子抗击疫情专项社会实践——《新冠肺炎疫情下研究生示范党支部建设的调研及探究》，引领所在支部举办“传承战疫精神，勇担青年使命”——新冠疫情期间志愿服务心得分享会，并入选复旦大学第六届研究生党支部组织生活案例大赛优秀案例，其牵头申报的《应对重大公共事件（疫情）高校附属医院学生教育管理模式研究——以医学研究生为视角》获复旦大学 2020 年研究生德育课题立项。

面对疫情，有千千万万的基层青年志愿者走上岗位，怀揣着赤诚的心，怀抱着战胜疫情的决心，用自己的行动和专业知识证明了当代青年强烈的社会责任感和乐于奉献的精神，社会的正常运转离不开每个人兢兢业业的付出。青年们不辱使命，在岗位上发挥自己的光和热，接过先辈们传来的接力棒，将青春的力量传递下去。

（编辑：张晓旭）

图书在版编目(CIP)数据

向心而行:复旦青年如是说/赵强,王睿主编. —上海:复旦大学出版社,2021.1
ISBN 978-7-309-15330-9

Ⅰ.①向… Ⅱ.①赵… ②王… Ⅲ.①纪实文学-作品集-中国-当代 Ⅳ.①I25

中国版本图书馆 CIP 数据核字(2020)第 240928 号

向心而行:复旦青年如是说
赵 强 王 睿 主编
责任编辑/王 瀛

复旦大学出版社有限公司出版发行
上海市国权路 579 号 邮编:200433
网址:fupnet@fudanpress.com http://www.fudanpress.com
门市零售:86-21-65102580 团体订购:86-21-65104505
外埠邮购:86-21-65642846 出版部电话:86-21-65642845
上海丽佳制版印刷有限公司

开本 787×1092 1/16 印张 14.25 字数 209 千
2021 年 1 月第 1 版第 1 次印刷

ISBN 978-7-309-15330-9/I・1259
定价:98.00 元
